*FIX WAR NICHTS*

AF190652

Mila Weiss

# FIX WAR NICHTS

Roman

**Bibliografische Information der Deutschen Nationalbibliothek**
Die Deutsche Nationalbibliothek verzeichnet diese Publikation
in der Deutschen Nationalbibliografie; detaillierte bibliografische
Daten sind im Internet über http://dnb.d-nb.de abrufbar.

*Die automatisierte Analyse des Werkes, um daraus Informationen
insbesondere über Muster, Trends und Korrelationen gemäß §44b
UrhG (»Text und Data Mining«) zu gewinnen, ist untersagt.*

Umschlaggestaltung: ***schuft***
Satz und Verlag: BoD · Books on Demand GmbH, In de Tarpen
42, 22848 Norderstedt
Druck: Libri Plureos GmbH, Friedensallee 273, 22763 Hamburg

ISBN: 978-3-7597-1878-5

*Sie legt sich zu Tom, er ohne weiter aufzuschauen seinen Arm um sie, sie spürt seine Farben, wie diese sich mit ihren Farben vermischen, sie weiß nicht, wohin mit ihrem Glück, alles von unfassbarer Einzigartigkeit.*

*Sie möchte sich ganz sicher sein, widmet ihre Aufmerksamkeit ihren Händen, Handgelenken und Armen, da ist etwas in Veränderung, was sie noch nicht begreifen kann, Schriftzüge entstehen und gehen, sie kann sie nicht entziffern, doch jetzt in dem Moment, wo sich die Buchstaben von Neuem schreiben, fallen sie auf der anderen Seite durch ihr Fleisch, ihre Sehnen und Faszien als gestanzte Lettern hindurch. Ihr Aufkommen auf dem Boden vernimmt sie sachte, und sieht ihnen zu, wie sie dort verschwimmen.*

*Gebannt beobachtet sie das Geschehen weiter, fürchtet den Verlust ... von Fall zu Fall, nur was war das? Hat sich das i da nicht gerade auf und davon gemacht, ist das i etwa entkommen? Sie muss sich konzentrieren, um genau zu sehen, was passiert.*

**step 1**

*sweet dreams*

## eins

»Nein!«

Manus Herz schlug bis in ihre Kehle, das war er nicht! Nein! Der Typ in dem bodenlangen Ledermantel, der ihnen da gerade vor das Auto gesprungen war, sah ihm doch nicht mal ähnlich. Manu saß da, fahrig geworden. Bis jetzt hatte sie keinen Gedanken daran verloren, was sie hier bei Isas Hochzeit erwarten würde. Als sie Wochen vorher das Kuvert mit der Einladung erhalten, geöffnet und die Zeilen überflogen hatte, war sie aus allen Wolken gefallen. Isa heiratet? Unfassbar! Zutiefst davon überzeugt, dort bei dieser Hochzeit, sicherlich nicht mit dabei zu sein. Nein, mit Sicherheit nicht! Ein spitzer Schmerz zog von den Schläfen zum Scheitelpunkt auf. Nichts wie raus ins Freie. Manu fand ihre Jacke nirgends, suchte eine halbe Ewigkeit erst nach ihrem Schlüsselbund, dann nach ihrem zweiten Turnschuh. Endlich vor der Tür.

Erste Frühlingsstimmung kurz vor Ostern, es war wärmer geworden, einige Atemzüge nehmen. Die frische Luft, die knospende Natur, die munteren Vögel, ja das Leben auskosten. Über die erste Brücke. Über die zweite und dritte.

Manu liebte die vielen Brücken der Stadt. Sie liebte es hier zu laufen. An dem Tag weiter als sonst, bis zum Hafen. Den Geruch vom Meer. Die vorlauten Rufe der Möwen. Ihr Kopf wollte trotzdem nicht frei werden.

»Wahnsinn, Manu, Wahnsinn ... wie Dein Job gut zu Dir passt!«, hatte ihr einer ihrer Liebhaber gesteckt. Da standen sie gerade in Manus Küche vor dem Herd. Das Thema war ihr peinlich, sie griff nach der nächstbesten Gabel, »ich habe immer Bilder in meinem Kopf.« Sie schob die Fische in der Pfanne hin und her. Der eine verlor gerade seine Flosse. Mit hochgezogenen Brauen grinste er sie von der Seite an. »Und ein Auge ...«, setzte sie die Teile weiter mit der Gabel hin und herschiebend hinterher, »habe ich auch dafür.« – »Kann ich mir vorstellen, Manu, aber das meine ich nicht!« Daraufhin schwieg er wieder, sie rührte mit der Gabel im Topf daneben. »Verdammt, was meinst Du dann?« Abrupt hatte sie sich umgedreht, er zog sie zu sich. Ihr Ohr auf seinem Brustkorb. »Nein, Manu,« er strich ihr eine Haarsträhne aus dem Gesicht. Sie hörte das Knistern der Fische im Öl, das Ragout im Topf daneben brodeln. Sie sah die Netze der Fischer vor sich, roch Knoblauch, Thymian und die Mischung aus Tomaten, Kapern und Oliven. Mittlerweile spürte sie seine Hände auf ihrem

Rücken. Ein Gefühl von Geborgenheit. »Was dann?« Jetzt war auch noch sein Herzschlag mit im Ohr. »Dein Vermögen, Manu, Sequenzen aus deinem Leben zu schneiden.« Abrupt hatte sie sich aus seinen Armen gelöst und ihn in der Küche stehen lassen. Um gleich darauf zurückzukommen. Sie sahen sich an, machten den Herd aus. Das Essen wurde kalt.

Eine Szene, an die sie mit einem Mal wieder denken musste. Manus Augen waren über die riesigen Kräne und Frachter gewandert, die dort beladen, entladen oder zur Reparatur lagen. Sie hatte sich ertappt gefühlt. Zu vielem Interesse an ihrer Vergangenheit verstand sie auszuweichen. Obwohl sie es schon gern mal erfahren hätte, länger bei einem Mann zu bleiben. Zeitgleich froh um ihre Freiheit. Ihr Herz fangen zu lassen, das zuzulassen, das fiel ihr schwer. Dabei war ihr beruflicher Erfolg hilfreich. Wie auch das viele Wasser, die Kanäle, die Kinos, Theater, Museen und Kneipen der Stadt. Die Live-Musik überall. Und auch das Meer. Der Wind trotz Sonne war noch kühl, die Luft von scharfen Geräuschen zerschnitten. Dazwischen die Schreie der Möwen, die heiter hineinklangen. Möglicherweise hatte sich Isa mittlerweile ja auch verändert. Wenn sie sich schon zu heiraten entschlossen hatte. Wieder Zuhause erkundigte sich Manu nach

Zugtickets und einer Übernachtungsmöglich-
keit, verwarf den Plan mehrmals und rief ihre
Therapeutin an. Über zwei Jahre hatte sie sich
nicht mehr bei ihr gemeldet. Mit ihr hatte sie
so einige Themen durch. Vor allem das Kapitel,
sich nicht mehr in anderen zu verlieren, hatte
sie bei ihr gelernt. Nach der Stunde war klar, es
war gut zu fahren. Allein der Gedanke, wie das
Grab ihrer Mutter aussah, ob es von Unkraut
überwuchert war? Da bot doch Isas Hochzeit
einen geeigneten Anlass, nach längerem mal
wieder am Ort ihrer Kindheit vorbeizuschauen.
Am kommenden Tag reservierte sie ein Zimmer in der zu ihrer Überraschung eröffneten
Pension im Nachbarort und schrieb Isa eine
knappe Antwortkarte. Sie anzurufen, fehlte ihr
der Mumm. Der Zeitpunkt passte. Der letzte
Film war fertig geschnitten, der nächste erst im
kommenden Monat abgedreht. Somit war gerade Pause und danach war sie für weitere an-
gefragt. Ihr Blick war klar. Sie verstand es, die
Einstellungen für sich sprechen zu lassen und
hatte auch ein Ohr für Dialoge. Und sie konnte
schauen, immer wieder schauen. Ohne weitere
Worte darüber zu verlieren, ihrer Intuition vertrauen. Sie war einsatzbereiter als viele andere
ihrer Zunft und war schon vor dem Moment im
Schneideraum gut vorbereitet, dachte mit und
unterbreitete den von ihrem oft ausufernden

Drehmaterial überforderten Regieführenden auf spielerische Weise Vorschläge. Man fühlte sich wohl und unterstützt an ihrer Seite. Was sich in der Branche herumgesprochen hatte, immerhin, Film ist ein teures Medium und so arbeiteten auch die Produzenten gern mit ihr. Als Cutterin war sie gefragt. Na also, was gab es noch zu zögern, sie war unabhängig.

Ja, der Zeitpunkt passte, alles in ihrem Leben lief gerade gut.

**Am Bahnhof hatte sie** sich zur Kirche ein Taxi zu nehmen entschieden. Ihr Zug hatte Verspätung. Sich in der Pension vorher umzuziehen, dafür blieb ihr keine Zeit. Wenigstens das Ende von Isas Trauung wollte sie miterleben. Im Wagen roch es nach abgestandenem Fett und Wunderbaum. Ob sie das Fenster öffnen könnte. Ihr war heiß und ohne Sauerstoff demnächst speiübel. Der Fahrer hatte nur unmerklich sein Kinn nach vorne geschoben. Ein miefender Kauz, wie er da mit seinen kurzen Armen am Lenker hing. Gedrungener Körper, zu großer Schädel samt heraus getretenen Augen. Eher lag er in seinem Sitz, als dass er auf ihm saß. *Wortkarger Frosch ... typisch für die Region.* Manu war dabei, ihre Vorurteile zu füttern, was für die Region genauso typisch war. Hatte sie sich das längstens abgewöhnt geglaubt. War ihr doch klar, dass der

Fahrer für ihre sinkende Laune nichts konnte. Aber zu gern hätte sie mit ihm jetzt über die mittlerweile ausgebauten Straßen geredet, über die neuen Discounter und Shoppingcenter entlang der Strecke. Ja sogar über das Wetter der vergangenen Tage. Allerdings hatte der Fahrer keinerlei Lust auf Unterhaltung. Demonstrativ zog er die Luft durch seine Nase und ließ sie in aller Gemütsruhe geräuschvoll wieder raus. Manu sah zu ihm, sie fragte sich, ob er extra langsam fuhr. Wo war ihr positives Denken? War sie doch mit dem Vorsatz losgefahren, das ganze Unterfangen leicht zu nehmen. Aber kaum auf heimatlichem Boden, brachte sie die nächstbeste Begegnung aus dem Gleichgewicht. Sie beobachtete den grünen Wunderbaum, wie er während der Fahrt um den Innenspiegel tanzte. Standen sie an roten Ampeln, verströmte er seinen künstlichen Geruch noch eindringlicher. *Nur im Hier und Jetzt – keine Zukunft – keine Vergangenheit* ... war hier keine brauchbare Devise mehr. Manu konzentrierte sich auf ihren Atem. Das getaktete Klickgeräusch störte sie dabei. Genervt starrte sie auf den Taxameter vor sich. Absurd wie schnell die Zahlen nach oben stiegen. Die Fahrt schien weitaus teurer zu werden als früher und auch länger. Zumindest bis zu dem Moment, in dem der Ledermanteltyp quer über die befahrene Straße gelaufen und für Sekunden an ihrer Windschutzscheibe geklebt hatte. Nein, den Vorfall bloß nicht als Vorzeichen nehmen und durchatmen. Wie sie wohl allesamt drauf waren. Was aus ihnen allen hier geworden war, darüber hatte Manu keine Sekunde nachgedacht und hatte es auch weiterhin nicht vor. Erst recht nicht in diesem muffigen Ford Scorpio, der eigentlich blau nur mit elfenbeinfarbener Folie überzogen war. Ohnehin hatte sich nach dem ersten Kilometer bereits wieder dieser beleidigte Teil in ihr gemeldet, hier in dieser elenden Region aufgewachsen zu sein. *Unverändert! Paah! Alles wie immer!* Nach über zwanzig Jahren, die Manu nicht mehr hier gewesen war. Machte sie sich eigentlich selbst was vor? War sie umsonst in die Welt gegangen? Führte sie ihr Leben wirklich so zufrieden? Fragen über Fragen. Manus unterer Rücken schmerzte, ihre Beine taten weh. Wenigstens hatte der Taxifahrer gut reagiert, scharf gebremst, war an den Seitenstreifen gefahren und stehen geblieben. Manu hatte sich suchend umgeschaut. Der Ledermanteltyp wie vom Erdboden verschluckt. Sie war verwirrt. Der stumme Schrei, der ringende Hilferuf in seinen Augen. »Alles Roger?« Die Stimme des Fahrers holte sie zurück, sie sah zu ihm. Er grinste. Von wegen Roger – Roger, nein, nichts war Roger! Ihr Herz klopfte, die Luft stand, es stank und Manu befürchtete zu ahnen, was dem Mann neben ihr

15

durch den Kopf zog, und tatsächlich schob er undeutliche Worte, die in diese Richtung gingen, nach. Daraufhin hatte er sie einen Moment zu lang gemustert und sich gleich danach genüsslich einige Brotkrumen von seinem prallen Bauch gestrichen, während Speichel auf seine Lippen austrat. Sie ärgerte sich, er hatte mitbekommen, dass sie ihren Blick nicht von ihm hatte lassen können. Mit ihren großen dunklen Augen von seltener Wärme wirkte Manu irgendwie aus der Zeit gekippt, auf eine Weise, die viele anzog, was sie selbst durchwegs vergaß. Kein weiteres Wort war mehr zwischen den beiden gefallen, bis sie endlich vor dem Ortszentrum parkten. Zu ihrer eigenen Überraschung gab sie ihm ein großzügiges Trinkgeld, griff ihre Reisetasche vom hinteren Sitz und eilte in Richtung Kirche. Ihre Schuhe in der einen, die große Tasche in der anderen Hand, lief sie aufrecht über den Platz. Ihre Schultern ein Stück weit nach oben, ihren Kopf nach vorne gezogen, war sie erst vor der großen Eisentüre stehengeblieben, in ihre Sandaletten geschlüpft.

Die langen Holzbänke waren fast alle besetzt. In der vorletzten Reihe neben einer jungen Frau in einem in der Taille mit einem breiten Gürtel zusammengeschnürten, neonpinken Lackmantel war noch ein freier Platz. Ihre Nase lief, ihre Augen waren rot, in beiden Händen hielt

16

sie Taschentücher. Sie nieste mehrmals. Heuschnupfen, fragte sich Manu, aber woher denn bitte, hier gab es keine Natur, weder Bäume noch Gräser, nichts dergleichen in dieser mistigen Gegend. Sie sah mehrmals zu ihr rüber, erhielt keine Reaktion. Manu beschloss ihrer Nachbarin weniger Beachtung zu schenken, erst einmal in Ruhe anzukommen, sich zu orientieren, gut durchzuatmen. Keine leichte Übung, eine stechende Süße, unterlegt von einem Hauch WC-Reiniger, die aus der Neonpinken neben ihr wich und sich mit dem Weihrauch von hier mengte. Eine unangenehme Mischung. Schon wieder, Manu studierte die Holzmaserung der Bank vor sich.

»Jaaa!«

Ja, das war Isas Stimme, die sie da gerade rausgerissen hatte. Sie sah nach vorne. Isas Stimme treffsicher. Sie hatte den Ton wie immer gefunden. Dafür hatte sie Isa bewundert. Ihre eigene Stimme war vorsichtig. Bei jedem Wort machte sie sich Gedanken – ja fast prüfte sie bei jedem einzelnen Wort nach, ob es wirklich wahr war ... wurde leiser, wenn sie merkte, dass es anders sein könnte, was sie zu sagen versuchte. Wie schüchtern war sie früher. Von überall her aufgefordert, lauter zu sprechen, hatte sie sich in der Schule nie zu Wort gemeldet.

»Wir können Musik bei mir hören,« hatte Isa gebettelt, »wir haben viele Platten!« Wie, was Platten? Manu hatte keine Ahnung, was Isa meinte. Manu hatte sie fragend angesehen. Isa war irgendwie traurig an dem Tag. Sie flehte nahezu. »Ich will heut nicht alleine sein ... Manu!« Isa kämpfte mit den Tränen. »Manu bitte!« – »Eigentlich ...«, Manu spielte mit einem Kiesel unter ihrer Schuhspitze, »... muss ich nach Hause!« Mehr war ihr nicht eingefallen. »Kennst Du Alexandra?« – »In unsrer Klasse?« Manu schüttelte den Kopf und Isa verstand die Welt nicht mehr. Sie verehrte Alexandra, und Manu hatte keinen blassen Schimmer, vollkommen unbegreiflich, dass Manu Alexandra nicht kannte. Keine Hitparade und keinen einzigen der Schlagersterne kannte. Wie auch, Manu hörte weder Radio, noch Langspielplatten und hatte zu dem Zeitpunkt noch nicht mal einen Fernseher daheim. Wie hätte Manu Alexandra kennen sollen.

**Da stand Isa jetzt** vor dem Altar, nur einen halben Meter größer als damals. Eine ziemlich aparte Erscheinung. Manu sah die Sechsjährige vor sich, mit breit geöffneten Beinen nebeneinander fest auf dem Boden. Ihre Arme in die Hüften gestemmt, sich ins Hohlkreuz rückend, während ihre Augen auffordernd nach Beifall

18

suchten und sich ihre Nasenflügel kräuselten. Ihre Stimme einfühlsam, wehmütig tief und warm, besonders eindrücklich, wenn sie die Lieder von Alexandra sang und dabei die Umlaute dehnte. Wovon es gerade in ihrem allerliebsten so enorm viele gab, die Isa so unwahrscheinlich hingebungsvoll in die Länge ziehen konnte, allein, wenn es darum ging, zu welcher Tageszeit *ihr Freund, der Baum* fiel. Alexandra, die große geheimnisvolle, so sehnsuchtsreiche Alexandra, war mit nicht mal dreißig Jahren bei einem Autounfall soeben ums Leben gekommen. Isa waren Tränen über die Wangen gelaufen, die sie trotzig mit ihrem Handrücken abwischte. Das war das erste Mal, dass Manu bei Isa mit Zuhause war.

Das war in ihrem ersten Schuljahr Ende der sechziger Jahre gewesen. Beide passten sie nicht in die Klasse, was Isa scheinbar gleichgültiger als Manu war. Isa war irgendwie viel unbekümmerter. Isa mit ihrem frechen Lachen. Ihrem forschen Blick. Ihren aufspringenden kurzen dunklen Locken. Die sie heftig schüttelte, wenn sie etwas nicht hören wollte und dabei zugleich ihre Nase kräuselte. Isa war immer für Streiche gut. Wenn Manu träumte, handelte Isa. Sie stellte sich keine unnötigen Fragen. Sie schämte sich nicht, wenn sie Fehler machte. Sondern lachte bockig auf. Wo Isa war, wehte eine Brise Übermut.

Und jetzt saß Manu hier in diesem unterkühlten Neubau. Nur ein überdimensioniertes schweres Kupferkreuz über dem Altar, das Manu schon beim ersten Anblick niederschlug. Wie konnte man hier nur heiraten, wenn man schon unbedingt heiraten wollte? Manu fiel es schwer, stillzusitzen. Rücken, Beine, alles tat ihr weh. Die Frau neben ihr nieste weiter. In Dreier- oder Vierer-Reihen, gefolgt von einer Pause und wieder von vorne. Manu zählte mit, dazwischen die Kyrie-Rufe ... *Du bist die Liebe* ... *Kyrie Eleison* ... Rufe, die ihr wie aus einer anderen Welt vorkamen. Wieder das Niesen der Frau, Manu war neugierig, was sie unter ihrem auffälligen Mantel wohl sonst noch trug. Wie gerne hätte sie sich nach der langen Fahrt umgezogen, in ihren Klamotten fühlte sie sich mindestens so unwohl wie in ihrer Haut.

*Herr, erbarme Dich!* Das sollte Isas Trauung sein, sie konnte es kaum glauben. Isa war doch genauso wenig katholisch erzogen wie sie. Dann eine Reihe von Fürbitten, *Herr, wir bitten Dich, erhöre uns* ... Manu kannte die Rituale nicht, die Zeit zog sich.

## zwei

Isa hatte ein paar hundert Meter weiter in einer Wohnung im Erdgeschoß in einem zwei-stöckigen Mehrfamilienhaus gewohnt. Sie hatte immer einen Hausschlüssel um ihren Hals, Manu bis zu diesem Zeitpunkt noch nie einen in ihrer Hand. Und eine Carrera-Bahn mitten in ihrem Zimmer aufgebaut, aber auch viele Barbie-Puppen, mehrere graue Roboter, die martialisch vor sich hin marschierten, während sich ihre roten aufleuchtenden Bäuche öffneten und wieder schlossen. Ja sogar Walkie-Talkies hatte Isa, mit denen man sprechen konnte, ohne sich zu sehen. Und kleine Löcher in den Ohrläppchen mit winzig goldenen Ohrkringeln. Und Isa durfte Kaugummi kauen und hatte sogar schon Taschengeld. Isa hatte einfach alles. Isa durfte einfach alles. Manu hatte zu Isa hochgeschaut.

Für Manus Vater war Isa sofort Feindbild Nummer eins geworden. Manu sollte ihre Zeit nicht mit diesem Mädchen vergeuden. »Aber Isa ... Isa darf!« – »Was gehen uns die anderen Leute an! Manuela! Wir machen das, was richtig für uns ist!« Strenger Blick zu seiner Tochter, gefolgt von einem nach Bestätigung suchenden zu seiner Frau. Die daraufhin vor sich auf den Boden sah. »Und eines ist gewiss!« Isas Mutter hatte einen schlechten Ruf in der Nachbarschaft. Sie arbeitete in einem Modehaus und war abends oft aus. »Diese Isa ... die tut dir nicht gut!« Wie oft hatte Manu diesen Satz gehört. Eine halbe Ewigkeit hatte sie nicht mehr an ihre Eltern gedacht. Vielleicht hatte die lieblos traktierte Orgel, deren Töne jetzt den Raum durchdrangen, die beiden mit hier hergerufen. Ihre Eltern. Ihr vergebliches Bemühen. Ihr anfängliches Ringen um ihre gute Ehe. Um ihr kleines heiles Familienleben. Einen Augenblick standen sie beide vor ihr, bis ihr Vater aus dem Bild kippte und sie ihre Mutter vor sich hatte. Ihre aschblonden, kurz geschnittenen Haare, ihr unruhiger Blick unter ihren fein geschwungenen Augenbrauen, ihre Lippen. Dünn geworden auch noch zuckten. Ihre rauen Hände und ihre eigentlich einmal weich gewesenen Oberarme. In denen sich Manu so gerne verkrochen hätte. Manu vermisste sie. Sie schob das Bild ihrer Mutter weg. Jetzt nur nicht sentimental werden, hier in dieser kargen Kirche. Sie atmete erleichtert durch. Dafür tauchte ihr Vater wieder auf. Seine hagere Gestalt, sein langer Schädel mit den Geheimratsecken, seine hellen Augen über seiner zu groß geratenen Nase, sein hüpfender Adamsapfel. Steif stand er vor ihr, ihr Vater, der längst schon fortgezogen war. Mit ihm wollte Manu gar nichts mehr zu tun haben, seine neue Frau hielt sie nicht aus. Eine Missgünstige, stets darauf erpicht, ihre spitzen Pfeile in ihre Richtung abzuschießen. Die Sorgen um seine Tochter früher habe sie nun auszubaden. Einen Moment nur in ihrer Nähe und Manu fühlte sich lausig. Während ihr Vater müde lächelnd daneben saß.

Manu sah sich in der Kirche um. Keiner der Anwesenden kam ihr bekannt vor. Auch Isas Mutter war nicht zu entdecken. Wahrscheinlich wartete sie draußen mit einer Zigarette in der Hand. Sie bemerkte, wie sie sich auf Isas Mutter zu freuen begann. Eigentlich mehr als auf Isa. In ihrem Magen kitzelte etwas, ihr Herz begann schneller zu schlagen. Nein, nein, hier aufzukreuzen, würde er nicht den Mut haben, das würde er nicht wagen. Sie verdrängte den Gedanken erfolgreich, für den Bruchteil einer Sekunde hatte sie den Typen im langen Ledermantel auf der Windschutzscheibe vor sich. Kaum konnte sie das Ende des Gottesdienstes erwarten, um ihre Ungeduld zu bändigen, suchte sie nach weiteren Bekannten. Erst nachdem sie die Sitzbänke mehrmals durchforstet hatte, entdeckte sie in der zweiten Reihe auf der linken Seite vom Altar jemanden, den sie zu kennen glaubte. Aber so richtig konnte sie ihn von ihrem Platz aus nicht sehen, sie blieb sich unsicher, ob das wirklich

Lutz da vorne war. Konnte es wahr sein, dass er fast schon eine Glatze hatte? Auch sein Rücken war viel breiter, Lutz war damals doch ein Hänfling, aber irgendetwas kam ihr an diesem Mann vertraut vor. Und wo waren die anderen alle? Hatten sie sich so verändert, dass Manu sie nicht mehr erkannte? Das konnte sie sich nicht vorstellen. Eher, dass auch Isa einen kompletten Schnitt in ihrem Leben gemacht hatte.

»Manu, kommst heute nach der Schule wieder mit zu mir?« Isas Augen blitzten auf. Manu schüttelte ihren Kopf. Dabei hätte sie so gerne ja gesagt. »Manu, du weißt doch, dein Vater macht sich Sorgen!« Angstvoll hatte Manus Mutter an der Haustüre auf sie gewartet, als sie beim ersten Mal unpünktlich von Isa gekommen war. »Wir können Haferflocken mit Kaba und Zucker machen!« Zucker, Kaba, wenn Isa wüsste, nicht mal Kaba kannte Manu. Manu trat von einem Bein zum anderen. »Ein anderes Mal.«

Zum Glück war Isa hartnäckig geblieben. Manu kannte keine Kinder, Kinder waren ihr fremd. Das Gefühl vom ersten Schultag hatte sie lange in den Knochen, ausgeliefert hinter einer bunten Schultüte, verloren. Alle kannten sich. Entweder aus den Dörfern, aus denen sie jeden Morgen mit Bussen heran gekarrt wurden oder schon aus dem Kindergarten. Es schien, sie sprachen eine gemeinsame Sprache, die Manu fremd war. Eine eingeschworene Gruppe. Nach dem Unterricht, während sie auf den Bus nach Hause warteten, tobten sie miteinander, schubsten sich hin und her und hatten ihren Spaß. Andere zogen noch zwei Ecken weiter, um für ein paar Groschen im Laden von Manus Vater einzukaufen. Aber da war Manu längst schon alleine auf ihrem Weg nach Hause über die Felder unterwegs. Um schnell zu gehen oder zu springen, dafür waren ihre Kleider zu eng geschnitten. Fast spürte sie den Druck noch auf ihrer Haut. Den unnachgiebigen Kord-Stoff, in dem sie so oft steckte. Und davon träumte, den goldenen Reißverschluss vorne aufzureißen und erst in der Kurve vor ihrer Haustür wieder zu schließen. Ihre Mutter hatte drei Exemplare vom gleichen Modell für sie genäht. Dunkelgrün, Hellbraun und Dunkelrot. Im einen wie im anderen fühlte sich Manu eingesperrt. Das Gewebe gab keinen Millimeter nach. War es kalt, klemmte ihr langer Hals in Rollkrägen, die Wollstrumpfhosen rutschten. Aber noch schlimmer das rostrote Lycra-Kleid, das ihre Mutter besonders an ihr liebte, Manu hasste diese Farbe. Sie war sich sicher, dass sie von diesem Kleid noch mehr Sommersprossen bekam. Sogar ihr Vater sah sie gerne darin. Na eben. Ihr Vater. Kam Manu ins Wohnzimmer, schaute er nicht mal zu ihr hin. Vielleicht hatte er sich ihr gegenüber damals geschämt, es nicht zu mehr geschafft zu haben. Ja, vielleicht war er deshalb so wortkarg ihr gegenüber gewesen. Tag ein, Tag aus, mitten in der Pampa, in einem Schreibwarengeschäft zu stehen, dessen Haupteinnahmen sich aus dem Verkauf von Süßigkeiten an Volksschulkinder beliefen. Das war nicht das, wofür er aus dem Krieg zurückgekommen war. Wofür er sein Abitur nachgeholt und zu studieren begonnen hatte. Besser, wenn seine Tochter diesen Laden gar nicht erst betrat, ja besser, die Welten nicht vermischen, was so weit ging, dass er ihr alles Süße verbot. Nein, das war nicht ihr Zuhause. Da gehörte sie nicht hin. Diese seelenlos aufgeräumten Zimmer mit den hellbraunen Teppichböden oder dem PVC-Belag im Flur. Alles war in Manus Augen hässlich ... beige, sogar die Kacheln im Badezimmer. Ein einziges Mal hatte sie sich bei ihrer Mutter nach ihrer Vorliebe für diese Kotzfarbe erkundigt. »Der Kalk!« Da war Schrecken in der Stimme. »Du weißt doch selbst, unser Wasser, wie verheerend!« Manu klimperte ganz schnell mit ihren Augen, ganz oft, auf zu, auf zu, auf zu. Sie mochte es, wenn sich das Licht dabei veränderte und kleine bunte Flinkersternchen sich dazugesellten, ihr war das Thema langweilig.

»Ja daran, daran denkst Du natürlich nicht!« Ihre Mutter war beleidigt. Ihre Tochter zeigte kein Interesse an ihrer Welt. Weißes Scheuerpulver, Atta, Essigreiniger und Wischlappen standen immer und überall für den erwünschten Glanz bereit. So roch es zu allermeist also auch noch scheußlich. Das muss etwa in der gleichen Zeit gewesen sein, als ihr Vater sie dabei erwischte, wie sie gedankenverloren Ornamente an den Rand ihres Hausaufgabenheftes zeichnete. »Kraut und Rüben, Manuela! Damit wirst Du nicht weit kommen!« Geringschätzig zeigte er auf die Skizzen, bevor er mehrmals mit seinem Zeigefinger auf die leeren Kästchen unterhalb der Rechenaufgaben klopfte, die sie hätte machen sollen. Dann schwieg er wieder. Das hatte es bisher noch nie gegeben. Fast froh darüber, seine Stimme gehört zu haben, rutschte ihr ein Grinsen raus. Ein Donnerwetter wäre ihr noch lieber gewesen. Hätte ihr Vater doch nur mehr gesprochen, hätte Manu ein anderes Vaterbild, wäre sie vielleicht nicht in die Falle ihrer Mutter nachzueifern geraten. Ihr Vater sprach, wenn er sprach, zumeist von Leistung. Ohne Worte um Verständnis flehend. Wenigstens ihre Mutter hätte sie verstehen können. Aber nein, »Manuela, sei bitte leise.« Sollte sie sich in Luft auflösen? Mit ihrem Tintentod ausradieren? Sie war doch sowieso schon Mäuschenstill. »Dein Vater arbeitet den lieben langen Tag ... damit wir zwei es schön haben.« Manu fand es aber nicht schön.

»Firlefanz! Meine Eltern sind gar nicht meine Eltern, die haben sich geirrt!« Der Gedanke half ihr, wenn sie daheim schmollend in ihrem Zimmer saß und davon träumte, für immer bei ihrer Tante zu sein. So wie früher, als sie noch nicht in der Schule war. Vielleicht könnte sie sich bei der Fernseh-Spielshow »*Wünsch dir Was*« von der adrett fröhlichen Vivi Bach, die sie mit ihrem charmanten -S- an der Seite von Dietmar Schönherr fast gern hatte, ein anderes Zuhause wünschen? Oder zumindest einen großen orangenen Hüpfball, mit zwei Ohren zum Anhalten, so wie Isa einen hatte. Vielleicht könnte sie mit so einem ... raus, heisa Safari ... einfach nur in Riesensprüngen raus, aus dem langweiligen Haus? Wie sehr sie sich so einen gewünscht hatte! Nach monatelangem Drängen hatte sie von ihrer Mutter ein Paar nervige kleine Klick-Klack-Kugeln erhalten, immerhin auch orange, allerdings mit der Auflage, damit aber bitte nur im Garten zu üben. Vorausgesetzt ihr Vater war nicht da. Ihre Eltern waren schon seltsam. Nur wenn irgendetwas Unerwartetes von außen drohte, standen sie Hand in Hand geschlossen an der Wand. Ansonsten war ihr Vater sprachlos irgendwo, ihre Mutter besorgt um ihre Tochter herum.

»Meinst, der Papa rächt sich?«, hatte sie ihre Tante gefragt, als sie von ihr beiläufig mitbekommen hatte, dass ihr Vater sein Jura-Studium abgebrochen hatte, um das Schreibwarengeschäft zu übernehmen. Da war ihre Mutter gerade mit ihr schwanger. »Quatsch mit Soße, Turtly!« Ihre Tante hatte gelacht, sie in ihre Wange geknufft. Sie fühlte sich so viel vertrauter, so viel mehr wie ihre Mutter an. Ihre Eltern wie zwei entferntere Verwandte, ach, vielleicht auch Bekannte, die Manu zu beobachten begonnen hatte, um besser mit ihnen auszukommen. Dabei bemüht, nicht immer so viel Einsamkeit zu fühlen. Immer mit der Hoffnung im Herzen, möglichst bald wieder von ihnen fort zu dürfen.

»Manu, hol mir den Hammer!« Sie standen vor dem alten Zaun, den sie gemeinsam strichen. Das einzige Haus, das Manu je gesehen hatte, um das jetzt gleich ein himmelblauer Zaun herum sein würde. Staunend trat Manu einen Schritt zurück, bevor sie in die Werkstatt rannte. Es war kalt geworden, ihre Hände waren ganz klamm. Am liebsten hätte sie aufgegeben, sie war müde. Aber das traute sie sich nicht, hier gab es kein Zurück. Die Tante arbeitete durch. Sie machte ihre Dinge fertig. Wenn sie gerade Lust darauf hatte. Doch die Tante konnte auch endlos nichts tun, genauso wie endlos herumfuhrwerken. Holz spalten, ihre elektrischen Leitungen mit Hansa-Plast reparieren, einfache Möbel bauen und, wenn sie gerade nicht irgendwo gegen Schimmel und Verfall ankämpfte, ihre Zimmer frisch tapezieren, um sie daraufhin mit neu genähten Vorhängen und Kissenüberzügen zu versehen. War sie nicht im Haus oder Garten beschäftigt, stand sie in der Scheune, die Reifen ihrer Waffenräder flicken oder an ihrem alten Auto herumschrauben.

»Den doch nicht!«, herrschte sie Manu an. »Turtly!« Ihr Ton war harsch. Wieder falsch. Wieder war die Tante schlecht gelaunt. Manu lief nochmals in die Scheune und erschien mit zwei anderen Exemplaren in jeder Hand wieder, die sie ihr mit fragendem Blick hinstreckte. Es der Tante recht zu machen, war manchmal schwer. »Ich wollt nur einen!« Anfänglich hatte Manu mit gesenktem Kopf das Feld geräumt. Noch verstörender allerdings, wenn ihre Tante mitten am Tag hinter ihrer verschlossenen Schlafzimmertüre verschwand. Manu machte sich Sorgen, fragte sich, ob die Tante genug von ihr hatte oder sauer auf sie war. Bis sie mit der Zeit merkte, dass das einfach so ihre Art war. Die Tante ließ sich nicht in ihre Karten schauen und Manu hatte sich daraufhin dann pudelwohl bei ihr gefühlt. Ja, bei ihr geborgen. Im Sommer stromerte sie sowieso die meiste Zeit draußen herum. Daheim, von ihren Eltern ausgefragt, hatte sie sich angewöhnt, nur von den gemeinsamen Ausflügen mit der Tante zu berichten. Von den eigenen, einsamen, die ihr immer wesentlicher wurden, geschwiegen. Dass sie dort einfach nur Wolken und Sonne beobachtend im Gras lag. Dass sie sich Brüder und Schwestern samt Hunden und Katzen aus verschiedenen Pflanzen und Blüten bastelte und mit ihnen Familie spielte. Dass sie sich mit den Bäumen im Wäldchen gleich hinter dem Hang befreundet hatte. Dass sie, von deren Verwandlung je nach Jahreszeit begeistert, sie umarmt, sich unter sie gelegt, mit ihnen gesprochen und auf ihre Antworten zu lauschen gelernt hatte, davon hätten ihre Eltern nie und nimmer etwas hören wollen. So hatte Manu diese Geschichten lieber für sich behalten, denn sie witterte die Gefahr, dass Ausgesprochenes ihre Eltern vielleicht doch nachdenklich gestimmt und das gegebenenfalls Handlungsbedarf nach sich gezogen hätte. Gelogen hatte sie ja nicht. Sie wollte nur um keinen Preis nur einen Tag bei ihrer Tante missen.

Aber zum Glück gab es dann Isa, die Manu von all dem ablenkte. Erst mit Isa an ihrer Seite hatte Manu zu verstehen begonnen, dass dort, wo sie in die Schule ging, auch ihr Zuhause war. Das hatte fast das ganze erste halbe Schuljahr lang gedauert, Manu aus ihrer Reserve zu locken.

31

Erst mit der Nachricht, sie hätte einen Hund geschenkt bekommen, war es Isa dann gelungen, sofort hatte Manu ihn kennenlernen wollen. Das war das nächste Mal, dass sie sich nachmittags heimlich aus dem Haus geschmuggelt hatte, um ihre neue Freundin am Sandkasten schräg gegenüber von Isas Wohnung zu treffen. Die dort auch schon stolz mit Rocky an der Leine wartete. Rocky, der Star der beiden Mädchen, war ein kurzbeiniger Pudel-Mix, dessen rosa Haut sogar von Weiterem schon durch seine nicht gerade dichten Locken schimmerte. »Ich will auch ein Haustier!« In der Not so einen wie Rocky. Auch wenn er dauernd kläfft, setzte sie für sich im Stillen hinterher, und selbst wenn er trocken ist, ein bisschen stinkt, so als ob er bereits steinalt gerade aus dem Regen kommt, piep-egal! »Oder eine Katze!« Aber nicht einmal ein Meerschweinchen, Kaninchen oder einen Hamster durfte sie haben. Manu war verdrießt und war binnen kurzem ihren Eltern damit mächtig auf die Nerven gegangen, dann wollte sie wenigstens die Erlaubnis, Rocky so oft wie möglich zu sehen.

»Manfred, du wirst schon merken, die frische Luft wird den Mädchen guttun.« Insgeheim litt ihre Mutter, wenn Manu allein in ihrem Zimmer zurückgezogen spielte. »Manuela, Mädchen, magst Du nicht doch in den Flötenkurs? Oder ordentlich häkeln lernen? Oder ... oder sollten wir vielleicht einmal Mau-Mau spielen?« Der Vorschlag war neu, aber nein, das wollte Manu auch nicht, lieber stundenlang Steine ordnen, aus Obstschalen Kronen basteln oder Muster aus alten Zeitungen schneiden, sie bemalen und auf andere Papiere kleben, oder später hinter Büchern verschwinden. »Manuela ... nur einen kleinen Moment! Manu-eeela, hörst Du mich ... möchtest Du Streichkäse oder Quark zum Abendessen? Oder soll ich vielleicht noch ein Risi-Pisi für Dich kochen, das hast du doch so gern?« Wieder und wieder tönte die Stimme ihrer Mutter durchs Haus. Mit ihrem verlorenen Kampf, ihre eigene Einsamkeit auszuhalten, nahm sie ihrer Tochter Luft und Raum für ihre Träume. Manu war noch nicht fähig, sich gegen die Schwermut abzugrenzen, die ihre Mutter in kleinen Dosen mit sich trug. War sie nicht mit Isa unterwegs, zogen die Tage gleichförmig mit dem Gefühl für sie dahin, dass hier alles grau war, die Sonne viel zu wenig schien, der Himmel viel zu selten blau. Die tägliche Routine von den pünktlich eingehaltenen Mahlzeiten getaktet. Ihr Leben ohne Ereignisse, die den Ablauf aufbrachen. Erst als Manu schon in der Schule war, kam der Fernseher und lief. Mit zwei Programmen, pünktlich um acht Uhr Abend für Abend dann die Nachrichten. »Papa, so viele kleine Kinder ... warum müssen die so hungern?« – »Ja, schau deshalb iss du nur besser artig auf! Die Kinder dort, die wären froh darum!« Die Antwort ihrer Mutter, ihr Vater schwieg. Sie sah sie auch noch nachts im Bett vor sich, die Kinder mit ihren von Hunger und Krankheit aufgetriebenen Bäuchen, mit ihren großen Augen ohne Hoffnung. Was bitte half es da, wenn sie ordentlich aufaß? Wo war da der Zusammenhang? Die ersten Jahre ohne diese starken Eindrücke aufgewachsen, trafen sie die Bilder tief ins Mark. Ihre geschützte Scheinwelt war dabei in Bruch zu gehen. Warum war die Welt nur so ein erbarmungsloser Ort? Warum war das Leben nur so unfair? Manu fühlte sich schuldig. Sie hatte alles und trotzdem ging es ihr nicht gut. Schlechtes Gewissen brach über sie ein. Waren sie doch alle voll von Zuversicht. Wie konnten die Erwachsenen dem Elend der vielen Kinder so seelenruhig zusehen? Wie konnte man da helfen, wie konnte Manu die Menschen retten? Überall sah sie die großen Augen der »Biafra-Kinder«, so wie sie ihre Eltern damals nannten, vor allem in der Nacht. Die Kinder, die kurz davorstanden, ihr Leben zu verlieren.

»Papa? ... Mama? ... Womit habe ich verdient, dort nicht geboren worden zu sein?« Aber auch darüber ließ sich mit ihren Eltern nicht weiterreden. Wissen sei Macht, Manu solle nicht so viele Fragen stellen, dafür mehr lernen, damit etwas Ordentliches aus ihr werden würde. Damit sie sich später ein besseres Leben leisten könne. Vielleicht sollte sie sich öfters mal eine dieser netten Shows mitansehen. Das wäre doch mal was, auch da gäbe es einiges zu lernen. Aber sie mochte diese Sendungen nicht besonders, diese Shows, in denen es nur ums Gewinnen ging. Gab es damals ja genügend Unterhaltungskönige wie Hans Rosenthal mit seiner »*Dalli-Dalli-das war Spitze-Show*«, dem Fragespiel für Schnell-denker. Oder Hans-Joachim Kulenkampff mit seiner »*Einer wird gewinnen-Show*« – beide Meister ihres Faches. Weshalb Manu es auch immer mal wieder versuchte, abends mit ihren Eltern vor dem Fernseher. Aber irgendwie vertrug sie diesen Wettbewerb, diesen Eifer ums Bessersein in gezwungen heiterer Atmosphäre nicht. Allein das heftige Geklatsche aus dem Publikum warf sie aus der Bahn. Lieber zog sie sich in ihrem Zimmer zurück. Sie solle sich nicht so anstellen. Sie sei verwöhnt. Aber sie war empfindlich. Sie konnte nicht aus ihrer Haut.

Ja, zum Glück hatte Isa um Manu so gekämpft. Nicht dass sie immer mit Isas Ideen einver-standen gewesen wäre. Doch die Dankbarkeit für die Ablenkung, die ihre neue Freundin in ihr Leben brachte, war stärker. Waren sie nicht

35

mit Rocky draußen, half Manu mit, Isas Wohnung in Ordnung zu bringen. Ein bombastisches Chaos, das da herrschte. Skandalös. Ein skandalöses Lotterleben. Hätten ihre Eltern dazu gesagt. Staubzusaugen, die überfüllten Aschenbecher oder die Reste von Trinkgelagen vom Vorabend zu beseitigen. Das Wohnzimmer fand Manu schnell spannend, es hatte ihr eine neue Welt eröffnet.

Machte sie die Glastür auf, kam ihr eine Mischung von altem Rauch, Rasierwasser und Alkohol entgegen. Anfänglich musste sie sich überwinden, den dunklen Raum auch zu betreten. Ekel, der in ihr hochstieg, gleich von dem Gefühl gefolgt, ihn bezwingen zu wollen. Als ob sie damit einen Schritt aus dem ihr eintönig gewordenen Leben machte, war sie insgeheim sogar ein bisschen stolz gewesen. Stolz auf ihren Mut, den dunklen Raum zu durchqueren, um die heruntergelassenen Jalousien an den zwei Fenstern gegenüber hochzuziehen. Isa hatte sie dabei schmunzelnd mit einem Haufen Wäsche im Arm beobachtet. Manu ahnte, was sich Isa dachte, wie feige sie doch war. Die Schalter anzuknipsen, um Licht zu machen, war hier wenig hilfreich, die großen orangenen Schirme, die von der Decke tief nach unten hingen, gaben genauso wie die aufrechtstehenden, an einem langen Arm in den Raum reichenden Lampen kaum mehr als Schummerlicht. Weder die orange-gold-braune Tapetenwand mit ihrem überdimensionierten Blumenmuster, noch die Sitzlandschaft mit den orangenen Kissen darauf war ohne Tageslicht richtig zu erkennen. Links und rechts davor zwei rechteckige Glastischchen. Gegenüber an der Wand ein großes Regal, die Bar mit unzähligen Flaschen, ein Sortiment, das Manu später so nur in Bars gesehen hatte. Vollkommenes Neuland, das sie da betrat. Die kleinen Abstelltischchen mit ihren Spiegeloberflächen zu polieren, daran hatte sie bald Spaß. Genauso wie die Herausforderung, den großen Glastisch im Eck mit den orangenen Sets samt kleinen Untersetzern daneben mit leeren Whisky-Gläsern darauf, so etwas wie sauber zu bekommen. Die tanzenden Aschehäufchen, die farbigen, kreisrunden Abdrücke der Gläser, die wie ineinander verschlungene Zuckerringe miteinander vereint, schienen direkt darauf zu warten, um von ihrem Putztuch in neue Gebilde verwandelt zu werden. Die für Manu, je nachdem wie weit sie die Jalousien und Vorhänge aufgezogen hatte, ein anderes Bild abgaben.

Ab da an war Manu gerne allein in diesem Raum, Isa putzte in den anderen Zimmern, füllte die Waschmaschine oder machte sie leer und hängte Wäsche auf. Manu war neidisch, dass Isa sinnvolle Aufgaben zu erledigen hatte.

Auf den Gedanken, bei sich zu Hause auch nur zehn Minuten lang mit sauber zu machen, wäre sie nie im Leben gekommen. Ihre Mutter ließ sie im Haushalt nicht mittun. Das war ihr Terrain. Manchmal ertappte sich Manu sogar bei dem Wunsch, ihre Eltern bräuchten ihre Unterstützung, sie hätte auch Aufgaben, könnte sich nützlich machen, Manu sei für ihr Zusammenleben zu irgendetwas nutze. Und wenn sie nur die Milch vom Bauernhof hätte holen müssen. Aber die kam in weiß-blauen Plastikschläuchen, die man in einen dunkel-blauen Extra-Plastikbehälter stellte, jede Woche aus dem Supermarkt. Wie auch das tiefgekühlte Gemüse. Dass man Erbsen aus Schoten pulen konnte, und auch Spinat nicht nur aus der Tiefkühlpackung kam, hatte Manu erst Jahre danach erfahren.

»Hej Manu, und jetzt kochen!« Isa hüpfte durch die Küche, mordserleichtert, das Putzen hinter sich zu haben. »Nudeln mit Tomatensauce oder Spiegeleier mit Speck? – Nö Manu, ich mach uns einen »Strammen Max« mit einem fetten Spiegelei ganz oben drauf!« Manu staunte. Isa sah gewichtig drein. Ihr Ton nicht ohne Stolz. »Oder doch lieber Ravioli – eigentlich sind die am besten!« Isa verdrehte schelmisch ihre Augen nach oben und verschwand hinter der Küchentüre, wo eine Menge Konserven im

Eck mehrfach aufeinander gestapelt in einem Karton standen. »Simsalabim!« Sie hielt die Dose unter Manus Nase. Nur das mit dem Öffner Löcher in die Dose zu stanzen, stellte sich selbst für Isa schwieriger als erwartet heraus. »Halt mal!« Manu klammerte beide Hände fest um die Dose, während Isa um sie herumtanzte. Dann wechselten sie ab. Ein Loch da eines dort. Bis die obere Seite durchgestochen war, damit sie zumindest die eine Hälfte des Blechs aufklappen und sie den säuerlichen Geruch aus Konserve und Tomate in sich aufsaugen konnten, war es ein Stück Arbeit. Begierig geworden schaufelten sie die halbrunden, in hellrot dünner Soße schwimmenden Teile kalt in sich hinein. »Schmeckt riesig, so was gibt es bei uns nie!« Manu war vergnügt, bisher saßen sie immer nur vor Riesenschüsseln mit Haferflocken, Kaba und viel Milch, und für Isa mit einer Extraportion Zucker.

Daheim erzählte Manu ihren Eltern während sie an ihrem Abendbrot herumnagte, die Hausaufgaben seien heute besonders schwer gewesen. Woraufhin ihre Mutter wieder von ihren Pflichten berichtete. Was im Haushalt gerade wieder nicht so recht funktionieren wollte. Oder aber von Geräten, wie einem Eierkocher, den sie so sehr bräuchte, von dem schließlich die ganze Familie profitieren würde. Endlich eine Stabilität in der Konsistenz des Eidotters. Manus Vater trug nur selten etwas bei, wenn ihm beispielsweise ein unzuverlässiger Lieferant im Geschäft auf die Nerven fiel. So war der Abend, an dem ihre Eltern beide aufgeregt aus ihrer reservierten Haltung herausplatzten, eine Ausnahme. »Stell Dir vor, Manfred, Isas Mutter hat ihren Führerschein los!« Manu hatte bemerkt, wie ihre Mutter sich dabei bemühte, besonders bedeutungsvoll zu schauen. Ihr Vater sah aber nicht von seinem Teller auf. »Im Morgenmantel ... stell dir vor!« Ihre Stimme voller Empörung versuchte Manus Mutter noch eins drauf zu legen, »betrunken ... am Steuer!« – »Typisch!« Kein Wort mehr dazu von ihrem Vater. »Was für eine Schande!« So kannte Manu ihre Mutter nicht. »Kein Wunder!« Das war alles, was ihr Vater herausbrachte. »Beim Zigarettenholen!« Triumphierend über so eine Neuigkeit, die sie da besaß, sah sie ihren Mann jetzt an. »Das weiß ich von der Schmitz, die hat mir das heute zugesteckt!« Manu beobachtete die beiden über ihren Teller. »Kein Wunder,« wiederholte er trocken. »Was die Polizisten sich da gedacht haben müssen.« Manus Vater schwieg und strich sich eine Scheibe Brot mit dünner Margarine. »Mehr hast du dazu nicht zu sagen?« Ihre Mutter war enttäuscht. Ihren Ton nochmals in Richtung Klage erhebend, setzte sie nachdrücklich ein vorwurfsvolles »Man-fred!« hinterher.

Für Manu unerwartet wurden die Augen ihres Vaters plötzlich Schlitze. »Aber was ... was erwartest du ... von denen?« Seine Brauen zusammengezogen, sein linkes Auge zuckte. Über wen er sich jetzt gerade eigentlich mehr aufregte, war Manu nicht klar. »Von denen ... von denen ... ja wen Manfred, wen meinst du denn damit?« Dass sie es geschafft hatte, ihren Mann in Bewegung versetzt zu haben, brachte sie in Wallung. »Ja wen ... wen könnte ich damit wohl meinen?« Verärgert schüttelte er seinen Kopf. »Ich spreche von Isas Mutter ... und von Isas ... Onkel!« Seine Stimme klang höhnisch, als er Onkel sagte. Manus Mutter warf einen besorgten Blick in Manus Richtung. Hätte sie das Thema besser nicht in der Anwesenheit ihrer Tochter so ausgebreitet. Manu tat so, als ob sie die goldbraune Oberflächenstruktur der Haut ihres geräucherten Schillerlockenteils vor sich auf ihrem Teller studierte, während sie kurz rätselte, von welchem Onkel ihr Vater da sprach. Isas Mutter hatte einen Freund, ja, aber keinen Onkel. Den Isa sogar recht nett fand, ihre Mutter war geschieden von Isas Vater, was damals selten war. Worum sich aber niemand weiter scherte. Behauptete Isa zumindest. Ganz im Gegenteil. Angeblich fand sie das gut. Keinen Vater, über den sie sich ärgern musste. Und woher auf einmal der Ton in den Stimmen ihrer Eltern?

»Zum letzten Mal: Dieses Schlüsselkind-Isa übt einen schlechten Einfluss auf unsere Tochter aus!« – »Besser einen schlechten als gar keinen!«, konnte sich Manu nicht verkneifen. – »Ja, genau! Ganz genau das meine ich!« Sein ausgestreckter Zeigefinger auf Manu gerichtet, war er laut geworden. »Da hapert es an allem: Ordnung, Anstand. Redlichkeit!« – »Aber Manfred!« Auf der Suche danach, ihren Mann wieder zu besänftigen, war die Stimme ihrer Mutter auf einmal wieder verbindlich. Der Freund von Isas Mutter war Ingenieur, ein Sachverhalt, weswegen Manus Mutter ihn sehr ernst nahm. Was er wirklich machte, wusste keiner. Aber er hatte studiert. Fertig studiert. Ein Akademiker! Somit könne das alles dann wiederum doch nicht so schlimm sein. Na eben. Möglicherweise war da ja bei ihrem Mann Eifersucht aus dieser Ecke mit im Spiel. »Und überhaupt, was sucht ein gebildeter Mann bei so einer wie ... Isas Mutter?« Wütend warf Manus Vater seine Serviette auf den Teller, stand auf und schob den Stuhl geräuschvoll an die Tischkante. Hui, da war aber mal richtig was los heute.

Bei Isa Zuhause ging es locker zu, man konnte essen was, wo und wann man wollte, Musik hören, lachen, tanzen. Oder leidenschaftlich laut mit Isas Mutter »*Es gibt kein Bier auf Hawaii*« singen, den exotisch angehauchten Schlager aller Schlager mit dem Hula-Hula-Ohrwurm-Refrain von Paulchen Kuhn. Obwohl Manu ein zwiespältiges Verhältnis zu Isas Mutter hatte. Ein wenig fürchtete sie sich schon vor ihr, sie war so schwer einschätzbar. Immer zu Witzen bereit, aber auch knallhart. Von einer Sekunde auf die andere, zack, drehte sich Isas Mutter um. Wenn ihr etwas nicht passte und es Isa nicht gelungen war, sich rechtzeitig weg zu ducken, knallte es. Isa verglich ihre Mutter oft mit dem kleinen HB-Männchen, dem lustigen Zeichenmännchen aus der Zigarettenreklame, das enerviert nach der beruhigenden Kippe aus der weißen, gelb umrandeten Packung mit dem roten Dreieck in der Mitte greift. Dann ging Isa in Pose, bevor sie theatralisch intonierte: »Wer wird denn gleich in die Luft gehen?« Wenn Isa daraufhin riet, besser eine HB zu schmauchen, sich dabei in die Hände klatschte und sich mal wieder über sich selbst halb krummlachte, fehlte Manu ein wenig der Zusammenhang. Spürte aber, dass Isa den Eindruck machen wollte, die Unbeherrschtheit ihrer Mutter von der sportlichen Seite zu nehmen. Als Manu sie darauf mal ansprach, wollte Isa nicht darüber reden und Manu, feinfühlig wie sie war, ließ das Thema ruhen. Was sich in der Freundschaft der beiden Mädchen gut ergänzte. Isa war nicht nur Wortführerin, sondern auch Anführerin geworden.

Indes ließ Manus Mutter die beiden Mädchen gewähren, waren sie bei gutem Wetter mit Rocky spazieren, war sie zufrieden. Wenigstens ein wenig Bewegung für die Kinder. Sie ahnte nicht, dass die beiden im letzten Volksschuljahr die meiste Zeit nur noch am Kinderspielplatz am anderen Ende des Ortes herumlungerten. Dort, wo sich die Jungs mit ihren Mofas in der Dämmerung trafen, wo geraucht, getrunken und Sprüche geklopft wurden. Dass die meist erst dann auftauchten, wenn Manu gerade wieder nach Hause zum Abendessen musste, darüber war Manu nicht traurig. Eher darüber, dass Isas verschmitzter Blick mit einem Mal kalt wurde, wenn Manu gleich nachdem die Bande aufgetaucht war, nach Hause trabte. Isa hätte Manu lieber weiter an ihrer Seite gehabt, blieb aber trotzdem, obwohl auch Rocky ungeduldig geworden, kläffte, wohl hätte er auch lieber das Weite gesucht. Hatte er schon so lange angebunden an seiner Leine gewetzt, während sich die Mädchen Stunden lang gegenüber auf der Wippe sitzend endlos Geschichten erzählten. Beziehungsweise Manu Isas Stimme lauschte, die ihr die öde Gegend aufhellte, die sie, war sie alleine draußen, mehr als trübe stimmte. Isa hatte schon Jungs im Kopf. Irgendjemanden fand sie immer goldig, in irgendwen war Isa immer gerade verknallt.

Das wechselte beständig und aus anfänglicher Phantasie, war bald auch Tat geworden. Isa rauchte mit elf, trug ihren ersten viel zu großen, mit Watte ausgestopften BH und malte sich Spiele mit peitschenden Frauen aus, die auf nackten Männern auf allen vieren ritten. Manu war das unheimlich, da hörte sie nur mit einem halben Ohr zu, innerlich hatte sie bei diesen Themen einen Schutzfilm zwischen sich und Isas weltenschaffenden Worten gezogen. Einen Schutzfilm, den sie manchmal noch verstärkte, indem sie mit ihrer Aufmerksamkeit in die Wolkengeschichten am Himmel flüchtete oder aber in die Erzählungen der Krähen auf dem Acker nebenan.

Die Schule lief für Manu nach dem Wechsel aufs Gymnasium mittelmäßig gut. Weniger für Isa, die das erste Jahr dort nicht bestanden hatte. Was ihr so ziemlich schnurzegal war, nur nicht, dass sie daraufhin in ein nah gelegenes Internat geschickt wurde. Andernfalls hatte Isas Mutter befürchtet, ganz die Kontrolle über ihre Tochter zu verlieren. Damit hatte Isa nicht gerechnet, todunglücklich war sie. Im Gegensatz zu Manu, die – war sie ehrlich zu sich selbst – fast ein wenig erleichtert darüber war. Denn Isa hatte Manu inzwischen so mit in ihre Welt gezogen, dass sie sich immer unwohler in ihrer

Gegenwart fühlte. Mehr und mehr hatte sie über sie zu bestimmen versucht. Ihre Wünsche zu ihren Wünschen gemacht. Isa wollte und Manu folgte. So fühlte sich Manu fast befreit, Isa nur noch, wenn sie über das Wochenende nach Hause kam, zwei, drei Mal im Monat zu treffen.

Isa, die Schnelle, die sofort immer auf alles reagierte. Ob nun auf ihre eigenen Ideen oder auf jene, die gerade von außen auf sie zuströmten. Isa, die hemmungslos Abenteuerlustige. Isa, die überall dabei war. Isa, die die größten Räder schlagen, ja sogar Flickflacks konnte. Isa, die so inbrünstig singen konnte. All das, was Manu nicht konnte, oder wofür sie zu langsam war. Weil sie so viel Zeit für alles brauchte. Nicht umsonst hatte sie von ihrer Tante den Namen *my little turtle* bekommen.

## drei

Um sich den Einstieg in die Hochzeitsgesellschaft vor der Kirche zu erleichtern, hatte sich Manu vorgenommen, sich der niesenden Frau anzuschließen. Doch war die Neonpinke, ohne nur einen Blick mit ihr zu tauschen, sofort nach draußen, wo man sich auf dem gepflasterten Platz vor der grauen Betonkirche versammelt hatte, in der Menschenmenge verschwunden.

Ein fahler Frühlingstag, der Himmel blaugrau, die Sonne noch nicht willig. Eine neugepflanzte dünne lange Birke, noch fast ohne Blätter, das einzige, wenn auch noch blasse Grün weit und breit. Manu hielt auch nach dem Typen links vorne in der Kirche Ausschau. Nach dem, der sie an Lutz erinnerte. Und auch nach Isas Mutter. Damit hatte sie nicht gerechnet. Kein Mensch, weit und breit, den sie hier kannte. Seltsam. Zugleich aber auch erleichternd. Allein Isa wieder gesehen zu haben, hatte sie fast lahmgelegt. Beobachten, sich auf die Situation hier einlassen, durchatmen, ruhig werden, lautete ihr Auftrag an sich, während sie sich über die Darbietungen wunderte. Ein A-cappella-Ständchen, ohne Rhythmus und Humor, von wem das war, Manu hatte keine Ahnung. Egal, es zog sich in die Länge. Viel lustiger die Akrobatik-Show von einer Horde kleiner Kinder. Alle wackelten, nichts funktionierte, aber sie hatten Spaß. Und endlich lachten auch einige der Gäste. Danach war ein Bus für die ohne Auto Angekommenen vorgefahren. Das Brautpaar war schon abgedüst. In einem hellblauen Citroen mit weißem Dach aus den Fünfzigerjahren, fast wie aus einem Film von Jacques Tati kopiert, von tosendem Beifall begleitet. Wunderschön sah Isa darin aus, der Bräutigam war stolz, keine Frage, aber Isas Blick stimmte Manu nachdenklich.

Gefeiert wurde im Haus von Isas Bräutigam im Nachbarort. Manu kannte das Haus, wenn auch nicht gut. Selten hatte sie bei ihm mit abgehangen. Mittlerweile war es zur reinsten Achtziger-Jahre-Designerhütte umgebaut, kaum mehr zu erkennen. Nichts, aber auch gar nichts, schien dem Zufall überlassen. Auf einmal war hier alles hip und cool, sogar die Gäste, die noch dazu gekommen waren, auf der Suche nach dem großen Auftritt: Wer hat was, wer zeigt was. In smarten Gruppierungen aufgestellt wie für einen Dreh. Die Männer in teuren Anzügen mit breiten Schultern, darunter grell bedruckte Shirts und spitze lange Schuhe. Die Frauen mit bizarren Ohrgehängen, markant geschminkt, ihre Haare schrill geschnitten, kurz. Irgendwie waren alle hier perfekt. Aerobic gestählt, androgyn, android, anders. In Richtung David Bowie. In diesem großen Garten mitten auf dem Land. War das anderswo auf der Welt nicht längst vorbei? Dazwischen immer wieder Isa, die Braut Isa, ausgerechnet Isa hier in diesem Traumhaus-Setting. In einem weißen Hosenanzug, die Jacke hatte sie ausgezogen, trug sie nur ein knappes, tief dekolletiertes Gilet über ihrer engen Hose, die ihr leichtes Hohlkreuz unterstrich. Supersexy sah sie mit ihrem kinnlangen Lockenkopf aus. Wie sicher sie sich in diesem Szenario hier bewegte! Wie sie es genoss, im Mittelpunkt zu stehen. Zumindest erweckte sie den Eindruck. Manu beobachtete über ihr Glas hinweg, wie sich Isa verändert hatte und doch auch wieder nicht. Isa blieb Isa. Isa spielte Isa. So als ob nichts weiter gewesen wäre. Miteinander zu reden war noch keine Zeit. Isa war permanent von Leuten umlagert. Manu wollte sie alleine sprechen. Nur kurz hatten sie sich aus der Entfernung zugewinkt. Manu war verunsichert. Ein Gefühl, das sie schon lange nicht mehr in diesem Ausmaß kannte. Im Haus setzte sich ihr Unbehagen fort. Ausladende Möbel im Zebralook, Drucke an den gelackten Wänden, bunte Warhols, Lichtenbergs und andere großformatige Comics, die Manu nichts sagten. Sie strich über die Stahlrahmen der Sessel, über das schwarze Leder. Alles fraglos teuer, aber sie spürte nichts. Alles war kalt, Manu dachte an Isa, an ihre Freundin Isa, war das ihr Platz? Der Platz für ihre Abenteuerlust? Für ihre Spontaneität? War das Isas Traum? Dieser Schauraum wie auf einer Möbelmesse – nur eben nicht in Mailand, sondern hier mitten in der Pampa? Aber hallo, das war aber jetzt nicht Isas, das war ihr Problem! War sie es doch, die davongelaufen war. Davongelaufen von ihrer Vergangenheit, während Isa hier gut gelandet, sich ihrer Geschichte stellte? Das, was sie bis jetzt vermieden hatte? Als ob sie sich damit beruhigen wollte, drifteten ihre Gedanken zu ihrer eigenen Wohnung ab. Darin über die Jahre Gesammeltes, Selbstgebautes, Genähtes, Mitgebrachtes von ihren Reisen. Zu allem hatte sie eine persönliche Geschichte, einen Bezug. Stilistisch für die meisten hier vermutlich stümperhaft. Hochwahrscheinlich armselig. Unwillkürlich hoben sich ihre Schultern. Mal ganz ehrlich, ruhig Blut, nie und nimmer hätte sie mit Isa tauschen wollen! Manu schloss ihre Augen und drehte sich langsam um ihre eigene Achse, mehrmals, bevor sie ihre Schultern wieder fallen ließ und stehen blieb. Sie machte ihre Augen wieder auf. Ihr Blick fiel in den großen Garten. Keine Bäume, nur Hecken und ein Pool mit blitzblau strahlend klarem

Wasser. Alles unwirklich, sogar der Rasen wirkte grüner als grün, darauf die schillernden Gäste, ja eben wie bei einem ihr eigentlich so vertrauten Film-Dreh. Alles an der Oberfläche markiert. Alles andere als echt. Und alles miteinander Selbstdarsteller. Versuchten hier alle auch nur, irgendetwas hinter ihrer Fassade zu verstecken?

Aber halt ... stopp, stopp, stopp ... was für Behauptungen und Fragen, die sie da schon wieder einbezog, nein, wahrscheinlich fanden sie einfach nur an ihrer Neugestaltung Freude hier. Was war heute nur los mit ihr? Manu schüttelte sich, alles war gut, jeder hier auf seine Weise. Ja, alles fühlte sich doch richtig an. Sie ging aufs Klo. Setzte sich auf die viel zu hoch und schmal gebaute Schüssel. Schnick schnack. Ein Philipp Stark-Modell, das sie zufällig aus dem letzten Film her kannte. Aber was, war man dafür nicht groß genug? Hochspringen? Ein schwarzer Panther aus Porzellan daneben. Lebensgroß. Sie musterte die Wände. Violett gelackt. Barock goldener Rahmen um den runden Spiegel. Das Blut floss. Aus ihr. Sie saß da. Spürte wie es aus ihr heraus in die hohe weiße Schnick-Schnack-Schüssel rann. Neben ihr auf dem eleganten Fenstersims standen aufwendig gestaltete Parfum-Flakons und eine gleichfalls goldene Schale mit vielen Tampons. In dem Moment war sie

Isa dankbar, wusch sich Gesicht und Hände und ging in den Garten zurück. Wo sie vorher schon allein in einem Eck gestanden war. Ihre Stimmung sank rapide weiter. Gewöhnlich war sie erleichtert, bekam sie ihre Tage. Doch so stark wie jetzt gerade, waren sie schon lange nicht mehr. So hätten sie nun auch nicht kommen müssen. Jetzt war sie schwarz zu tragen froh. Vorher war es ihr noch peinlich, nicht daran gedacht zu haben, dass das auf Hochzeiten vielleicht nicht gern gesehen war. Was nun etwaigen Flecken aber zugute kam. Immerhin. In ihrem Rücken zog es gnadenlos in Richtung Erde, auch Schmerzen im unteren Bauch mischten sich dazu. Was hätte sie dafür gegeben, von hier sofort wieder zu verschwinden. Weg von dieser Feier, genauso wie weg aus diesem vermaledeiten Nest. Weg von ihrem ultimativen Denken, in dessen Falle sie gerade mehr denn je zu tappen drohte. Wie war sie nur auf die Idee gekommen, hierher zu fahren?

Doch hier jetzt im Off stehen zu bleiben und Isas Festtag nur mit ihren Erinnerungen im Kopf an sich vorbeiziehen zu lassen, nein, das brachte nun mal gar nichts. Manu hatte sich einen Ruck gegeben und war von einer Runde zur anderen gezogen. Fast wie früher eine grauenhafte Übung, lächelnd »Hallo« zu sagen.

Längstens war das eigentlich vorbei. Diese Angst ihre Stimme breche in der Mitte, so dass sie besser stumm bliebe, auf die Gefahr hin, die Menschen glaubten, sie sei dumm und habe nichts zu sagen, schwieg sie oft schon im Voraus. Sie dachte an ihre Bewunderung, wie sich Isa lauthals Raum verschaffte. Dass Isas Blick dabei nicht nur triumphierend, sondern manches Mal auch ängstlich fragend die Runde machte, war ihr dabei entgangen. In was für alte Muster fiel sie hier denn noch zurück?

Bei einer Gruppe, die ihr etwas lockerer vorkam, war sie stehengeblieben. Wohl auch, weil dort Ninis Name gefallen war. Sie unterhielten sich lebhaft, sie erkannte die niesende Frau aus der Kirche neben ihr, sie war viel kleiner, als sie es erwartet hatte. Zu Manus Überraschung trug sie ein rotes Kleid, das raffiniert gebunden ihre Schulterpartie betonte. Von ihrer Niesattacke keine Spur, hatte sie sich makellos, wenn auch mit krass viel Farbe, nachgeschminkt. Trotzdem war sie Manu sympathisch, sie schien nicht von hier zu sein, sie sang mehr als dass sie sprach und rollte das *R* dabei auf raffinierte Weise. Es gefiel ihr, wie sie zu erzählen verstand und dabei mit ihren Händen ihre Worte unterstrich. Sie sah ihr gerne zu. Alle waren gebannt von ihr. So hatte es gedauert, bis Manu kapierte, dass sie hier, bevor sie dazu gestoßen war, von Ninis Tod gesprochen hatten. Ein Schlag gegen ihre Brust, gegen ihren Kopf, es wurde schwarz. Fast hätte Manu zu atmen vergessen, gerade konnte sie sich noch ein paar Schritte rückwärtsgehend zurückziehen, bevor sie sich umdrehte, um in den hinteren Teil des Gartens zu laufen, wo sie alleine sein konnte. Sie war fassungslos. Auch Nini in der Galerie der Toten. Einfach weg, einfach nicht mehr da. Einfach aus dem Leben gerissen nicht mehr da. Nini.

## vier

Nini war im zweiten Jahr Gymnasium in ihre Klasse gekommen. Sofort war sie ihr aufgefallen. Ihre karamellfarbenen zu Beginn noch in lange dicke Zöpfe geflochtenen Haare, ihre milchig blasse Haut mit den vielen Sommersprossen, deren Strahlkraft die Frühlingssonne heraus kitzeln zu wollen schien. Ihre breite Stirn, ihre vollen Lippen. Alles war weich an Nini. Ihr noch kindlicher oder doch schon weiblicher Körper von verführerischer Wärme. Von der Nini noch keine Ahnung hatte, obwohl sich jeder gleichwie welchen Alters nach ihrer Nähe sehnen mußte. Ja, alles an ihr war rund und weich, vielleicht liebte Nini auch deshalb Elvis Presley. Seine Stimme, die auf schmiegsamen Wellen davontrug. Nini liebte auch Amerika. Elvis Stimme nahm sie in ihren Träumen mit dorthin. Als Manu Elvis Presley bei ihr kennenlernte, mochte sie ihn nicht. Den »King of Rock 'n' Roll« fand Manu schmalzig, kitschig. Und auch Amerika fand sie nicht besonders gut. Aber das war alles kein Problem. Denn was da zwischen den Mädchen entstand, war so ganz anders gewesen, als was sie bisher erfahren hatte. Oder was da zwischen ihr und Isa war.

Isa, die Manu Szenen machte, als sie von Nini Wind bekam. Ständig rief sie an, auch unter der Woche aus dem Internat. Sie warf ihr vor, dass Manu sich nicht mehr um sie kümmerte. Sie müssten wieder enger werden. Sonst wäre doch alles für die Katz gewesen. Feigheit hin oder her. So richtig Ahnung, was Isa eigentlich meinte, hatte Manu keine. Ja, aber Manu sollte unbedingt Nini mitbringen. Das wäre einfach die Lösung. Allein von der Vorstellung bekam Manu Bauchweh. Ihre Nini. Die passten doch überhaupt nicht zusammen. Aber Isa ließ nicht locker. Sie trafen sich zu dritt im Sandkasten, lümmelten gelangweilt nebeneinander, als sich Isa auf den Rücken warf, die Augen zusammenkniff, und die Luft mit schnarchenden Geräuschen rückwärts einsog, ganz langsam, um sie auf ein gedehntes »Pitsche-püüüüh« wieder rauszulassen. So einige Male wiederholte sie ihr Spiel, wobei ihr »Pitsche-püüüüh« lauter und länger wurde und sie ihr Lachen kaum mehr unterdrücken konnte. Bis sie ihre Augen wieder aufriss und Beifall heischend zu Nini sah. »So ist es halt mit Manu ...« Jetzt schielte Isa für einen kleinen Moment, das war schon ein wenig gruselig, fast war nur noch das Weiße in ihren Augen zu sehen. »Laaaang-weilig ... immer hat sie Muffe-Sausen, aber Nini ... du kennst sie ja!« Manu fühlte sich verraten und schämte sich dafür, schon war Isa aufgesprungen: »Hurra, hurra, Mädels! Ich haabe es! Heute ist es an der Zeit!« Manu und Nini tauschten Blicke, Manu wollte rausbekommen, was Nini davon hielte. So viel lieber hätte sie sich ohne weitere Worte träumend der Wärme hingegeben, die sie von oben wie unten aufsog. »Nini, schau Dir bloß mal wieder Manu an ... wie drei Tage Regen! Sau-rer Reee-gen!« Nini musste gegen ihren Willen lachen. »Avanti, avanti, Manu, auf geht's, steh schon auf!« Manu hätte sie zum Teufel jagen mögen.

In der Wohnung war es schwül. Isa war erstmal mit einem Comic-Heft in der Hand auf dem Klo verschwunden. Manu hatte die Jalousien hochgezogen und die Fenster geöffnet, kein Luftzug, der hereinkam. Nini schien sich ganz wohl zu fühlen, gab Rocky frisches Wasser, während Manu, die unentschlossen durch die Wohnung tigerte, direkt erleichtert war, als Isa wieder dastand und ihnen auftrug, drei Stühle zu holen und sie nebeneinander vor die Bar zu stellen. »Hej Mädels, was darf es sein?« Pfiffiger Blick zu Nini. Manu fühlte einen Stich, sie fühlte sich ausgeschlossen. Zum ersten Mal, dass sie mit Isa nicht alleine in der Wohnung war und schon fühlte sie sich übergangen. »Ist ja etwas gaaaanz spee-ziell-es, was wir heute feiern!« Isa war in ihrem Element. Hohlkreuz, Brust raus, wichtiger Gesichtsausdruck. Manu sah zu Nini, die ihre Lippen zu einer kleinen Schnute zog, beide Mädchen waren überfordert. Wie und wo war da der Anfang? Keine Flasche, kein Etikett, das ihnen etwas sagte. Manu zuckte wie gewohnt nur mit den Schultern. »Keine Ahnung, Isa, du kennst dich hier aus!« Manu musste sich bemühen, dass ihr Ton nicht beleidigt klang. Isa blickte streng. Ihre Nasenflügel bebten. Ganz einfach, sie sollten sich drei von den vielen Flaschen aussuchen, jene drei, die ihnen am besten gefielen. Eiswürfel wären im Gefrierschrank in der Küche. Und auch der Orangensaft. Isa tat total erfahren. Sie schraubten einige der Flaschen auf, rochen daran, kippten ein wenig der Flüssigkeiten in ihre Hand. Blau, Rot, Gold, Grün – so viele eindringliche Farben, so unterschiedlich waren sie in ihrer Konsistenz. Sie schleckten und schüttelten sich. Isa fand das lustig. »Simsalabim!« Sie hielt Manu wieder eine neue Flasche vor die Nase. »Pfui Spinne! Das schmeckt ja alles scheußlich, entweder kantig-hart oder ekelig-süß, ganz einfach schauderhaft!« Manu war das alles viel zu intensiv, auch den vielen Zucker war sie nicht gewohnt. »Spielverderberin! Mit Dir kann man auch nie eine Gaudi haben!« Manu schluckte. Nach längerem

Hin und Her entschieden sie sich für orangenes Gold mit einem Schuss braunem Likör aus Mandeln und einem hellen wasserähnlichen Getränk in einer gläsernen Flasche mit rotgelbem Aufkleber. Mit ganz vielen Eiswürfeln – das möge ihrer Freundschaft entsprechen. Isa war Feuer und Flamme. »Nie wird etwas zwischen uns kommen! Nie werden wir uns trennen. Nie im Leben! Prost!« Sie sah zu Nini. »Auf immer!« Jetzt gab sie Manu einen aufmunternden Stupser mit dem Fuß. »Auf ex!« Das erste Glas sollten sie in einem Zug austrinken. Uff, Isa strotzte nur so von Energie. »Ganz nach Sitte!« Keine Ahnung, nach welcher und warum. Und dann der Kuss, ja, denn ab jetzt seien sie Schwestern. Schwestern, die sie alle drei nicht hatten. »Schwestern für immer!« Isa fiel ihnen stürmisch um den Hals. Nini zuerst. Manu fühlte sich zurückgesetzt. Ok, Nini war zum ersten Mal hier. Ok, damit versuchte sie sich zu trösten. Isa machte weiter ihre Späße. Vor allem mit Nini. Nini nippte nur an ihrem Glas. »Nini, nicht schummeln!« Isa warf ihr einen kessen Blick zu. »Iwo!« Nini lächelte zurück. »Schmeckt Spitze!« Wieso schwindelte Nini bloss? Manu war sprachlos. »Nicht schwächeln Nini ... Rucki Zucki ... weg damit!« Voll blöd fand Manu alles, aber nur keinen Rabatz machen, es war besser mitzuspielen, solange Isa ihre Laune nicht verlor, war alles gut. Jetzt versicherte Nini Isa auch noch, was für eine Wucht sie wäre, bis sie unvermittelt meinte, sofort nach Hause zu müssen. Wann sie verschwunden war, hatte Manu gar nicht mehr richtig mitbekommen. Denn bald waren die Mischungen exotischer und die Art und Weise, wie die Flüssigkeiten ineinander übergingen interessanter geworden, als der Gedanke an Geschmack oder gar an Wirkung. Und ja ganz kurz war es noch ganz lustig, bis sich Manu und ihre Erinnerung im Gang vor der Toilette zusammengebrochen liegen geblieben verlor und erst am nächsten Tag im Bett von Isas Mutter wiederfand. Unvorstellbar, was sie da alles intus hatte, als irgendwann am späten Abend Isas Mutter nach Hause gekommen, Manu in ihr Bett getragen, ihr einen kalten Waschlappen auf die Stirne gelegt und einen Eimer danebengestellt hatte, in den sie sich so lange übergab, bis sie ihre Galle und andere Eingeweide dort hinein ausgeworfen glaubte.

Am nächsten Tag noch immer davon überzeugt, ihr Kopf sei mittels einer Axt geteilt, zersprungen, ihr Körper ausgehöhlt, gelähmt. Ihr Leben demnächst somit vorbei, als ihr Isas Mutter amüsiert berichtete, sie habe gerade ihre Mutter angerufen. Sie erzählte irgendetwas, sie habe sich entschuldigen wollen. Dass sie gestern mit den Mädchen noch in die Stadt ins Kino sei. Ganz spontan. Unerwartet spät sei es geworden, so dass sie es für besser gehalten habe, die beiden bei sich schlafen zu lassen. Sie allein trage die Schuld, also alles kein Problem, immerhin sei ja Wochenende und die Mädchen ja Teenager. Wie verstockt Manus Mutter darauf reagiert habe. Isas Mutter dagegen fand das alles nur witzig, scheinbar sollten sich Manus brave Eltern um ihre brave Tochter auch mal Sorgen machen. Au Backe, Isas Mutter konnte so ruppig sein. Manu hatte ihr zugehört, in ihrem Zustand kaum etwas davon verstanden. Sie hatte nur ihre Stimme vernommen, die vom vielen Rauchen so tief kehlig war, dass sie in ihrem schwachen Zustand vor ihr richtig gehend Angst hatte. Isa ging es weitaus besser, was fast genauso ätzend war. Sie lachte sich ins Fäustchen, feixte richtiggehend vor Vergnügen, als ihre Mutter Manu starken schwarzen Kaffee einflößte. Der nichts daran änderte, dass sie sich immer noch heule elend fühlte, als sie mit hängendem Magen und Schultern nach Hause geschlichen war. Unendlich froh, dass Nini es zumindest rechtzeitig heim geschafft hatte. Ob Manus Eltern ein Wort von der Geschichte geglaubt hatten, war nie Thema. Manus Mutter hatte kein Auge zugetan, sie sah noch miserabler aus als ihre Tochter. »Manfred, wir müssen die Polizei anrufen!«

So war es die ganze Nacht gegangen. »Manfred bitte! Lass uns anrufen!« – »Nein!« – »Wir müssen Manu vermisst melden!« Nein, ihr Vater wollte sein Gesicht nicht verlieren, den nächsten Tag noch abwarten. Als Manu da tatsächlich wieder zurück war, fiel kein Wort darüber, was hätte es zu reden schon gegeben. Beide schauten verschlossen streng, verzichteten darauf, Fragen zu stellen. Fast hätte man den Eindruck gewinnen können, dass für Fragen keinerlei Zeit zur Verfügung stand.

Für Fragen, warum man was tat, oder nicht tat, was man dachte oder gar wünschte, genauso wenig wie für Fragen, was ist, oder was je war, woher man kam, wer man war oder sein wollte, dafür war kein Raum. Als ob die Alltagsbewältigung immer noch den wichtigsten Platz einnehmen würde. So auch bei Manu zuhause, sie taten das, was man in ihrer Familie gelernt hatte: Sie schwiegen. Schweigen, eine Übung, die Manu schon längstens verinnerlicht hatte. Genauso wie innerhalb des gleichförmigen Alltags ihren Pflichten für die Schule nachzukommen. Mehr denn je war sie darüber dankbar. War es inzwischen über ein Jahr her, dass ihre Tante gestorben war. Eine Zeit, in der Manu nichts anderes als ganz reglos im Nichts hätte verschwinden wollen. Sogar ihre Mutter – still und stiller geworden – hatte begonnen, sie in

Ruhe zu lassen. Über Wochen war Manu nicht ansprechbar. Sie konnte es nicht begreifen, dass sie ihre Tante nie mehr lachend vor ihrem hellblauen Zaun stehen sehen konnte. Manu war erschüttert. Wie hatte sich ihre Tante so wenig auf ihren Körper verlassen können? Sie, die daran glaubte, mit ihrem Atem alles Unangenehme aus sich heraus waschen zu können. Ausgerechnet sie starb an einer Lungenembolie. Vollkommen unerwartet, viel zu früh. Die Eltern hatten das Haus, das Haus, das für Manu voller Fragen und Wunder war, verkauft. Einfach verkauft. Neben einem alten Schaukelstuhl, ein paar Ringen und Ketten, einer Sonnenbrille und einem Karton mit alten Fotos war Manu nichts geblieben.

In dieser Zeit hatte ihr Ninis bescheidene Art und Weise geholfen. Wie sie sich in der Schule über ihre linke Schulter nach ihr umgedreht, Manu ihr schönstes Lächeln geschenkt hatte. Dieses Mal hatte es nicht mehr so lange wie mit Isa gedauert. Nini, sanft wie sie war, hatte Manu Zeit gelassen, keinen Druck auf Manu ausgeübt. Obwohl sie sich außerhalb der Schule anfänglich wenig gesehen hatten. Nini war der Augapfel ihrer Eltern. Überängstlich ließen sie ihre Tochter nachmittags kaum raus. Sie lebten in einer Siedlung, zu Fuß eine halbe Stunde entfernt, am westlichen Rand des Ortes. Dort, wo einige Kilometer weiter die US-Kasernen lagen. Viele amerikanische Soldaten der US-Schutzmacht wohnten in Ninis Block. Die Beschützer – die Behüter, die in und aus erstaunlich langen Autos stiegen. Aus Autos, wie Manu sie bisher nur von Fotos ihrer Tante her kannte. Ihre Einkäufe trugen sie in großen braunen Papiertüten aus den PX-Stores der Army über den weiten Parkplatz. Gleich welche Hautfarbe sie hatten, ihr Markenzeichen waren weniger ihre grünen Uniformen als ihre hinten hochgeschorenen, beinahe kahlen Schädel. Und eben diese Riesentüten. Vielleicht hatten sich Ninis Eltern auch wegen der vielen GIs gleich vor ihrer Wohnung immer Sorgen gemacht. Nini war aber auch eine besondere Erscheinung. Sie hatte so eine fast leuchtende, ja dabei einladend zärtliche Ausstrahlung, deren sie sich in keiner Weise bewusst war. Das Miniatur-Abziehbild von ihrer Mutter, die sie in den ersten Wochen bis vor die Schule gebracht und von dort wieder abgeholt hatte. Es war ein warmer Spätsommer. Sie trugen ganz ähnliche Kleider aus blumigen Stoffen, die bis kurz über die Knie gingen, ihre Körper sanft umspielten. Die Oberteile gesmokt mit Puffärmeln in einem Miteinander passend bunter Farben, gedecktem himbeerrot, jadegrün oder fadebeige. Zusammen war das kitschig, ein bisschen

Folklore, aber unvergesslich eigen. Selbstgenäht, gestand Nini Manu, wie sie sich anfänglich dafür geschämt und dafür gekämpft hatte, um endlich alleine und später auch in Jeans und ohne Zöpfe in die Schule zu kommen. Wohin Manu zum ersten Mal in ihrem Leben gerne ging. Trotz alledem. Und wo sie, die bisher so unauffällige Schülerin, bald der Schreck aller Lehrer geworden war. Manu und Nini tuschelten und lachten ohne Pause miteinander. Sie fanden an allem ihren Spaß, und wenn ihnen gar nichts anderes in den Sinn kam, machten sie sich über die anderen lustig. Wurden sie auseinandergesetzt, schrieben sie sich Briefchen, die sie durch die Klasse schickten und saßen bei der nächstbesten Gelegenheit auch schon wieder nebeneinander. Mussten sie ihre gemeinsame Zeit anfangs gut nutzen. Eben entweder während des Unterrichts und in den Pausen. Oder auf dem Schulweg, der sich etwa auf halber Strecke kreuzte.

Das Gymnasium war einige Kilometer entfernt. Für Manu nichts als ein seelenloser Neubau aus Beton. Innen grelle Farben mit grauen Plastikböden und Neonröhren überall. Andere fanden das modern. Sogar ein Felsenterrarium gab es in der großen Aula. Mit gruftartigen Gesteinen, Einbaustrahlern, Leuchtstoffröhren und ein paar eingesperrten Echsen darin. Ein Produkt des überambitionierten Biolehrers, welches er mittels eindringlicher Elternrundbriefe rasch finanziert hatte. Manu mochte solche Orte nicht. Voll von Asbest, jener uralten Wunderfaser, von deren Schädlichkeit man längst wusste, bis man endlich in die Handlung kam. Dass ihr Schulgebäude voll davon war, das bildete sich Manu lange ein. Aber mit Nini an der Seite war ihr alles leichter geworden. Sogar die viel zu schweren Schultaschen, die sie auf dem Rücken trugen, wenn sie über die einheitlich bebauten Felder und an den unzähligen Neubauten nebeneinander liefen und Manu Nini von sich erzählte. Mehr als Isa je zuvor. Nini gab ihr Platz, Platz zum Atmen und zum Träumen. Manu hatte Vertrauen gefasst, sie erzählte ihr von zuhause, von ihren Eltern, von Isa, wie sie mittlerweile nervte. Und auch von ihrer Tante, die ihr seit ihrem plötzlichen Tod so unendlich fehlte und ohne deren Sein sie das alles, was da kommen sollte, nie hätte tragen können. Ja, eigentlich war Nini Manus Rettung geworden.

**Und jetzt hier auf** Isas Hochzeit die Nachricht von ihrem Autounfall. Auf Ibiza, wo Nini, wenn Manu das auf die Schnelle richtig verstanden hatte, inzwischen gelebt hatte. Mehr hatte sie nicht mitbekommen. Weitere Fragen zu stellen war sie nicht fähig. Sie war davon getaumelt, dann gerannt. Niemand um Manu herum hatte hier die geringste Ahnung davon, wie eng sie früher mit Nini befreundet war. Bis auf Isa natürlich. Wo war Isa überhaupt? Sie hatten sich immer noch nicht richtig begrüßt. Bisher hatte sie vergeblich auf den optimalen Moment gewartet. Jetzt hätte Manu sie unbedingt sprechen wollen, nein, müssen. Ob sie noch Kontakt mit Nini gehabt hatte, ob sie mehr von ihr wusste? Wie es Nini ergangen war und was sie überhaupt auf Ibiza gemacht hatte? So viele Fragen, die in ihr tobten.

Nach einer Weile ruhiger geworden, war sie zurückgekehrt. Hatte zwei Gläser Wasser getrunken und sich bei verschiedenen Gästen nach Isa erkundigt. Nein, sie hätten die Braut schon länger nicht gesehen. Kurz darauf, unweit von dem Eck, an dem Manu die erste Zeit gestanden hatte, war gerade der alte Großonkel des Bräutigams gestürzt. Nach dem ersten Schnaps der Länge nach nieder. Gehirnschlag. Wurde gemutmaßt. Was war hier los? In welchen Film war Manu da geraten? Die Braut noch immer nicht aufgetaucht, der Bräutigam dagegen ein großartiger Organisator. Manu beobachtete ihn, wie er die Situation in den Griff bekam. Freundlich und in aller Ruhe. Hut ab, ja wahrscheinlich hatte Isa das hier gar nicht so verkehrt gemacht. Schlecht inszenierte Luxus-Bude hin oder her. Manu musste mit ihren blöden Vorurteilen endlich aufräumen. Isas Mann konnte mit den Leuten, er war ein Zuverlässiger, der inzwischen sogar gut aussah. Früher war er für die Mädchen durchsichtig gewesen, ok, und jetzt schien es, dass Isas Mann auch noch der einzig wirklich Einsatzbereite, der einzige Soziale unter ihnen war. Der Krankenwagen kam unauffällig. Man war um Diskretion bemüht. Nicht einmal ein dezenter Aufruhr, der folgte. Alles genau an der Stelle, an der Tom dann stand. Tom. Ausgerechnet auch noch Tom. Manus erster Freund. Bis zu diesem Zeitpunkt war Manu nichts als unendlich dankbar gewesen, ihn bisher nie mehr wieder begegnet zu sein. Nie hatte sie mit irgendjemandem mehr über ihn gesprochen. Sogar in ihren Therapiestunden war es ihr gelungen, einen Bogen um ihn zu machen.

step 2

*come on*

## fünf

Tom! Tom, mit dem sie auf einer Welle unterwegs gewesen war. Ahnungslos, dass sie zeitlebens danach auf der Suche sein würde. Das war die andere Seite der Medaille ihrer Zeit mit ihm. Wie sie gemeinsam die Welt aufnahmen, das muss es gewesen sein. Wie sie gemeinsam fühlten und hörten, welche Bedeutung für sie beide die Wahrnehmung von Licht, Farben, besonders von Klängen hatte. Jede Berührung, jedes einzelne Instrument, jeder Ton, jede Schwingung für sich schien in ihren Körpern ähnlich anzukommen ... wie unvorstellbar verbunden sie sich bald miteinander fühlten. Seine dichten langen Wimpern, sein zärtlich-schiefes Lächeln. Sein verträumter, erst bei näherem Hinsehen verlorener Blick. Seine Gabe zur Hingabe.

Kennengelernt hatten sie sich durch Isa. An einem Wochenende, als Isa gerade wieder einmal vom Internat daheim war. Am üblichen Treffpunkt am Kinderspielplatz am Ortsrand nicht weit vom Fußballplatz entfernt. Wo Isa, war sie an den Wochenenden auf Besuch, mittlerweile eine Gruppe von älteren, schwer einzuordnenden Jungs traf. Teilweise schon nicht mehr in der Schule, teilweise noch ohne Arbeit, aber immer lautstark unterwegs. Isa hatte Manu dorthin mitgenommen. Manu wollte aber nicht mehr irgendwohin mitkommen, wo nichts als blöd dahergeredet wurde, besser dann zuhause bleiben. Wo sie es erreicht hatte, ihrer Mutter abzugewöhnen, sie ständig zu stören. Zudem war ihr erlaubt worden, sich ein eigenes kleines Reich zu schaffen. Wohl auch deshalb, weil sie sich nach dem Tod ihrer Tante ernsthaft Sorgen um Manu machten, hatte sie ihr Zimmer neu streichen dürfen. Sogar zitronengelb. Das war Revolution in ihrem Elternhaus und dazu hatten sie ihr auch noch Pflanzen erlaubt. Möglichst groß. Ja, auch dieser Wunsch wurde ihr, wenn auch nur rein zufällig, erfüllt. Und das darüber hinaus auch noch mehr oder minder freiwillig von ihrem Vater, der von einer Kundin über Umwege erfahren hatte, dass eine ehemalige Studienkollegin eine neue Heimat für ihre wohl ganz besondere Pflanzenwelt suchte. Wie er es bereut haben musste, davon beim Abendessen erzählt zu haben. Musste ihm das Treffen mit einer Ex-Kommilitonin der juristischen Fakultät anfangs sicher nicht sehr angenehm gewesen sein, sich von ihr gegebenenfalls unerwünschte Karrierefragen stellen lassen zu müssen. Aber er hatte keine Wahl. Wieder und wieder hatte ihn seine Tochter auf Knien angefleht, bis sie aus-nahmsweise tatsächlich zu dritt in die Stadt gefahren waren. Und es hatte sich gelohnt, Manu hatte einen hochgeschossener Papyrus ergattert, von dem sie da noch gar nicht erahnen konnte, wie leidenschaftlich sie ihm, wenn sie das Fenster öffnete und Wind hereinkam, zukünftig bei seinem Tanz zusehen würde, eine Palme und eine Agave, wie auch eine Art von Gummibaum mit herzförmigen Blättern, der sich nach rechts geneigt weiter zu wachsen entschieden hatte. »Sapperlot! Umzüge auf Grund von Scheidungen sollte es öfters geben!« Ihre Eltern hörten auf der Heimfahrt über ihre Bemerkung hinweg. Ganz einerlei, Manu freute sich gigantisch. Ihr Vater war sowieso grantig. Das ganze Grün passte nicht auf einmal in sein Auto, so hatte er den Weg für eine weitere Fuhre auch noch ein zweites Mal vor sich. Wo das Benzin doch so teuer geworden war. Der Ölpreis-Schock saß gerade allen in den Knochen. Er schimpfte in sich hinein, kam aber überraschend entspannt zurück und ließ sich sogar zu dem ein oder anderen bemühten Scherz hinreißen, als anlässlich ihres Geburtstags für sie weniger willkommene Exemplare dazukamen. Den für Manu eklig-dickblättrigen Geldbaum fand ihr Vater natürlich prima, da er logischerweise für ihre prosperierende Zukunft stehen würde und die zwei kugelig-stachligen Kakteen, naja, drei Mal dürfe sie raten, für ihre nette Art und Weise, wie sie mit ihren Eltern umginge. Sehr lustig. Manu widmete ihrer neu entstandenen Welt viel Zeit. Sie habe einen grünen Daumen, erklärte ihre Mutter stolz, ihr Vater belächelte ihren Dschungel weiterhin, Tom dagegen war davon ganz angetan. Ja, Tom.

Isa hatte mal wieder nicht aufgegeben, Manu unbedingt am Kinderspielplatz dabei haben zu wollen. Da hatte sie Tom angesprochen. Der ab da an bei ihr auf dem Schaukelstuhl saß. Sie hatten einfach nur geredet. Wobei Manu vor allem zuhörte und ihn dabei nicht aus ihren Augen ließ. Obwohl er gar nicht so ganz dem inneren Bild von ihrem ersten Freund entsprach, das dann irgendwann auch in ihr entstanden war, während Isa sie mit ihren unendlichen Schwärmereien von irgendwelchen Jungs vollgesprochen hatte. Doch Tom bewegte sich anders als all die anderen Jungs, die sie mittlerweile kannte. Mit denen sie auf dem Faschingsball oder während der Schuldisco mal tanzte ... »*Smoke on the water*« ... Deep Purple ... auwei, ein voreinander Herhampeln und schmachtenden Blicken Ausweichen, und dabei verabsäumen, sich rechtzeitig zu entziehen. So dass es ohne zu beleidigen keinen anderen Weg mehr gab, als eng beisammen von einem Bein auf das andere zu wanken, war die Musik langsamer geworden.

Bluestanzen, heiße, klebrige Hände auf dem Rücken, ein schwer atmendes, feuchtes Kinn auf der Schulter. Dazu der Geruch von Schweiß und dabei nicht wissen, was man sich zu sagen hat. Daraufhin Blumen zum Valentinstag. Rosaweiße Nelken. Wie aufmerksam! War es nicht überheblich, sich nicht darüber zu freuen? Es gelang ihr aber nicht. Dafür schämte sie sich in Grund und Boden. Aber ihre Gefühle waren doch keine freiwillige Entscheidung, ihr schlechtes Gewissen plagte sie. Überheblich zu wirken, das war das allerletzte, was Manu je wollte. Sie wollte Niemandem wehtun. Niemanden verletzen.

Mit Tom war alles anders. Tom sah anders in die Welt, er sprach anders, über andere Dinge. Er konnte so lustig sein. Auch unvernünftig und spontan, schlug er immer etwas anderes vor. Was sie gar nicht unbedingt tun mussten, allein seine Ideen, bereiteten ihr Vergnügen. Er hatte Phantasie. Er kannte Bücher. Filme. Und kannte sich auch mit Musik gut aus. Und er konnte Geschichten erzählen. Tom war älter und erfahrener und hatte bereits einen Hauch von jener berüchtigten Mischung aus nicht einschätzbarer Verwegenheit und aufmerksamer Zärtlichkeit. Ja Liebesfähigkeit.

Sie saß vor ihm auf dem Boden, mit dem Rücken an ihr Bett gelehnt. Manchmal machte sie ihre Augen zu und wieder auf, kniff sich klammheimlich in den Arm, ob das wirklich wahr war, dass da auf einmal wer war – jemand so nah bei ihr war – den sie mehr und mehr mochte. Er ließ ihr Raum und Zeit, sie war es, die immer näher zu ihm rückte. Oft saß er auch nur sachte vor sich hin schaukelnd im Stuhl und zeichnete auf kleine Zettel oder auf die Innenseite des silbernen Papiers seiner Zigarettenschachtel, er konnte mit wenigen Strichen, den Charakter von Personen festhalten. Was ihm sichtlich Spaß machte. Sie beobachtete ihn so gern dabei, wollte seine Augen immer genauer sehen, irgendwann seinen Atem spüren. Und wie glücklich war sie, als er sie fragend ansah, wortlos um Erlaubnis bittend, sie zum ersten Mal berührte. Ihre Hand in seiner. So begann sie allmählich zu erzählen, nicht mehr nur von der Schule, in der sie sich so falsch am Platz fühlte, war Nini nicht an ihrer Seite. Von dieser unsäglichen Schule, die sie zwar unbedingt beenden wollte, aber die einfach ein Ort für sie war, an dem sie sich nur unverstanden fühlte. Da das, was ihr Wert war, dort keinen hatte. In jedem Fach schnell anzulernende Fakten, aus dem Zusammenhang gerissene fragmentarische Blicke auf den jeweiligen Stoff, der ohne jegliche Begeisterung für die Materie vermittelt wurde. Nichts als Fachidioten!

Das zu verstehen, dabei half ihr Tom. Sie waren sich so einig, dass die Welt wie sie sie empfanden nicht so war, wie sie es hätte sein können. So erzählte sie auch von den Bäumen und vom Fluss, an dem sie mit ihrer Tante war, von den Plätzen in der Natur, die sie in ihren Wachträumen immer wieder aufsuchte. Sie schmiedeten Pläne, einmal gemeinsam dorthin, so wie auch noch an ganz andere Orte, zu fahren. Die Urlaubsverheißende vergleichsweise noch kleine Palme und auch die Agave in ihrem Zimmer, ließ sie gemeinsam von wunderschönen Landschaften im Süden träumen. Was sie in ihrem Glauben bestätigte, dass Freiheit im Kopf stattfindet. Während seine Stimme dabei bis in ihren Bauch eindrang und ihr Herz, so hatte sie das Gefühl, größer und größer aus ihrem Körper durch seinen hindurch bis zu seinem Herzen wollte. Wobei die Kälte um sie gleich weniger spürbar wurde. Die Kälte zwischen ihren Eltern, die Kälte der Lehrkräfte in der Schule, die Kälte draußen, in den Straßen, in der Welt. Wie auch ihre Angst. Angst vor dem Terror im Fernsehen, dem Schrecken überall, vor der Gewalt, den Kriegen, vor der Zerbrechlichkeit allen Lebens. Als ob sie – war Tom bei ihr – ihren Schutzpanzer kaum mehr bräuchte. Seine Nähe, seine Blicke, sein Lächeln und schon war die Welt für sie ein aushaltbarer Ort geworden.

War er nicht da, trudelten Briefe von ihm ein, die er nachts in ihren Briefkasten einwarf. In hellblauen Kuverts aus teurem Papier, die ihr ihre Mutter stillschweigend zusteckte. Nie hätte Manus Vater seiner Tochter einen dieser Briefe gegeben, denn für ihn war Tom sofort Feindbild Nummer eins geworden. Nach Isa jetzt auch noch dieser Typ an ihrer Seite. Dafür war sie zudem noch viel zu jung. Wie hatte das passieren können? Seine kleine Tochter, seine Manuela, für die er alles aufgegeben hatte und tagein tagaus in diesem Laden stand. Allein Toms Zeichnungen auf den Kuverts hätten ihn bestätigt. Aber kaum öffnete Manu die Briefe, fielen ihr getrocknete Rosenblätter oder einer dieser lustigen »*Liebe-Ist*«-Sticker entgegen. Und dann war der Inhalt seiner Zeilen voller Humor, Wärme und auch Poesie. Ja, das war die Post, die ihr später erst zeigte, was alles in Tom steckte. Was wollte ihr Vater nur? Nichts, aber auch wirklich gar überhaupt nichts konnte er ihr gönnen. Nicht einmal einen Freund. Immer nur auf alles aufpassen. Ihre Mutter aufs Haushaltsgeld und sie darauf, dass sie nicht zu lange duschte oder darauf, dass im Haus ja nur keine Lampe zu viel brannte. Ständig musste sie alle Lichter hinter sich ausmachen und Strom sparen. Ohnehin musste er sich richtiggehend am Riemen reißen, nicht gleich alle Heizkörper im Haus abzu-

drehen. Ohne Tom hielt sie es kaum mehr aus.
War er nicht da, holte sie ihn in ihren Gedanken
zu sich. Sie träumte davon, nie wieder ohne ihn
zu sein, wie auch davon, von ihm etwas zu erfahren, das sie in der Schule nie und nimmer
werde erfahren können.

Nach den ersten Monaten hatte Tom sie mit zu
seiner Großmutter aufs Land genommen. Ihre
selbst gemachten Florentiner kannte sie bereits.
Knusprige Mandeln und andere mit Honig
überzogene Nüsse, wenig Orangeat mit dunkler, hauchdünner Schokoladenschicht. Obwohl
es Tom vielleicht gar nicht so leichtfiel, hatte er
das ihm heilige Cellophan geöffnet und Manu
gereicht. Manu war begeistert, ihre Ehrfurcht
gegenüber Süßem hatte sie auf seine Großmutter direkt neugierig gemacht. Diese hatte
Manu vorsichtig begrüßt und sie von der Seite
gemustert. Er behauptete, Manu sei das erste
Mädchen, das er zu ihr mitgebracht hatte. Neben
Unmengen von Florentinern gab es Aprikosen-
torte mit viel zu viel Sahne und Kaffee. Sie plau-
derten vor sich hin, bis sich seine Großmutter
nach seinen Eltern erkundigte und Tom vollkommen ungehalten zu fluchen begann. Manu
war erschrocken. Auch seiner Großmutter
gegenüber war es ihr unangenehm, diese Seite
war ihr neu an ihm.

»Tom, ich habe noch zu tun. Falls Ihr wollt, holt Euch die Liegestühle! Dort an der Hauswand, dort unter dem Kirschbaum, da wird heute weniger Wind sein!« Tom, offensichtlich erleichtert, holte zwei der alten Teile aus dem Schuppen. Der Streifenstoff schon leicht verschlissen, das Holz von Regen, Schnee und Sonne gezeichnet. Hand in Hand lagen sie bald nebeneinander in der Sonne. Taubengurren, zweimal kurz, einmal lang – eine der Tauben, die lauteste unter ihnen, hatte sich Zeit gelassen. Ihr Rhythmus war gesetzter als der Rhythmus der anderen im Hintergrund. »Manu, versuch mal mit zu atmen ... so wie die Taube, die da gurrt!« Hatte Tom sie nach der vierten, fünften Runde leise aufgefordert. Manu war das peinlich. »Zier dich nicht ... mach einfach!« Sie hatte ihn gleich verstanden, aber es dauerte noch, bis sie seinen Worten folgte. Er beobachtete sie liebevoll. Ihre Bauchdecke hob sich zweimal, um sich alsbald wieder zu senken, ähnlich dem Rhythmus, der sie, als er sie zum ersten Mal streichelte, zu kommen unterstützte.

**»Ich bin echt ... ja ej ... glücklich ... Manu ...«**

Hier im Garten hatte sie Tom zum ersten Mal weiter und weiter in sich eingelassen. Irgendwo in der Ferne ein Hahn. Um sie herum Fliegen, die sich wichtig machten. Die Abstände, in denen sie sich auf ihnen niederließen, um daraufhin gleich wieder geräuschvoll hoch zu fahren, wurden kürzer.

Glasklar war die Erinnerung in Manu jetzt zurück, als könnte sie die heiße Sommerluft von damals spüren. Ein Vogel, aufgeregt frech vor sich hin zwitschernd, der sie ihre Augen öffnen und ihren Blick auf die großen Sonnenblumen schräg vor den Liegestühlen fallend bemerken ließ, wie eine der Blüten ihr unauffällig zunickte. Die Blätter über ihrem Kopf, wie viel zu hoch gezogene Schultern, die ihr erschreckend mächtig im Rücken saßen. Als sich in dem Moment eine Wespe in ihre Mitte setzte und ihr offenes Gesicht sofort ernst wurde, die Last ihrer Schultern noch schwerer, jetzt hatte die Sonnenblume eine Nase. Sie erzählte Tom, was sie gerade beobachtet hatte, er lachte, stand auf, kniete sich neben ihr nieder, nahm ihre beiden Hände, küsste sie, bevor er sie nacheinander auf sein Herz legte. Sie hatte ihre Augen wieder zu gemacht, alles wie in einem Traum, auf der anderen Seite Vogelstimmen. Als ob die Vögel das, was sie gerade gesehen hatten, miteinander besprachen. Tom hatte sich mittlerweile auf ihrem Liegestuhl mit ausgestreckt, nur kurz die Überlegung, ob der alte Stoff sie beide halten würde, seine Finger die Knöpfe ihrer engen Jeans dabei zu öffnen,

um sie daraufhin ihrem Spiel in ihr zu über-
lassen, der Duft von frischem Gras und auch
Lavendel in der gleißenden Nachmittagshitze.
Das sporadische Knarzen der aufgeheizten alten
Regenrinne vis-à-vis, Idylle pur, bis ein lautes
Geräusch beide zurückholte. Aber es war kein
Außenbordmotor eines alten Fischerkahns, der
sie auf eine einsame Insel brachte, so wie Manu
es sich leicht errötend ausgemalt hatte. Es war
Toms Großmutter, die sich bemerkbar machen
wollte. Sie mähte ihren Rasen, indem sie ihre
Runden langsam in ihre Richtung näher zog.

Nicht viel später waren sie mit eingepackten
Tortenstücken und einer Menge Florentiner zu Fuß zum kleinen Bahnhof unterwegs
nach Hause, vorbei an Feldern mit bereits ver-
trockneten Sonnenblumen. Auf der einen oder
anderen hochgewachsenen Pflanze standen eine
Art Möwen, die frech auf deren Köpfen wippten,
höchst vergnüglich lachten. »Haben die Tauben
von vorhin ihr Federkleid gewechselt?« Ob er sie
verstanden hatte war egal. Manu und Tom. Und
dann noch in einer Natur wie dieser. Die Manu
lange schon vermisste. Sie alberten am kleinen
Bahnhof wartend vor sich hin. »Tom, warum
bist du vorhin so sauer geworden, als deine Oma
sich nach deinen Eltern erkundigt hat?«, wollte
Manu im Zug dann von ihm wissen. Tom hatte

verächtlich seine Hand gehoben, aber Manu war drangeblieben. Da gäbe es nicht viel zu sagen. »Komm schon Tom!« Er zündete sich eine Zigarette an. Im Abteil nur sie zwei beide. Sie hätten ihn als kleinen Jungen immer nur alleine gelassen. »Das ist alles!« Tom wollte das Thema wechseln, Manu aber hatte weiter nachgefragt. »Ok, wenn du nicht lockerlässt. Aber pass auf, dass dir nicht schlecht wird!« Er lachte. Manu sah ihn erwartungsvoll an. »Golfspieler ... weißt du was das bedeutet?« – »Spinnkopf Tom ... du übertreibst, so arg kann das nicht sein.« – »Hast du ne Ahnung, Manu, mein Dad ist auf dem Golfplatz oder quer durch die deutschsprachigen Länder unterwegs ... und meine gute Mom, entweder auf Veranstaltungen, Charity und so ... oder auch auf dem Weg zum Golfen ihrer besseren Hälfte hinterher.« Manu lag in seinem Arm, ihre Füße auf den gegenüberliegenden Sitzen, eng aneinandergeschmiegt, ihre Blicke in die vorbeiziehende, trostlos flach werdende Landschaft. Wovon Tom sprach, konnte sie sich gerade keine Vorstellung machen. Diese Welt war ihr zu fremd. »Ich habe kein Bild dazu ... Tom, erzähl mir mehr!« Tom stöhnte auf. »Seidenblusen mit Brosche an der immer gleichen Stelle, oben am rechten Revers! Einfallslos, total ohne Fantasie ... aber komm mal mit, ich stell sie dir gern vor, dann kannst ja schauen, ob es stimmt!«

Manu schüttelte ihren Kopf. »Ich hör dir lieber zu!« Sie gab ihm einen Kuss. Seine Augen leuchteten, nach mehr verlangend, aber schon bat sie ihn fortzufahren. Er ließ sich darauf ein: »Oho, ja ja ... das hätte ich ja fast vergessen, meine Mom hat Marlene-Dietrich-Beine, trägt am Liebsten graue Strümpfe ...« Er hatte verstanden, wonach Manu war. »Seide versteht sich – mit dunklen Nähten ... hinten ... akkurat, hast Du sie vor Augen?« Jetzt war Manu überrascht, auch darüber in welchen Einzelheiten sich Tom über seine Mutter zu verlieren begann. »Ihre Beine übrigens das von ihr am meisten überschätzte Kapital!« Tom zündete sich eine weitere Zigarette an. Blies den Rauch liebevoll langsam in Richtung Manu aus. »Wie ihre mindestens genauso hoch im Kurs stehende, lackschwarz gefärbte Lockenpracht! Wenn du wüsstest, wie lang meine Mom sich morgens vor dem Spiegel striegelt!« Ironisch spielte er den Gelangweilten und malte mit seinem Rauch Kringel in die Luft. »Ist doch keine Stute ...« – »Nee, eher eine Ziege, eine voll dämliche, allein eine nicht ganz optimale Frisur kann einen lieben langen Tag ein lausiger Grund für ihre schlechte Laune sein, Manu, du hast ja keine Ahnung!« Wie leidenschaftlich sich Tom über seine Mutter ereiferte. »Ihr langes spitzes Kinn ...« Tom lachte merkwürdig und drückte dabei, obwohl die Zigarette schon längst aus war, angestrengt im Aschenbecher herum. »In ihrem Innersten ist meine Mom nach Rache lüstern, da kannst du Gift drauf nehmen!« Manu wurde eng ums Herz. Er nahm ihre Hand in seine und hatte ihre Finger an seine Lippen geführt. Manu sah ihm zu, bat ihn aber nicht aufzuhören. »Echt, Manu, was interessiert dich daran so?« – »Ich will sehen ... mir ein Bild machen und verstehen, erzähl weiter, Tom ... bitte!« Sie hörte ihm so gerne zu. Legte sich auf seinen Schoß, er streichelte ihr Haar, fuhr mit seinem Zeigefinger über ihre Nase bis zur Spitze und wieder zurück, um daraufhin ihre schwarzen in einem so klaren Bogen geschwungenen Augenbrauen nachzuziehen. Sogar den Nikotin-Geruch seiner Finger mochte sie in dem Moment. »Das Gegenteil von dir Manu – ganz einfach. Das komplette Gegenteil!« Mit einem Mal war er ganz sanft geworden. »Lenk nicht ab Tom ... weiter!«

»Tjaaaa, lass mal überlegen: Um ihren kühlen Blick viel zu viel Farbe.« Kurz hielt er wieder inne. »Ihre Stimme stählern. Und nirgendwo, Manu da kannst du dir sicher sein, nirgendwo ein Fünkchen von Humor!« Manu schüttelte sich, setzte sich auf. Da schwang so viel Enttäuschung mit. Auf einmal hatte sie das sichere Gefühl, wie wichtig ihm seine Mutter gewesen sein musste. »Eine Frau, neben der dir kalt wird, eisig kalt ... ganz einfach!« Sie solle sich vor frostigen Schauern schützen, fuhr er fort. Davor könne er Manu nicht genug warnen, besser, sie würde jetzt schon mal beginnen, sich vor ihr zu wappnen. Manu war es unheimlich geworden. »Und dein Vater?« Sie versuchte abzulenken. »Boss ...« Dann schwieg er. »Wie Boss?« – »Na Big-Boss ...« Tom kramte nach seinen Zigaretten. »Geschäftsführer irgendeiner Firma.« –

»Ja und ... mehr gibt's nicht? Von deiner Mutter hast du so viel erzählt.« – »Na was? Mein Dad passt bestens an ihre Seite.« – »Und?« Manu bettelte geradezu. Tom schaute nach innen, überlegte einen Moment, bis er süffisant fortfuhr. »Sogar meine Großmutter wollte mal wissen, warum es gerade ihren Sohn nach einer Eisprinzessin dieser Sorte verlangt hat!« Ja, im Grunde, so schloss er seine Ausführungen, seien beide von erlesener Kälte, unnahbar. Tom lachte für sein Alter eine Spur zu bitter, bevor sich seine Miene wieder aufhellte. Was Manu davon hielte, sich heute Nacht ihr eigenes Bild von seinem Zuhause zu machen? Seine Augen hatten wieder Glanz gewonnen. Manu lächelte vorsichtig, so hatte sie ihn bisher nicht erlebt. Es war ihr ein klein wenig unbehaglich neben ihm geworden, was er bemerkte, er erkundigte sich nach ihrem Vater. Manu wusste nicht, was sie darauf sagen sollte, sah an der vorbeiflitzenden Landschaft vorbei, während ein Bild aus ihrer Volksschulzeit in ihr hochkam, wie sie die anderen Kinder im Pausenhof beobachtet hatte, wenn sie aus ihren bunten Brausetütchen giftig grelles Pulver mit ein paar Klümpchen Spucke in der Kuhle ihrer Hände zum Sprudeln brachten. Wie sie neidisch war. Wie sich das Kribbeln auf der Haut wohl anfühlen musste. Oder wie sie sich oft vorgestellt hatte, wie sich die ineinander geflochtenen, mit Schokolade überzogenen Karamellstangen einfach bis in die Unendlichkeit in die Länge zogen und sie sich nie zu fragen traute, ob sie mal probieren dürfte.

»Ach mein Vater ...« Ihren Vater fand sie einfach nur gemein, schon damals, als alle seinen Süß-Kram futterten. Manu zog ihren Kopf ein, hörte aus der Ferne die Stimme ihrer Mutter, Manu werde es irgendwann selbst erkennen. Ihr Vater meine es nur gut. Ihr Körper solle sich gar nicht erst daran gewöhnen und damit basta, so ihre Mutter immer wieder in vorauseilendem Gehorsam. Für Manus Vater war Zucker des Teufels, nicht nur für die Zähne. Und das obwohl er das Zeug kiloweise verkaufte. Was für eine doppelte Moral, Wasser predigen und Wein verhökern, so ein Blödmeier, sie konnte ihn manchmal wirklich nicht leiden. »Voll fies.« Hörte sie sich nach einer Weile entschlossen sagen. »So schlimm gleich?« Tom zog sie wieder zu sich, streichelte sanft über ihre Stirn, auf der sich eine erste winzige Falte zeigte. »Eines Tages, Manuela, eines schönen Tages wirst du mir dafür dankbar sein! Zucker verlangt immer nur nach mehr und noch mehr Zucker!« Sagte sie auf einmal bierernst mit tiefer Stimme, die nicht ihre schien. Tom musste laut lachen, so dass Manu miteinfiel, sie lachten, bis er sie zu sich zog und zärtlich küsste. Ja, auf der Fahrt hatte sie an Tom einige neue Seiten gesehen. Und konnte ihn nicht mehr ganz lesen. Etwas war dazu gekommen, was sie vielleicht sogar noch neugieriger auf ihn machte. *Es ist so, wie es ist* ... gefiel ihr nie, für Manu konnte auch immer alles anders sein.

**»Sie sind nicht da** – keine Sorge, Manu!« Wie so oft waren seine Eltern auf Geschäftsreise. Ok, aber was Manu ihren Eltern dieses Mal erzählen würde, das wusste sie noch nicht. Aber wie gleichgültig ihr das gerade war. Nach einer viel zu langen Busfahrt und ein paar Hundert Meter zu Fuß waren sie vor seinem Elternhaus angekommen, das ähnlich gleichförmig und langweilig wie alle anderen der Umgebung, nur viel größer, aussah. Was sich radikal änderte, als die beiden durch das Gartentor hindurch über die akkurat von Gras befreiten Fliesen durch den großen Garten gegangen waren und Tom die drei verschiedenen Schlösser an der mächtigen Haustür aufgesperrt hatte.

»Komm schon, komm rein, Manu!« Sie war an der Schwelle stehen geblieben. »Ich glaube jetzt weiß ich, was du gemeint hast.« Er sah sie fragend an. »Na, vorhin im Zug!«

Der Eingang in weißem Marmor mit einer Spiegelwand führte in einen weiten Wohnraum, indem kein einziges Teil der gesamten Einrichtung dem Zufall überlassen war. Eine weiße lederne Sitzlandschaft samt tiefen Ledersesseln auf flockig hellem Teppichboden, an der Decke Messinglampen mit großen Schirmen und überall einer Menge Spiegel. Spiegeltische, Spiegelregale. »O weia ... wie viele Putzfrauen habt ihr denn?« Manu musste an Isas Wohnung denken. Woraufhin sie erst den Pool entdeckte, den man von der Straße aus wegen der dichten Thujen-Hecken in dem parkähnlichen Garten nicht sehen konnte. »Eij Manu, vergiss das hier!« Lachend hatte er sie an der Hand davongezogen und sich ganz nebenbei auf dem Weg nach oben aus der Bar eine Flasche Whiskey geangelt. Manu ließ es zu, weiter über die breite Treppe über einen weiten Flur bis in sein Zimmer. Dort ging sie an den vielen Postern an der Wand entlang, wie in einer Galerie von einem zum anderen, die Bands waren ihr noch alle kein Begriff. Bis auf einen unter ihnen, Jimi Hendrix, dem Gott, an Jimi Hendrix war nicht einmal Manu vorbeigekommen. Manu musterte die anderen

Typen, offene Hemden, zerfetzte Shirts, in Leder oder Jeans, lange, unendlich viele Haare und Gitarren, wild und voller Energie. Sie sah sich alles genau an, überrascht davon, wie seelenruhig sie auf der einen Seite war, auf der anderen in abwartender Erregung.

Irgendwann saß sie auf dem Boden. Auf einem blauen Flokati-Teppich. Neben ihr ein Sitzsack, der irgendwie lässiger war, als die wenigen anderen, die sie bisher gesehen hatte. Seine graue Oberfläche unendlich weich. Sie streichelte darüber. Graues Wildleder, während ihr Blick auf dem Poster über Toms Bett hängenblieb. »So was hab ich ... noch nie ... das ist ...« Ihre flüsternde Stimme verlor sich in den Grün- und Rottönen. Ein psychedelisches Blumenmeer von sagenhaftem Sog mit unzähligen Schmetterlingen dazwischen. Sie wusste nicht, ob er sie gehört hatte. Ohnehin waren ihre Worte ausgegangen, Manu war nur dagesessen und hatte zugesehen, wie Tom in seiner LP-Sammlung gesucht nach längerer Überlegung eine Platte ausgewählt und sorgsam aufgelegt hatte und daraufhin verschwunden war. Wohin, das wusste sie auch nicht, aber sie wusste, was sie erwartete, und hatte zeitgleich keine Ahnung. Wenn Isa von ihren Begegnungen mit Jungs erzählte, hatte sie nie ernsthaft zugehört. Manu hatte es nicht wissen wollen. Als ob sie sich ihre Offenheit bewahren, kein Bild vorweg hatte machen wollen. »Jetzt aber ... Manu, sorry, es hat gedauert, echt sorry!« Endlich war er wieder da, hatte ihr seine Hände gereicht und sie weiter ins Badezimmer geführt. »Mmmh ... wie das gut riecht hier ... was ist das? « Manus Herz schlug spürbar schneller. Er kniete vor ihr, öffnete ihren Reißverschluss, schob ihre Jeans über ihre Hüftknochen nach unten über ihre Füße und zog sie samt Socken behutsam aus.

**»Manu, ich weiß auch nicht, was Du aus mir machst!«**

Tom lag vor ihren Füßen, das Unvorstellbare daran, dass es Manu nicht mal peinlich war. Alles was er tat, hatte etwas Selbstverständliches. Sie hörte nur das Badewasser in die Wanne laufen, während sie noch in ihrem Pulli vor ihm stand. Jetzt kniete er vor ihr, küsste ihre Scham, sprang auf, zog sich Shirt und Jeans in Windeseile aus, und war im hohen Schaum verschwunden. »Schnell, Manu, komm schnell!« Sie spielten wie die Kinder. Sie setzten sich Schaumkronen auf, pusteten sie sich gegenseitig vom Kopf, kitzelten sich und lachten. Sie war erstaunt, es war jetzt weniger sein Gesicht, darin war schon ein wenig auch was schiefgelaufen, eher war es die Muskulatur seiner Arme, Beine, seines Rückens, in der sie sich fast wie in dem Muster einer Tapete verlieren konnte. Dazu fühlten sich seine Hände auf ihrem Körper so an, als ob sie in einem Flitter goldener Strudel oder in glitzernd goldenem Licht gelandet wären. Seine Hände, die sie zu streicheln und liebkosen nicht mehr aufhörten. Mitunter nahm er einen Schluck Whiskey aus der Flasche, die er ihr mehrmals reichte. Nein, Manu rührte keinen Alkohol mehr an. Seit dem Erlebnis mit Isa keinen Tropfen wie auch keine Zigarette. Auch wollte sie alles mitbekommen, ihren klaren Kopf soweit möglich behalten, ja, ihren Sinnen bewusst folgen. Als sie aus der Wanne stieg, wartete er schon mit einem großen Badetuch vor ihr, um sie sanft darin verschwinden zu lassen, bevor er sie in sein Zimmer getragen zum ersten Mal geliebt hatte.

Die schmerzhaften aus der Oberfläche ihres Seins verbannten Erinnerungen hatten auch das Schöne mit ihm zugedeckt. Ja, es war Tom, der sie hingebungsvoll und zärtlich in das Kapitel Liebe eingeführt hatte. Und sie damals dachte, dass ab jetzt alles gut würde.

»Manu! Ich lieb nur Dich ... ich bin durch Dich –

Manu ich weiß, Du willst das so nicht hören: ich liebe Dich ...«

## sechs

»Wir waren uns doch so nah ... So nah ...« Mit hängendem Kopf saß Manu neben Nini auf einem kniehohen Holzstapel gegenüber dem Fußballplatz hinter der Kirche. »Ich will doch nur ... nur noch einmal mit ihm sprechen, Nini, nur ein einziges Mal ... ich kann das alles nicht verstehen ...« Mit baumelnden Füßen starrten sie beide vor sich aufs Fußballfeld.

»Ach Manu ... der hat doch nicht alle stramm ... pfeif auf den!« Sie beobachten das Spiel vor sich. »Versuch den einfach zu vergessen!« Manus Herz zog sich zusammen. Nini hatte doch keine Ahnung, was sie da sagte. »Der da ... da vorne ... der!« Nini legte sich ins Zeug, bedeutete Manu, ihrer Aufmerksamkeit zu folgen, es war offensichtlich, wie froh sie darüber war, überhaupt jemanden im Feld ausgemacht zu haben, der ihr ihrer Freundin gegenüber zu erwähnen Wert erschien. »Der ... der da ... Mensch, Manu jetzt schau doch endlich mal ... der ist doch zum Niederknien goldig ... findest Du nicht? Schau ... den da ... den mit den schwarzen Locken meine ich!« Manu verzog ihr Gesicht, sie wollte Ninis Worte nicht hören, beinahe lächerlich kamen sie ihr vor, Nini hatte wirklich keine Ahnung, was ihr Tom inzwischen bedeutete, was sie mit ihm erlebt hatte, wie sehr sie ihn vermisste. Wie ihre Gedanken nur noch um Tom kreisten. Sie wollte eine Erklärung oder sich zumindest ihm erklären, ganz egal, sie wollte ihn nur verstehen. Sein Verhalten verstehen. Warum hatte er sie verlassen? Gerade in dem Moment, als er ihr die Sterne vom Himmel geholt hatte. Das konnte doch nicht wahr sein, dass das alles gewesen sein sollte, was er von ihr wollte? Sie war so enttäuscht, traurig und verletzt. Während ihre Sehnsucht nach ihm weiterwuchs, taumelte sie von Tag zu Tag, mit dem Wunsch, einfach nur im Bett unter ihrer Decke liegenzubleiben. Um ungestört vom Tagesgeschehen von Tom zu träumen. Wie er seine Augenbrauen über seine kieselgrauen Augen zusammenzog. Dazu seine dichten langen Wimpern, sein Grübchen auf der linken Wange, wenn er lachte, der Blick frech, zugleich sensibel, ja im Nachhinein hätte sie gesagt, er kam ihr fast ein wenig wie der junge Robert de Niro vor. Ja, und wie er über ihre Haare strich, über ihren Hals und ihren Rücken, wie sanft er zu ihr war. So dass sie, nicht länger mehr von Furcht gepeinigt, es neben ihm gewagt hatte, ihren Kopf nach und nach aus ihrem Panzer zu strecken. Vorerst um etwaige Gefahr zu wittern, jedoch Vertrauen fasste, sich endlich selbst zu vertrauen zu trauen bereit. Ja, so dass sie es war, so kam es ihr fast vor, die sich ihm genähert hatte.

Nach der ersten gemeinsamen Nacht hatte Tom sich von einem Tag auf den anderen nicht mehr bei Manu gemeldet. Aus und vorbei war er, so wie er aufgetaucht war, auch wieder wortlos aus ihrem Leben verschwunden. Einige Male hatte sie ihn schweren Herzens anzurufen versucht. Für sie war er nicht mehr zu erreichen. Nein, sie konnte es nicht fassen. Wieso, weshalb – für sein Verhalten fand sie keine Erklärung. Ihre Verzweiflung wuchs, sie litt. Warum, was war los? Hatte sie etwas falsch gemacht? Und wenn, dann was? Ihre Gedanken drehten sich im Kreis. Es war doch so schön gewesen. Zwei Mal hatte sie ihn aus der Ferne gesehen, als er mit anderen Jungs über den Feldweg zog, und einmal sogar auch aus der Nähe. Während sie glaubte, ihr Herz spränge aus ihrem Körper, war sie ab und zu wieder draußen mit Isa und ein paar Kumpanen auf dem Kinderspielplatz und er dazu gekommen, hatte er sie eine Sekunde lang angesehen. Und sich wieder von ihr ab, den anderen zugewendet. Ein Gespräch mit ihr ge-mieden. Wieder keinerlei Erklärung, keine Aus-sprache, wieder konnte sie nicht handeln, wie in Stein gemeißelt stand sie da, schwieg, während sie in sich hinein schrie. In dieser Zeit fühlte sie sich sowieso nur hundeelend. Die Tante, die nicht mehr war. Manus Zuhause trostlos. Die Schule blöd. In Mathematik ein fieser Lehrer, der sie nicht mochte, sie ständig an die Tafel holte und vor allen bloßstellte, wenn sie die Formeln nicht sofort runterrattern konnte. In Geschichte die erschütternden Filme, die unaussprechlichen Bilder nach der Befreiung der Konzentrationslager, die sie mittlerweile gesehen hatten. In Deutsch dann die dementsprechende Literatur, die auf dem Lehrplan stand. Gerade erst hatte sie ein Gedicht vorlesen sollen. Das war nicht unüblich. Aber diesmal aus der »*Todesfuge*,« die Paul Celan um 1945 herum geschrieben hatte. Doch die eindringlichen Zeilen hatte Manu nicht lesen können. Vom Rhythmus getragen kamen die ersten Worte noch aus ihr, dann begann sie zu stottern und daraufhin zu lachen. Es hatte sich ganz fies entwickelt. Unwillkürlich von kurz gehackten Geräuschen begleitet, die sie aus der Nase herausstieß, hatte es sich mit einem Zucken im Rachen rückgekoppelt, das sich auf ihren gesamten Oberkörper übertrug. Sie konnte nicht ruhig halten, sie lachte. Sie schämte sich abgrundtief, sie schwitzte. Mit roten Flecken am Hals und im Gesicht zwang sie sich, setzte nochmals an, spürte die fragenden Blicke ihrer vierzig Mitschüler auf sich. Sie wollte weiterlesen. Ihre Hände zitterten und waren nass, sie konnte aber nicht aufhören zu lachen und wurde des Unterrichts verwiesen. Die Wirkung von Celans Worten auf allen Ebenen, in ihren gesamten Zellen. Als ob Manu sie heute noch fühlen würde. Ihr Entsetzen, ihre Scham, ihre Verzweiflung, der sie nicht anders entkam. Sie hatte es nicht halten, nicht aushalten können, das hysterische Lachen der einzige Ausweg, der sich auftat. Um nicht laut aufzuschreien. Silbe für Silbe zog sich ihr Herz zusammen, schlug es gegen sie. Es tat so weh.

Alleine, draußen vor der Türe im Gang, saß sie auf dem grünen Plastikboden. Über ihr grelles Neonlicht. Das Aufeinanderschlagen ihrer Zähne und der Mix der gedämpften Stimmen aus den verschiedenen Klassenzimmern im Ohr. Sie hatte nicht anders können, sie hätte es weiter zu lesen nicht ertragen. Warum hat das niemand verstanden? Warum hat niemand etwas gesagt? Und dann auch noch rausgeschmissen zu werden. Das war nicht richtig, das war nicht fair, das fühlte sich qualvoll an. Sie hätten darüber reden müssen. Ihr Magen hatte sich zusammengekrampft. Sie schluchzte. Niemand war ihr hinterhergekommen. Auch Nini nicht. Bald darauf läutete es zur großen Pause. Manu war aufs Klo geflüchtet, wusch sich ihr Gesicht mit kaltem Wasser. Warum war Nini ihr nicht nachgekommen? Sie ging alleine in den Hof raus an die frische Luft. Sie wollte nicht zurück ins Klassenzimmer. Aber danach war Mathe. Der Lehrer war noch gnadenloser. Der konnte sie noch weniger leiden, bei ihm hagelte es sofort Verweise. Es blieb ihr nichts anderes übrig. Wieder in der Klasse konnte sie nicht mal mit Nini einen Blick wechseln. Und sich auch später nicht mit ihr darüber austauschen. Nein. Mit einem Mal kam der Gedanke auf, nein, sie wollte keine Deutsche sein. Manu fühlte sich schuldig. Wäre ihre Tante wenigstens noch da, oder Tom, mit ihm hätte sie darüber sprechen können. Von ihrer Mutter immer nur die gleiche Leier, sie wäre doch nichts als der Putzlumpen im Haus. Auf den Gedanken, ihr Leben zu ändern, kam ihre Mutter allerdings nicht, sie klagte lieber. Manu konnte das alles nicht mehr hören, sie beschloss, ihr im Haushalt unaufgefordert behilflich zu sein. Zumindest das Waschbecken nach dem Zähneputzen zu polieren, das Laken im Bett morgens glatt zu ziehen, obwohl sie all das als komplett vergeudete Zeit erachtete. Manchmal dachte sie dabei an Isa. An ihre gemeinsame unbeschwerte Zeit.

»Was issn mit Dir los, Manu? Was denn mit Dir und Tom? War's nicht gut?« Isa stichelte gern am Telefon, klang Isas Stimme dabei nicht irgendwie bissig? Die Vorstellung war unerträglich.

»Quatsch … bin nur … nur wegen meiner Tante noch traurig!« – »Da lachen ja die Hühner! Haha! … Hej, ich bin doch nicht doof, Manu, ich merk doch, wie Du über beide Ohren verschossen bist!« Das saß, nie und nimmer wollte sie das zugeben. Vor allem Isa gegenüber nicht. »Ppphh … ausgerechnet Tom!«, setzte Isa auch noch hinter her. Irgendwie war ihr Verhältnis zueinander löchrig geworden. Selbst von Nini fühlte sie sich diesmal unverstanden. Nini war fast ein Jahr jünger. Wie nahe sie Tom gekommen war, traute sie ihr nicht zu sagen. Dass sie mit Tom geschlafen hatte, schon gleich überhaupt nicht. Nini hatte noch nichts mit einem Jungen. Aber Nini ließ sie wenigstens die meiste Zeit in Ruhe. Nini hatte noch ganz andere Sorgen. »Weißt Manu, wie furchtbar? Was für Idioten-Eltern ich habe?« Nini suchte in Manus Augen nach einer Antwort. Aber Manu wollte kein Wort über ihre Lippen kommen. Bis Nini eines ihrer schönen, scheuen Lächeln hinterherschickte, das Manu berührte. »So arg wird es schon nicht sein …« So ihr zugegebenermaßen etwas halbherziger Versuch ihre Freundin zu trösten. »Früher musste ich meinen Vater jeden Sonntag hierher begleiten. Bei Wind und Wetter! Jeden dummen Sonntag!« Manu hob nur fast unmerklich ihre Schultern. Sie verbrachten jetzt ihre Zeit häufiger in der Nähe vom Fußballplatz. »Hier, genau hier musste ich auf ihn warten ... immer an der gleichen Stelle ...« Nini war aufgestanden, einen Schritt nach vorne gegangen und hatte mit ausgestrecktem Zeigefinger mehrmals vor sich hingedeutet, bevor sie sich wieder zu Manu umdrehte, »und mit niemandem durfte ich sprechen. Nicht mal vom Boden aufschauen!«

»Och je, Nini, Du Arme!« Manu zog sie an ihrer Hand wieder neben sich auf den Holzstapel zurück. »Das muss ja echt fad gewesen sein!« Einerseits dankbar über jedes Thema, was nicht mit Tom zu tun hatte, fühlte sie sich in ihrer Innenschau trotzdem gestört. Aber Nini tat ihr auch leid. Im Vergleich kam sie sich geradezu steinreich an bunten Erinnerungen vor. Wäre da nur nicht noch ein ganz anderes Gefühl mit aufgestiegen, das sie überforderte. Sanft strich sie über Ninis Unterarm. Sie schwiegen, bis Nini ihr einen scheuen Blick zuwarf. »Mehr als fad Nini ... tödlich fad!« Passendere Worte waren Manu dazu nicht eingefallen. Die Mädchen schauten aufs Feld. »Tor! Tor!« Endlich hatte das Spiel vor ihnen an Fahrt zugenommen. Irgendein Spieler hatte einen Ball an den Pfosten geschossen. Also kein Tor. Nur eine riesige Aufregung. »Und dann noch Fußball!« Manus Stimme klang gequält. »Wieso?« – »Na Fußball ist doch voll bescheuert, eine Horde Jungs hinter einem einzigen Ball!« Mit dem dämlichen

Spruch hatte sie ablenken wollen. War sie fast neidisch geworden, fad hin oder her, so viel Zeit hatte sie mit ihrem Vater nie verbracht. Ihr Herz fühlte sich eng an, ihr Kopf sauste, sie war mies gelaunt und jetzt schwieg Nini auch schon wieder. »Ähhh ... wie? Warum sagst du nix, Nini?« – »Weil ... weil du dich täuschst, Manu, voll täuschst, Fußball ist nicht bescheuert ... die wissen genau was sie tun ... im Team zu spielen ist wichtig, mein Papa, hat mir das erklärt ...« – »Papperlapapp ... dein Papa, dein Papa ... Fußball ist Banane – eben was für ... Vollidioten.« Manus Worte hatten Nini getroffen. Ausgerechnet Vollidioten hatte sie gesagt. Was Manu weder bedacht, noch beabsichtigt hatte. Selten, dass sie anderer Meinung waren. »Nur weil du keinen Schimmer davon hast!« Das war Manu nicht gewohnt, dass Nini glaubte, von irgendetwas mehr Ahnung zu haben und sie schwiegen wieder eine Weile, während Manu mit ihrer großen Zehe eine Erdkruste von einem faustgroßen grauen Stein abrieb. »Das einzige, an was ich auf einmal denken muss, ist an meine Tante«, sagte sie jetzt leise, ihren Blick weiter auf den Boden gerichtet. Ihr Gesichtsausdruck hatte sich verändert. Ihre Augen waren noch trauriger und noch größer geworden. Nini hatte nur Tante verstanden, war aber froh darüber, dass Manu das Gespräch wieder aufgenommen hatte.

»Wieso an deine Tante?« Wollte sie gleich wissen. »Weil sie immer Tor gerufen hat, oder besser »Goal«, wenn sie mir vor dem Zubettgehen Nivea Creme ins Gesicht geschmiert hat.« Mit Nini wollte sie keine Unstimmigkeit. Es tat ihr leid, sie wusste ja wie empfindlich ihre Freundin war. »Komische Tante!« Zum Glück lachte Nini wieder. »Ja, das kannst du wohl sagen, aber die Beste, die du dir vorstellen kannst!« Sie sahen sich an, Manu wischte sich über ihre Augen, Nini sollte nicht sehen, dass da Tränen mit dabei waren. »Ich hab Fotos, die kann ich Dir mal zeigen!«

In der letzten Zeit war sie oft allein vor dem Karton gesessen, den ihre Eltern auf ihren Wunsch hin mitgebracht hatten. Die meisten Fotos darin waren aus der Zeit in Amerika. Gleich nach dem Krieg war ihre Tante dorthin abgehauen. Im Übrigen mit einem US-Soldaten, auch einem GI. Die Tante mit ihrem kurzen schwarzen Pagenschnitt, jung, keck an einen dieser Riesen-Ami-Schlitten mit ausladender Heckflosse gelehnt. In Jeans, bauchfrei mit weißem, über dem Nabel zusammengeknotetem Hemd. Oder mit großer Sonnenbrille auf dem Beifahrersitz eines anderen Wagens mit viel zu viel Chrom, ein Arm und ein Bein lässig aus dem Fenster hängend auf einer breiten Straße, lachend. Davon gab es

gleich mehrere Aufnahmen. Auch ein Kinder-
foto, schätzungsweise aus den Dreißigerjahren.
Ein Mädchen mit langen Zöpfen vor ihren streng
blickenden Eltern in dunkler Kleidung, das Foto
auf verstärktem Karton, die Unterschrift mit goldenen Lettern, offensichtlich von einem Foto-
grafen aufgenommen. Manus Mutter war da
noch nicht geboren. Dazwischen drei weitere
Fotos, die Manu besonders mochte. Die Tante,
ganz anders, mit offenem Haar bis weit über die
Schulterblätter im langen bunten Kleid, barfuß,
selig lächelnd in einer Runde mit anderen jungen
Langhaarigen, die aussahen, als ob sie aus verschiedenen Teilen der Welt kämen. Nur einmal
hatte Manus Mutter von Abwegen ihrer Schwester in den Vereinigten Staaten gesprochen. Sie
sei dort drüben in »falsche Kreise« geraten. Vielleicht hatte sie diese Zeit gemeint. Irgendwas
hatte sie von »*Hare Krishna*« gemurmelt, sich
abgewendet und zu putzen begonnen, typisch
für Manus Mutter, sich über Entscheidungen,
die ihr lebenslänglich fremd blieben, derart aus-
zuschweigen.

Dann waren da noch einige verblichene Pola-
roids darunter, auf denen Manu selbst mit den
beiden ungleichen Schwestern zu sehen war.
Etwa sieben Jahre alt muss sie da gewesen sein,
mit einem Prinz Eisenherz-Haarschnitt samt
zu kurz geratenem Pony, verloren in einer brau-

nen Cordhose und einem buntgestreiften T-Shirt zwischen ihrer Mutter im üblichen Kostüm, halbhohen Pumps mit Handtasche, sittsam lächelnd, und der Tante, in einem abgetragenen Hemd, darüber eine dieser Ketten um den Hals, an denen ihre Brille hing, und in einer mit einem alten Gürtel in ihrer Taille zusammengehaltenen Herrenhose. Im Gegensatz zur Einrichtung ihres Hauses hatte sie nach ihrer Rückkehr aus Amerika um ihre Kleidung nicht viel Aufhebens mehr gemacht. Vom Typ her war Manu ihrer Tante ähnlicher als ihrer Mutter geworden. Ihr Körper hatte sich gerade ziemlich verändert. Bisher war sie schlaksig, eher wie ihr Vater, ihre Hände viel zu lang, aber dabei sehnig. Mit denen sie durchaus hätte zulangen können. Wäre sie sich schlüssiger darüber gewesen, ob sie es wirklich wollte oder sollte. Ob der richtige Zeitpunkt dafür auch gekommen war. Zu viele Überlegungen zwischen ihr und ihrem Handeln blieb es oft bei einem vorsichtigen Lächeln, das in ihren dunklen Augen aufblitzte, um nur kurz ihre Lippen zu umspielen und sich in einem Schulterzucken zu verlaufen. Jetzt aber waren Taille, Brüste und auch ihre Tage gekommen, was ganz selbstverständlich nebenbei geschah. Manu hatte sich zu einer jungen Frau entwickelt. Bei Isa war das schon gelaufen. Sie war früher dran gewesen, ständig hatte sie darüber geredet. Wie was wo größer geworden war. An Manu waren diese Veränderungen nahezu vorbei gegangen. So sehr war sie inzwischen auf Tom fixiert. Der wie ein Phantom in ihrem Kopf herum spukte. Irgendwann bot sich Isa als Vermittlerin an, was die Angelegenheit nicht besser machte. Manu war sich nicht sicher, ob sie ihr noch trauen konnte. Isa stichelte allzu gerne, nahm Manu auf die Schippe.»Na, Manu ... fischst noch immer im Trüben? ... Hej ... komm mal wieder rüber, ein bisschen mehr Halligalli würde dir echt nicht schaden!« Isa hatte neue Bekannte, die auch bei ihr zu Hause abhingen. Deren Hauptbeschäftigung schwachsinniges Gelächter sein musste, das in einem für Manu nicht nachvollziehbaren Rhythmus unmotiviert im Hintergrund aufkam und genauso auch wieder verebbte, solange sie mit Isa telefonierte. Trotzdem ging Manu ein Jahr später mit auf eine Party. Von einem dieser Dumpfbacken, von denen sie nichts hielt. Und dort war sie wieder Tom begegnet. Der sie ohne Worte in seine Arme geschlossen hatte.

Das war in dem Winter, in dem Manu wie fast alle anderen in einem ockerfarbenen, braunen oder schwarzen Afghanen-Mantel herumlief, die wildledern, bestickt, mit ihrem hellen zotteligen Innenfell alle irgendwie gleich armselig

105

aussahen. Auf die sie alle nichtsdestotrotz mächtig stolz waren. Es waren jene Mäntel ohne Krägen, in die Kälte und Wind von oben krochen. Und alle, um echt cool zu sein, auf dicke Schals verzichteten, ständig Husten, Hals- und Mandelschmerzen hatten.

Er liebe nur Manu, ab jetzt würde er für immer für sie da sein. Auch für Geld würde er sorgen, damit sie, wann immer sie wollten, dorthin fahren könnten, wo gerade die Sonne schien. Wärme zählte für Tom zu den schönsten Dingen auf der Welt.

## sieben

Manu wusste nicht wie ihr geschah. Auf einmal saß Tom wieder auf ihrem Schaukelstuhl. Seit dieser Party gingen sie miteinander. Sofort hatte sie gespürt, dass er sich verändert hatte. Dass etwas zwischen ihnen stand. Nur benennen konnte sie es nicht. Manches an ihm war fremd. Sie war verwirrt, Tom war wieder da.

Viel später erst hatte sie erfahren, dass er sauer auf sie gewesen sei. Sein Abstand zu ihr, angeblich ein Ergebnis übler Nachrede einer seiner Freunde, der Manu verehrte, es ihr aber zu zeigen sich nicht traute. Sie somit nie die leiseste Ahnung davon hatte. Manu habe Tom betrogen, so machte es die Runde. Und nicht etwa nur mit einem! Manu fehlten die Worte. Sie verstand es nicht. Beständig damit beschäftigt, warum Tom, anstatt mit ihr zu reden, nur auf die verleumderischen Berichte seines Kumpels hörte. Auf die Idee, dass er dazu zu eitel und enttäuscht war, kam sie in ihrem Kummer nicht. Wie hatte Tom so was nur glauben können, wo Manu blind für alle um sich geworden, nur noch von seinen Augen träumte, seinen kieselfarbenen Augen mit den winzig gelben Sternen.

Im Gegensatz zu ihren Eltern, schienen Toms erleichtert. Bald hatten sie Manu zu sich zum Essen eingeladen. Mit ihrem Glas Orangensaft im Eck stand sie unglücklich darüber, zugesagt zu haben. Immer diese blöde Höflichkeit. Manu graute schon Tage vorher, hatte sie noch eine Menge Ungutes aus Toms Erzählungen im Kopf. Darüber hinaus die vielen anderen Gäste, zumeist Geschäftsleute, davor hatte Tom sie nicht gewarnt. Toms Mutter, tatsächlich auch an diesem Abend in stahlgrau-engem Rock und entsprechender Seidenbluse, hatte Manu lächelnd empfangen und sie gleich einem Paar vorgestellt, um sie daraufhin für den Rest des Abends auch wieder zu vergessen. Manu befürchtete, ihrer Erwartung nicht entsprochen zu haben. Vermutlich war sie nicht geschmeidig genug in Konversation und Auftritt, wie es sich Toms Mutter von ihr erhofft hatte. Aber hier fiel Manu auch wirklich nichts ein, sie reichte der hübschen Blondine und dem smarten Typen im Sakko mit offenem Hemd ihre Hand und schwieg. Was sollte sie schon sagen, um sie herum ein Haufen fremder Menschen, in jeglicher Hinsicht fremd. Das Paar zog weiter, doch der Mann war zu ihr zurückgekehrt, neben ihr stehen geblieben und hatte auf sie eingeredet. Sie zählte die Minuten, versuchte an ihm vorbeizusehen, nippte an ihrem Glas Orangensaft, um besser nicht zu verstehen, was sie da von ihm vernahm. Manu war noch keine fünfzehn, alle anderen um die vierzig, wenn nicht älter. Erst als sie sich an die festlich gedeckte Tafel neben Tom setzen konnte, war sie ein klein wenig entspannter.

»Liebe Gäste! Willkommen! Ich bin erfreut, Sie hier heute zu begrüßen! Willkommen in unserem Haus!« Toms Vater erhob sein Glas, prostete in die Runde. »Zu diesem besonderen Anlass!« Er wendete sich um. Sichtlich zufrieden über das Timing deutete er auf die Terrinen, die gerade von zwei Mädchen in weißen Hemden mit schwarzen Schürzen darüber in den Raum getragen und deren Inhalt auf die Teller der Gäste ausgeteilt wurde. »Ein Parade-Beispiel!« Seine Stimme tönte über die Tafel, »Pro Jahr! Unweit von hier!« Gewichtige Pause bevor er fortfuhr: »Über 250 Tonnen!« Jetzt landete auch in Manus Teller eine Kelle der dunkelbernsteinfarbenen Brühe, die sofort einen eigenwilligen Geruch verströmte.

»Vor zwanzig Jahren ... vor der Übernahme der Amerikaner ein gigantischer Erfolg unvorstellbaren Ausmaßes von Lacroix!« Noch verstand Manu nicht, worauf Toms Vater da hinauswollte. »Und in diesem Sinne, meine werten Gäste, gilt es auch für uns im Zeichen der Zeit zu handeln!« Gewichtig blickte er mit hochgezogenen Augen-

109

brauen von Gast zu Gast, Manu wurde schwindlig. »Sie fragen sich jetzt sicherlich was das für uns bedeutet? – Ja richtig: Marketing! Marketing und noch einmal: Marketing!« Ein bestätigendes Raunen machte unter den Geladenen die Runde. Manu starrte auf ihren Teller, was sollte diese Eiferei um dieses: Marketing, Marketing – betont wie die allerneueste Zauberformel, was war das überhaupt für ein … für ein Schmafu, da musste sie direkt bei Tom nachfragen. Ja, was sollte das alles bedeuten und was hatte das miteinander zu tun? Und vor allem war diese Tortur nicht längst verboten? Hatte ihre Tante das nicht hoch und heilig versprochen, als sie ihr einmal eine verblichene Reklame von Lacroix mit einer goldenen Dose gezeigt hatte? Mit einer gezeichneten Schildkröte darauf … wie viele Tonnen hatte Toms Vater da gerade gesagt?

»Auf die »Königin der Suppen!« Die Stimme kam wie aus weiter Ferne. Der Geruch, der da in ihre Nase stieg, war ekelhaft. Ekelhaft. Einfach nur ekelhaft. Aller Höflichkeit zum Trotz nur keinen einzigen Löffel davon. Für eine Zehntelsekunde sah sie den Tisch voll toter Tiere. Manche auf ihrem Panzer alle Viere nach oben, manche noch nicht ganz verendet. Das war alles so ekelhaft hier. Sie versuchte sich auf das zarte Blätterteiggebilde auf dem kleinen Teller daneben zu konzentrieren, und die Suppe unauffällig so weit wie möglich von sich zu schieben. Dabei fiel ihr Blick auf den Typen schräg gegenüber auf der anderen Seite des Tischs, der Löffel für Löffel in sich schlürfend sog. Tom hatte ihren Widerwillen bemerkt, seine Hand beruhigend auf ihr Knie gelegt. Ahnungslos, dass der Typ ihr vor dem Essen noch zweideutige Avancen gemacht hatte.

Wie üblich hatte er sich zuerst nach ihren Lieblingsfächern erkundigt, Smalltalk hin, Palaver her, um daraufhin wissen zu wollen, was eine Schönheit wie sie bei so einem wie dem kleinen Tom denn wolle, was so einer ihr bieten könne, ob sie sich in ihrem hübschen Köpfchen darüber schon einmal Gedanken gemacht hätte. Er reichte ihr mit einem vielsagenden Blick seine Visitenkarte, berührte sie dabei geschickt an ihrem Arm und ließ – sie hatte keine Ahnung, wie ihm das überhaupt gelang – daraufhin seine Hand so ganz leicht und langsam an ihrem Gesäß hinuntergleiten. So fast rein zufällig. Was konnten Erwachsene nur für widerliche Menschen sein. Ihre Wut wuchs, als sie von Tom später dann erfuhr, dass das der Kompagnon seines Vaters war. Und seine blonde Gattin eine von Toms vielen ehemaligen Kindermädchen. »Was für ein Arsch!« Sagte sie, wenn auch nur leise. Großes Drama war nicht Manus Art. Obwohl sie sich gedemütigt fühlte. Natürlich hatte sie sich nie derartige Gedanken gemacht. Doch noch viel mehr litt sie, dass ihr nichts, aber auch rein gar nichts ihm zu entgegnen eingefallen war. Dass sie seine vermaledeite Visitenkarte auch noch angenommen hatte. Dass sie unfähig zu reagieren geschwiegen hatte, anstatt ihm in sein siegesbewusstes Gesicht zu spucken. Und zu alle dem auch noch diese Scheiß-Schildkröten-Suppe. Sie wollte einfach nur gehen. Schaumschläger waren das allesamt hier, nichts als Schaumschläger.

»Manu, bleib!« Gerade noch im Flur ihren Mantel an der Garderobe suchend hatte sie Tom erwischt. »Bitte, es ist wichtig! Warte wenigstens ... wenigstens bis zum Dessert!« Feinspitz, der er war, vermutete Manu, wollte er sich das sicher nicht entgehen lassen. Aber das war nicht der Grund allein, Tom habe einen Deal mit seinen Eltern ausgehandelt, anlässlich des väterlichen Jubiläums mit seinem neuen Mädchen den braven Sohn des Hauses zu geben – gute Miene zum bösen Spiel – und sie würden ihm noch einmal aus seiner finanziellen Misere helfen. »Eins versteh ich nicht Tom, wenn du deine Eltern so wenig leiden kannst, warum nimmst Du dann ihr Geld?« – »Hä Manu? Echt jetzt? Bist du so naiv?« Er grinste. »Bin ich nicht ... ich mag so was nur nicht.«

Manu hatte kein Verständnis für Toms Haltung. »Die haben es doch nicht anders verdient ... bevor sie in ihrer Kohle ersticken ...«, er zwinkerte ihr zu, »mit ihren Fucking-Diabetiker-Produkten.« – »Mit ihren ... was für Produkten?« Sie glaubte nicht richtig gehört zu haben. Das gerade ihr. Das Leben war schon ulkig. »Na mit diesem ganzen Zuckerlosen Kram, für die Wohlstands-Kugel-Partie, mit dem sie aktuell den Markt überschwemmen.« Er grinste weiter in ihre Richtung. Manu war verwirrt. »Hast du nie gesehen Manu, wie sie in den Supermärkten gerade die Regale damit zu ramschen?« – »Aber Tom das ist ungerecht,« rief es in ihr, »gerade für Diabetiker ... muss man für die nicht was extra Gutes entwickeln? Und außerdem Tom ... du bist doch um keinen Deut besser! Du bekommst den Rachen ja auch nie voll!« Den Gedanken hatte Manu zu diesem Zeitpunkt allerdings noch nicht. Sie fragte nur: »Das geht? Damit kann man reich werden?« – »Boah Manu, aber wie die Branche boomt, wenn du wüsstest, mein Alter hat ja nicht umsonst auch mal Chemie studiert.« Manu sah ihn verblüfft an, hatte sie sich soeben gefragt, ob es da vielleicht irgendwie eine Verbindung zu den von Tom gefeierten Florentinern seiner Oma gab, so oder so, sie war überfordert, wollte sie sich ja eigentlich nach diesem neumodischen Marketing-Getue von vorhin erkundigen, ließ es aber sein, denn just da schüttelte Tom seinen Kopf wieder so verächtlich: »Ich habe von denen immer nur die teuersten Spielsachen bekommen.« Daraufhin hatte er sie zu sich in seinen Arm genommen, zärtlich auf die Stirn und dann auf den Hals geküsst und sie an seiner Hand zurück an den Tisch gezogen.

Tom hatte auch keinerlei Umgang mit Geld. Er schmiss es nur so raus. Kaufte Unmengen von Platten, Büchern, teuren Konzerttickets. Und schenkte vieles davon Manu. Was ihr fürchterlich unangenehm war. Schon gleich, weil Tom sich dafür oft das Geld aus den Taschen seiner Eltern besorgte. »Vergiss meine Alten, die können mich kreuzweise!« Manu zog Schnuten und stand auf der Bremse, sie wollte das Alles nicht, und auch nicht so viel Action, sie wollte ihre Schule nicht vernachlässigen, wollte lernen. Auch war der Ausredenkatalog ihren Eltern gegenüber begrenzt. Als er sie auf ihr erstes Konzert einlud, erzählte Manu ihrer Mutter wieder, sie übernachte bei Nini. Das klappte gut und dabei blieb es dann auch eine Zeitlang.

Steve Hillage endlich live, ein wunderbares Erlebnis, sich Arm in Arm ganz vorne vor der Bühne gleich neben den riesig schwarzen Verstärkern in seinen herzbewegenden Gitarrensoli zu verlieren, das war schon mächtig. Musik spielte jetzt eine große Rolle für beide. Sie standen auf Alan

Parsons, Ash Ra Tempel, Hawkwind oder aber auch auf Wütendere wie Alex Harvey oder Skin Alley. Wobei Manu eigentlich lieber bei Deep Purple ... die Augen schloss ... und bei »*Child In Time*« vor sich hin träumte ... genauso wie bei den verführerischen Hymnen von Barclay James Harvest ... die in »*Child Of The Universe*« oder in »*Suicide*« führten. Genauso wie auch dorthin, wo damals für so viele kein Weg vorbeiging, zu Led Zeppelins belasteten »*Stairway To Heaven*«. Wobei die Doors natürlich eine nicht minder gute Basis boten ... »*Gloria (R-Evolution)*«, »*Riders On The Storm*«, oder natürlich «*The End* «... der Stimme Jim Morrisons war besonders Tom verfallen. Jim Morrison, der zu Beginn seiner Karriere so Schöne, der Poesie Erfüllte, der dem Alkohol ergeben, aber trotzdem an einer Überdosis Heroin ebenfalls mit siebenundzwanzig in Paris einige Jahre zuvor bereits gestorben war. Genauso wie auch Janis Joplin. Lieber dann allein zuhause melancholisch Leonard Cohen hören ... »*So Long, Marianne*« oder »*Suzanne.*«

Tom hatte sich eine neue Anlage gekauft, mit super großen Boxen und Manu seine alten überlassen. Mochte er bei Manu sich nicht länger nur mit dem schwachen Sound aus Manus kleinem, rauschenden Rekorder zufriedengeben, für den er Kassetten aufnahm, der aber immer wieder unerwartete Bandsalate produzierte. Was Manu total unangenehm war. Hatte sich Tom doch bei den Aufnahmen für sie so viel Mühe gegeben. Manchmal auch darauf gesprochen. Gedichte oder einfach nur erzählt, was er so dachte, wovon er träumte, wenn er alleine war. So war sie, als Tom mit dem gerade aktuell erschienenen Pink Floyd Album unter dem Arm zu ihr kam, noch glücklicher – das mit dem Cover mit den zwei Männern, die sich die Hand reichten, der eine von beiden aber brannte. »*Wish You Were Here*« – der Titelsong mit dem irren Gitarren-Intro, dessen Text von Roger Waters sie damals genauso wenig wie das Cover verstand. Vollkommen gleichgültig, Hauptsache auch bei ihr daheim Qualität beim Musikhören und sich auch hier dem Sog, der sich in jede Zelle eingravierte, sich den gefühlsschwängernden Verführungen, die sie gemeinsam inhalierten, hingeben. Als ob sie sich dadurch noch weiter miteinander verwoben, um darin insgeheim das, was vielleicht doch nicht passte zwischen ihnen, aufzulösen. Gleichwie, waren sie zusammen, war sie sich ihm zu überlassen bereit. Fühlte sich ihr Leben mit ihm doch irgendwie viel echter an. Nur ab und zu Momente, in denen sie sich in ihren Gefühlen ihm gegenüber nicht ganz sicher war. Waren andere um sie herum, sah sie ihn für einen Bruchteil von Sekunden mit anderen Augen. Da trug er auf, wurde laut, markierte den

Angeber, was Manu missfiel und sie unsicher werden ließ. Auch schien er irgendwie härter geworden. Seine leicht süffisante Ironie, mit der er sich früher vor der Welt schützte, um etwaige Abweisung von draußen gleich mal von sich weg zu schieben, schroffer. Etwas war passiert, von dem sie nicht wusste, was es war.

Inzwischen hatte er seinen Führerschein und einen silbernen VW Golf mit umklappbarer Rückbank, nahezu neu. Mit einem gelben Kleber auf dem Heck. Mit der lachenden orangenen Sonne in der Mitte, »*Atomkraft? Nej tak*« sogar in der Originalversion. Sie fuhren zusammen in die Stadt, schlenderten durch den alten Teil, der schon hübsch renoviert war, saßen am Flussufer, redeten, träumten oder kauften ein. Die coolste Levis, das lässigste karierte Flanellhemd und das wunderbarste taubenblaue T-Shirt mit Fledermausärmeln erstanden sie gemeinsam. Hand in Hand streunten sie durch Plattenläden, indische Geschäfte, suchten ewig nach den richtigen Räucherstäbchen, auf den Geruch von Patschuli war Manu bald allergisch. »Hör auf damit! Ich brauch das Alles nicht – Tom, bitte, das gibt doch bloß wieder nur Ärger mit deinen Eltern.«

Er gab gerne, aber anders als andere in seinem Alter arbeitete Tom weder an Samstagen, noch in den Ferien. Lieber lud er Manu zum Essen ein. Mit ihm war Manu zum ersten Mal in einem chinesischen Restaurant. Zu Hause zeigte er ihr, wie man Mangos aß, was man aus Avocados alles machen konnte, bereitete den ersten Chicorée-Salat mit Walnüssen und briet dicke Rinder-steaks dazu. Tom kannte Vieles, was Manu noch nie zuvor gesehen hatte. Dazu gab es den teuersten Orangensaft mit extra vielem Frucht-fleisch. Sein Programm war dicht. Für Manu viel zu dicht. Er schien sich selbst beschenken zu wollen. Träumte von erlesenem Essen, genauso wie von Krokant-Eiern an Ostern. Sie von Har-monie, Frieden, Ruhe und Verständnis. Wäh-rend er möglichst nicht alleine sein wollte. Oder konnte. Wollte Manu nicht mit, dann drängte er. Mitunter kam er ihr mit seiner Beharrlichkeit wie Isa vor. Er schleppte sie ins Kino, darüber ver-wundert, dass sie seine helle Begeisterung über »*Easy Rider*« nicht teilen konnte. Wie enttäuscht er war. Als ob sie ihm etwas hätte nehmen wol-len. Etwas von seinem Gefühl von Freiheit und Gerechtigkeit. »*Easy Rider*« ein Film für den Manu viel zu jung war, ein Männer-Film. Was interessierte sie schon der Sex- und Drogentrip zweier nicht mehr ganz taufrischer Motorrad-fahrer quer durch Amerika. Sie kapierte nicht, was es bedeutete, dass hier die Spießer die wah-ren Schweine waren. Und was das Leiden im All-tag einer intoleranten Gesellschaft und der Aus-bruch daraus für Auswirkungen mit sich bringen konnte. Dass es hier die vermeintlich guten US-Bürger waren, die friedliche Andersdenkende zu Freiwild deklarierten, welches sie aus Lust und Laune lachend aus ihren Wagenfenstern heraus von ihren Motorrädern schossen. Ohnehin regte sich Tom ständig über die Politik im In- wie im Ausland auf. Das meiste konnte Manu nicht einordnen, sie kannte sich nicht aus. Der einzige Politiker, dem sie alle irgendwie Glauben schenkten, der ihre Herzen berührte, war gerade über eine Spionage-Affäre gestolpert, zurückgetreten. Dazu der Krieg in Vietnam. Tom wie immer auf ihrem Schaukelstuhl, Manu hatte ihn nicht gleich verstanden. »Schaukel nicht so heftig ... der geht ja noch kaputt!« – »Manu! Über eine Million im Kampfeinsatz allein auf amerikanischer Seite. Aber Manu, die Reichen, verstehst Du, die können sich vom Militär-Dienst freikaufen! Der reine Wahnsinn – die stolze US-Army: Fast alles sozial Benachteiligte! Fast nur schwarze Teenager! Und Manu: Zigtausende, die da sterben! Über die Hälfte davon unter einundzwanzig! So ein fuck Krieg!« – »Tom, was suchten die Amerikaner eigentlich in Vietnam?« – »Ej Manu, ganz einfach: Kommunisten! Kapierst du nicht: Die rote Gefahr!« Er lachte, sie schüttelte nur traurig ihren Kopf. »Was gibt's Ärgeres? Die Roten – der größte Feind der Amis! Ha und zurück in den Staaten packen sie es selbst alle miteinander nicht mehr! Manu! Selbstmorde in Massen! Die Rate noch höher in der Zahl als die der Gefallenen!« Und warum, wollte Manu wissen. »Warum? ... Warum fragst du? ... Weil es einfach nicht auszuhalten ist, was sie da in Vietnam angerichtet haben! So ein Fuck: Krieg! Grauenhaft! Ein einziges Morden ... weit über eine Million ... grauenhaft, Manu, ein Wahnsinn die Kinder ... die Frauen, denk mal allein an die, die wir da täglich auf dem Bildschirm sehen. Fuck...« Tom drehte sich gerade mal wieder einen kleinen Joint. »Wie kann Kommunismus nur so schlimm sein, Tom, dass so viele Kinder und Frauen ihr Leben lassen müssen?« Tom ließ alles liegen und nahm Manu in den Arm. »Tom, der zweite Weltkrieg ... der ist doch noch gar nicht lange her.« Manu verstand die Welt nicht. Ja, »*Eve Of Destruction*« von Barry McGuire ... (von P. F. Sloan geschrieben). Ein von Tom genauso wie auch Jefferson Airplanes »*Volunteers*« oder natürlich Bob Dylans »*Hard Rains Gonna Fall*« gepriesener Song. Mitte der Siebziger hatte Südvietnam kapituliert, die nordvietnamesischen Kommunisten waren in Saigon einmarschiert, Rückzug der Amerikaner. Der Krieg war vorbei, der amerikanische Außenminister Friedensnobelpreisträger. Tom stand auf der Seite der Schwachen, der Underdogs.

Ja, Tom litt laut, lebte sein üppiges Leben, während er seine drei Götter, Mao, Che Guevara und auch Ho Chi Minh verehrte. Wie sich das miteinander vertrug, die Frage stellte sich nicht. Theorie und Praxis schlugen sich auch in seinem Fall. Vielleicht von wegen, schlag zu, bevor du geschlagen wirst. Wovon natürlich auch er überzeugt war.

Revolte war aber noch viel weniger Manus Ding. Nichtsdestoweniger zogen sie Toms weltrettenden Theorien, genauso wie sein Hang zu schönen Worten weiter in seine Welt hinein. Ihr ging es um das Füreinander, um Liebe und Frieden unter allen Menschen. So fielen Toms Solidaritätsbekundungen den Schwachen, den Ausgegrenzten gegenüber bei ihr auf besten Boden. Sie entsprachen ihrem schlechten Gewissen. Aus dem Land der Täter zu kommen. Während die Taten der RAF immer mehr ins Zentrum traten. Die linke Terrorgruppe, die mit genauso menschenverachtenden Antworten brutal überreagierte. »Tom, auch wenn sie angeblich für Gerechtigkeit in Deutschland morden – das darf man nicht!« – »Quatsch Manu! Wie soll man den Kapitalistenschweinen sonst entgegnen?« – »Nein. Das darf man nicht – das darf man nicht! Das macht mir Angst!« – »Ej Manu, aber du checkst schon, wie rechts das hier alles schon wieder läuft?«

Die vor über zehn Jahren gegründete Nationaldemokratische Partei Deutschlands, die NPD, machte zwar Verluste, dafür wurden aber andere Neonazi-Gruppen aktiv. Während die Volksparteien ausschließlich auf die Gefahr von links starrten. Zeitgleich wurden vor Manus Schule Flugblätter von Holocaust-Leugnern verteilt. Konzentrationslager gab es für sie nicht. Die NS-Gräuel die größte Lüge. Dazu hätte man vielerorts sehr gern geschwiegen. Aber an ihrer Schule gab es schon einige Lehrkräfte, die richtig links standen. Dafür waren sie alle dankbar. Aber Manu kam alles irgendwie schwarz-weiß vor. Und so extrem kompliziert, versuchte sie genauer nachzudenken, verwischten sich viele Themen schon gleich wieder und waren dabei, sich ins schier Endlose zu potenzieren. Politisch war sie nicht besonders geschult, aber von dem seit der Studentenbewegung in den Sechziger Jahren üblichen Infragestellen der Autoritäten trotzdem mitgeprägt. Kein Wunder, bestehenden Hierarchien nicht zu trauen, lag auf der Hand. Sie aber genauer unter die Lupe zu nehmen, und wenn sie nicht standhielten, zu verändern, ja das war nicht ihr Ding. Da nahm sie einiges hin. Da saß zu viel über Generationen weitergegebene Furcht in ihren Knochen. Fehlte es ihr dafür sowohl an Selbstvertrauen, als auch Entscheidungsfähigkeit. Aber im Grunde war Tom auch nur Meister großer Worte. Der zwar vor Wut aufheulte, ging es um die Schachzüge des gefinkelten Atom-Freunds, der sich schon als Verteidigungsminister keine Freunde bei den jungen, nur ein wenig kritischer Denkenden nach der Wiedereinführung der Bundeswehr gemacht hatte. Wenn Machtmenschen wie der bayrische Stiernacken so eine Anhängerschaft, wenn sinnloser Krieg wieder so viele Befürworter fand und ehemaligen Nazis schon wieder Gehör geschenkt wurde ... »na dann Manu ... na, dann wird man doch, um das zu packen, noch in aller Ruhe *stoned* sein dürfen?« Soweit Toms Logik. Hatten um ihn herum doch alle versagt ... die Eltern, Lehrer, die Politiker, der Staat alle ...

*Legalize it,* ja warum wurden Drogen nicht ganz einfach besteuert, *alles easy* – keine organisierten Kartelle mehr dazwischen, einfach legalisieren, und damit der Korruption etwas entgegensetzen und letztendlich der Geldwäscherei der Reichen, bis hin zu den Banken, zu entgehen. Toms Gerechtigkeitssinn war da noch groß. Auch das gefiel Manu. Von wegen dieser unmenschlich brutalen Drogenkartelle – wie das Problem der Anbauer in den armen – ha – ärmsten Ländern lösen ... das ginge ja nur über die jeweiligen Staaten ... müssten die Konditionen vor Ort nur staatlich gestützt werden ... »Aber die Staaten, Manu das ist echt kaum zu packen, die arbeiten lieber mit den Zocker-Mafiosi zusammen ... logisch, fuck, da springt ja auch mega unvorstellbar viel mehr dabei raus!« Auch darüber schwang Tom gerne seine Reden. Über Rassismus – Rassentrennung fast noch überall – über die nukleare Bedrohung, die Angst vor der Atombombe, die zunehmende Verschmutzung der Böden, der Meere, die Bedrohung von Tier- und Pflanzenwelt, das Kippen der Ökosysteme. Themen gab es genug, warum die Welt im Arsch war. Manu war das alles noch zu steil. Ihre kleine Welt in kurzer Zeit so groß geworden. Sie war jung. Er sprach, sie hörte zu. Bat sie sich mehr Zeit für sich selbst aus, begann es schon schwierig zu werden. Zum ersten Jahrestag schenkte er ihr Goethes Liebesgedichte. Einen wunderschönen Band mit Widmung.

**»Ein Jahr kann lang sein, vor allem mit mir. Aber ich hoffe, Du bist ab und zu doch auch ganz glücklich mit mir ... wünschte ich nur, ich hätte diese Gedichte geschrieben. Denk bei jedem einzelnen, das Du liest, an mich ...**

**In Liebe**

**Dein »möchte Goethe sein-Tom«**

Das Buch wie die Schachtel mit seinen unzähligen Briefen sollte Manu erst nach langem Suchen wiederfinden. Wo einiges drinnen stand, was ihr wieder so manche Erinnerung zurückbrachte. Zum Beispiel, wie sehr Tom Goethe mochte, den »*Faust*« und auch »*Wilhelm Meisters Lehrjahre*« – obwohl sich Manu nicht sicher war, ob er die Werke wirklich je ganz gelesen hatte oder doch nur quer, da und dort eine Passage, und sich damit wichtig machte. Er war an einer ganz anderen Schule in der Stadt, hatte eine Deutschlehrerin, die ihn schätzte. Eine jener aufgeschlossenen, jung gebliebenen Perlen-fischerinnen Mitte- Ende dreißig, die auf diesem Weg seine Nähe suchte. »Die Gedichte von No-valis, Byron und Shelley, oder die Geschichten von Edgar Allan Poe, habe ich von ihr ... weißt schon Manu, von der Frau Lehrerin ... cool cool cool!« Noch las er Manu daraus vor. »Stoff aus Büchern find ich gut ... noch besser aber, wenn ich ihn mit Dir teilen kann!« Smile, Zwinker, Manu dachte nicht weiter darüber nach, viel lie-ber hörte sie seiner Stimme, wenn er vorlas, zu. Lieferten ihre sehnsuchtsreichen Gemüter den besten Boden für derartige, auf Erweiterung der herkömmlichen Wahrnehmung angelegten Ge-schichten und Gedichte. Wenn er beim Lesen lächelnd in ihre Richtung blinzelte, fühlte Manu sich geborgen. Friedliche Momente, in denen er sich in ihrer Aufmerksamkeit sonnte.

## acht

»Nein Tom nein ... heute nicht!« – »Manu bitte ... komm!« – »Heute nicht ... und morgen auch nicht. Ich muss Mathe lernen, wenn ich wieder so schlecht bin, schaffe ich das Schuljahr nicht!« – »Wer braucht schon Mathe! Scheiß auf die Schule, Manu! Komm!« – »Nein, das tu ich nicht!«

Ihr war unwohl. Er war manchmal irgendwie unberechenbar geworden, launisch, und sie unsicher, ob er nicht gleich darauf laut aufbrausen würde. Was sie überhaupt nicht mochte. Woraufhin sie sich aber auch rasch wieder zu ihm ziehen ließ.

»Mei, Magic-Manu, kannst nicht doch schnell kommen?« Abermals war er am Telefon. »Liegst Du wieder in der Wanne?« – »Klar und träum von dir ... Schön heiß ...« – »Kann mich nicht zu dir beamen ... Tut mir leid, bin keine Bezaubernde – bin keine Jeannie, leider.«

»Manu, nö... das bist du nicht ... Du, du bist viel mehr!«

Tom der Charmeur, der Wärmesucher, die Badewanne inzwischen sein einziger Ort der Geborgenheit, der ihn vergessen ließ. Sich und das ganze Ungemach – die ganzen Ungerechtig-

126

keiten in der Welt. War er allein, hielt er sich nicht aus, war es ihm langweilig, machte für ihn das Leben keinen Sinn. Aber seine zunehmende Leere zu überwinden, dabei hatte ihm doch auch Manu nicht weiterhelfen können. Mittlerweile gab es Missverständnisse zwischen ihnen. Sinnlose Streitereien, die Manu schwer vertrug. Ständig rief er an oder läutete an der Haustür, vorausgesetzt Manus Vater war nicht da, kam er hinein.

»Alles hat seinen Preis, Manuela! So ein Nichtsnutz wie dieser Tom, da kannst du dir gewiss sein, der bringt nichts als Schaden!« Manus Vater hatte sich entschieden, Tom aus dem Weg zu gehen. Dieser Tom setzte seiner – zugegebenermaßen unter dem Strich betrachtet – tüchtigen Tochter nichts als Flausen in den Kopf. Ihr den Umgang mit ihm zu verbieten, das hatte er nach ein paar vergeblichen Versuchen nicht erwirkt. Wohl steckte das schlechte Gewissen ihrer Mutter mit dahinter, die durchaus davon beeindruckt war, aus welchem »guten« Haus Tom kam. So oder so, sie hielt, war Tom zugegen, freundlich an ihrer Routine im Haushalt fest. Obwohl ihm ihre Zielvorgabe, ihr Fuck-Mittelmaß, ihr Nichts-als-den-Ballflachhalten, unendlich auf den Zeiger ging. Wie so vieles andere auch. War Tom nicht bei Manu, war er unterwegs. Auch dort, wo er nicht sein wollte. Er könne doch wieder mehr lesen, zeichnen, spazieren gehen, mit Fußball, Tischtennis oder wieder mit Judo anfangen. Oder auch mal zur Abwechslung arbeiten. Ihr ging es mittlerweile auf den Wecker, wie faul Tom im Grunde seines Seins war. Sie selbst hatte, um ihr Taschengeld zu verbessern, gerade in jeder freien Minute Werbematerial für ihren Vater zu falten, in Umschläge zu stecken und zu zukleben begonnen. Aber keine Chance. Hatte Manu keine Zeit für Tom, hing er lieber mit irgendwelchen Typen ab. Selbst wenn er sie absolut nicht ausstehen konnte, nur um daraufhin nochmals bei ihr anzurufen, um herauszubekommen, ob sie nicht doch noch ein Stündchen für ihn möglich machen könnte. Im Hintergrund dumpf-leeres ziegenmeckerndes Kiffer-Gelächter. Tom, angestrengt darum bemüht, sich einigermaßen deutlich zu artikulieren, um Manu vielleicht doch noch sehen zu können. War er ausnahmsweise allein, fiel ihm auch nichts anderes ein, als sofort wieder bei Manu anzurufen, um sie vorwurfsvoll darüber in Kenntnis zu setzen, dass er, nur um seine Sehnsucht nach ihr auszuhalten, wieder auf der Suche nach irgendetwas sei, das turnte. Wobei Alkohol an letzter Stelle bei ihm stand. *Fuck Alkohol,* so posaunte er herum, er vertrug ihn nicht. Alkohol kotzte ihn an, ganz einfach, weil er nicht Unmengen davon vertrug und tatsächlich kotzte. Von wegen

128

»Fuck Alkohol« – da musste Manu nur an die erste gemeinsame Nacht in seinem Elternhaus denken, war Alkohol ja dann wohl doch besser als nichts. Bei aller Liebe, Manu konnte dieses von panischer Langweile getriebene Dasein, mit sich nichts anfangen zu können, schwer nachvollziehen. Glücklicherweise konnte sie sich weiterhin tagelang mit sich selbst beschäftigen, allein um ihr inneres Gleichgewicht nicht zu verlieren. Ja klar. Gerade Manu neben Tom. Von wegen Gegensätze ziehen sich an. Hatte er Streit mit seinen Eltern, rief er von seiner Großmutter aus an. Dort galt sein Interesse, wie er ihr stolz mitteilte, ihrem Arzneimittelschrank. Ihren Codein-Tropfen und Tabletten, die sie wegen ihres starken Asthmas verschrieben bekam. Derweil ihm ohnehin alle Erwachsenen nichts als Stress machten, und er, um nicht vollkommen tödlich auf sie auszusteigen, mehr und mehr Beruhigung brauchte. Davon überzeugt fühlte er sich zu allem berechtigt.

**»Manu bin ich nicht bei Dir, bin ich durchwegs stoned ...«**

Tom war nur noch mit irgendetwas in der Tasche unterwegs. Mit einem Minipiece, einem Rauchpiece, ja Dope hin, Dope her – in der Not eine Flasche Hustensaft hier, eine Handvoll Tranquilizer dort, von der Frage getrieben, wer sonst gerade was zu rauchen hatte, wer wo eine Bowle ausgab. Obwohl seiner Aussage nach um ihn herum sowieso alle blöde und blöder würden, alle nur noch vom Saufen, Kiffen, Ficken oder der Bundeswehr erzählten. Und genau mit jenen kam ihm nichts Besseres zupass, dann doch wieder was rauchen zu gehen. Das zentrale Thema, das mit der Zeit mehr und mehr in ihr Zusammensein rutschte. Was so allmählich geschah ... so in wohl proportionierten Dosen, dass Manu sich im Nachhinein wie der Frosch vorkam, dessen Wasser, in dem er sitzt, derart langsam erhitzt wird, dass er nicht springt. Waren sie sich doch so einig, waren sie doch beide gegen diesen trostlos tristen Trott, allein für die Liebe gemacht – die Message der Beatles steckte ihnen beiden doch in Mark und Bein. Manu begann seinen wichtigen Reden weniger und weniger zuzuhören. Nicht nur, weil Tom mehr und mehr zu fluchen begann, sondern auch, weil er immer lethargischer wurde. Sich sicher, das Leben ohne zu kiffen nicht mehr auszuhalten. Ihrer gemeinsamen Sehnsucht nach Liebe, Gerechtigkeit und Frieden zum Trotz begann er sie zu nerven. Dass er sich jeglichem Druck entzog – dem der Eltern, der Schule wie allen anderen Ordnungssystemen, die ihm angeblich total die Luft abschnürten. Manus Meinung nach war ja wirklich vieles fragwürdig, das meiste überflüssig und falsch vermittelt, aber immerhin bot die Schule den Weg in eine andere Zukunft. Tom dagegen brüllte sein trotzendes »Jetzt-Erst-Recht« beim geringsten Gefühl der Einschränkung, dem kleinsten Hauch eines Verbots, laut in die Welt. Wer hatte ihm noch was zu sagen? Dazu seine Wichtigtuerei mit den shit Drogen, sein begonnenes Spezialistentum, sein ewig brauner Zeigefinger und Daumen. Vom ewigen Dope zerbröseln, Gras reiben waren die beiden bald verfärbt. Abwaschen ließ sich da nichts mehr. Manus Wunsch, ihn davon abzuhalten, schlug er in den Wind. Nach langem Hin und Her hatten sie vereinbart, er möge zumindest nicht mehr vollkommen zugedröhnt bei ihr aufkreuzen, worum er anfangs noch bemüht war, nur in einem für sie irgendwie noch diskutablen Zustand aufzutauchen. Sich dabei vielmals entschuldigend versprach, sich zukünftig zu bessern. Waren Toms Augen verfärbt und er zu formulieren nicht mehr fähig, schlug sie die Türe vor ihm zu. War sie nicht schnell genug, blieb sein Fuß dazwischen. Mit der Folge mühseliger Diskussionen, die nicht immer erfolgreich für Tom ausgingen, also besser, Manu in seiner Anwesenheit über den Tisch zu ziehen. Wieder ein Gesetz der Sucht, das sie noch nicht verstand. Oder nicht verstehen wollte oder noch nicht konnte. Faires Verhandeln gab es bald nicht mehr. Hatte er es geschafft bei ihr zu sein, fing er zu lavieren an, *ja ja, so viel Stress, nur ein wenig Entspannung, vielleicht wäre es ja ok für Manu,* oder aber anders rum: *Es ginge ihm gerade so gut mit ihr, so gut wie schon lange nicht mehr, so gigantisch gut sei er gerade drauf, da könne sie schon mal ein Auge zudrücken, nur heute, ausnahmsweise, es sei gerade so so gut bei ihr, er würde nur ein klein, ganz klein wenig was rauchen ...* Zwinker, ein kleiner Joke und dann war das ganz zu Beginn ja auch ganz spannend, wenn er bei Manu um Erlaubnis bat. Dabei war er schelmisch-zärtlich und brachte sie zum Lachen. Warum müsse er sich denn entscheiden, wenn er so glücklich mit ihr wäre? Selbst wenn sie es inzwischen mit ihm nicht mehr so oft war. Ihre Sehnsucht war riesig, ihren Tom ohne Drogen, ihn wieder ganz so wie früher für sich zu haben. Um ihm dabei zuzusehen, wie er sich gleich darauf wieder irgendeine Pfeife, Bowl – was auch immer – baute. Was für eine Zeremonie. Ihr gefiel die Struktur des Stanniols, der Folien, ob gekräuselt, alt oder blitzeneu, besser als der Inhalt. Ob bröckelig-grün, ölig-schwarz, braun, hart oder weich. Das war ihr egal, ihre Augen glitten darüber wie früher über Tapetenwände oder Handtuchmuster, sie begann wieder zu träumen. Dafür brauchte sie nichts, sie wollte davon weder etwas rauchen, trinken, noch essen. Manu interessierte sich in keiner Weise, für die Stoffe, die Tom bei sich hatte, oder etwa gar dafür, was sie auslösten. Kein Wort wollte sie darüber hören. Sie beobachtete, wie sich seine Augen veränderten, je nachdem, was seine Hände berührten, wie sich seine Nasenflügel bewegten, je nachdem, was er da roch, seine Beziehung zu dem, was er gerade tat. Oder sich davon erhoffte. Das konnte sie in seinem Gesicht ablesen. Allein die darauffolgende Wirkung auf ihn war ihr unheimlich, ihr aber irgendwann zunehmend auch egal.

Egal geworden, hatte sie schon oft genug vergebens gebettelt, er solle all das endlich lassen. Bis Manu es dann doch zu viel wurde. Davon auch nichts mehr sehen wollte. Nichts bei ihr und ihren Eltern Zuhause. Über welche Grenzen Tom da ging, kapierte sie zu langsam. Seine Lässigkeit im Umgang mit all dem Zeug hatte auch Manu ihren Sinn dafür genommen, dass das schließlich, alles was da lief, komplett illegal war. Aber welchen Einfluss hatte sie? *Er wisse, was er tue, er wolle nicht verzichten. War das Leben doch nicht anders zu ertragen. Handle es sich hier um nichts Geringeres als um einen kleinen Joint ... wäre seine Kleine nicht ein kleinwenig kleinlich, wie könne sie ihm denn das nur nicht vergönnen, diese eine kleine Bowl oder jenes winzige kleine Tütchen ...* und was für ein irrer Kult, der daraufhin von ihm betrieben wurde. *Ginge es ihm letztlich doch nur darum, diesen Schmerz aufzulösen, nichts mehr spüren zu müssen, von dem Leid dieser vermaledeiten Welt* ... Und Manu sah seinem selbstvergessenen Spiel von neuem zu, so wie früher den Ameisen bei ihrer Arbeit, oder den Wespen im Sommer, wenn sie einen Apfel aßen. Bald war Tom, der schon Schulen gewechselt und einige Klassen wiederholt hatte, von der zweiten, vom Vater ausgesuchten, Privatschule geflogen, sprach weder mehr von seinem Daddy noch von seiner Mom, von jetzt an waren beide wirklich nur noch seine Alten. Die auf der Welt zu nichts anderem da waren, als ihm seinen letzten Nerv zu töten. Selbst wenn er von seiner Großmutter erzählte, war sein Ton steinhart geworden. Dementsprechend hatte Manu dafür gekämpft, ihr gemeinsames Zeitfenster während des kommenden Schuljahrs kleiner zu fassen. Sie hatte Furcht, tatsächlich den Faden zu verlieren. Ganz Unrecht hatten ihre Eltern da nicht. Dafür war mehr Zeit und Raum für sich und für die Schule vonnöten. Ungeachtet dessen, dass sie die Inhalte vieler Fächer wenig überzeugend fand. Wissensaneignung für den nächsten Test, nicht um das Leben zu verstehen. War sie weiterhin überzeugt davon, dass das Meiste davon rein Mittel-Zweck ausgerichtet, ihren Werten keinen Wert gab. So galoppierten die Schulwochen von

Test zu Test dahin. Trotzdem wollte sie dran-
bleiben. Dabei irgendwie immer mit einem
schlechten Gewissen gegenüber Tom, ihm nicht
genügend Aufmerksamkeit zu widmen. Das
hatte er geschafft, Manu zu vermitteln. Hätte sie
mehr mit ihm unternommen, ja vielleicht wäre
er dann viel ... viel besser drauf. Sich schuldig
zu fühlen, gehörte ja mit in ihr Programm dazu.
Das wusste Tom zu nutzen. Darüber hinaus
machte sie sich auch noch selbst Vorwürfe. Der
arme Tom. Menschen, denen es nicht gut ging,
musste man doch helfen. Wenigstens Tom ...

Beim Lernen konnte sie sich nicht mehr konzentrieren. In der Nacht vor dem Einschlafen
fühlte sie sich schlecht, was wenn Tom Recht
hatte und sie doch daran Schuld trug, dass er
da in diese Welt gerutscht war. Sein Augenauf-
schlag, der war von großer Wirkung.

**Ohne Dich bin ich halb**
**Bist Du nicht da bringst Du mir Pech**
**Manu warum lässt Du mich alleine?**
Nur noch auf der Suche nach irgendetwas,
das ihn auf die nächste Wolke brachte und wohl
eingepackt davontrug. *Easy going, easy flowing,*
*flying far away* ... Ja, diese Form von Realitäts-
flucht schien Tom die einzige Möglichkeit, sein
Leben erträglich zu gestalten. Bald überzeugt
davon, dass das Leben im Rausch zu einem

grundlegenden Menschenrecht zählte. Was anfangs noch ganz bequem, aber auf Dauer unbequem wurde. Waren ihm dazu auch noch Manus moralischen Bedenken, die sie einfach nicht losbekam, lästig geworden. Was lag da für Tom näher, als die Welten zu vereinen, Manu da möglichst in sein vermeintliches Paradies mit hineinzuziehen. Er bedrängte Manu immer mehr, sie möge seine Welt mit ihm teilen. Sie habe doch keinerlei Schimmer, auf was sie da so wetterte. Doch selbst Zigaretten fand sie nicht gut. Sie mochte ihren klaren Kopf, auf den sie bauen, ihren Körper, auf den sie sich verlassen konnte. Aber Tom ließ ihr keine Ruhe. »Bitte, bitte Manu, bitte nur einmal, versuch's doch nur einmal ...«

**Ja und auf einmal** war es ausgerechnet Tom, der da mitten im illustren Hochzeitsgeschehen vor ihr stand. Nicht eingeladen, wie Manu im Verlauf erfuhr. Dass Manu zu diesem Anlass kommen würde, hatte er hochwahrscheinlich geahnt, ja sicher, warum nicht, Braut und Bräutigam kannte er ja auch von früher. Über Jahre hinweg war es ihr bisher gelungen, sich vor ihm erfolgreich zu verstecken. Alle in ihrem Umfeld hatte sie gebeten, Tom und niemandem aus seinem Kreis zu verraten, wo und wie sie lebte. Und jetzt stand er unvermittelt vor ihr. In einer engen

Lederkluft, mit einem dünnen Schal um seinen Hals. Dazu feist geworden. Ihre Unterhaltung dauerte nicht lange. Sie hasste ihn in dem Moment. Die ganze Geschichte mit Nini hatte sie in ihrer Tragweite noch nicht begriffen. Sie machte Tom verantwortlich. Beziehungsweise sich selbst. In ihr brannte es. Sie hätte mit Tom reden wollen. Aber die richtigen Worte kamen nicht. Sie standen voreinander. Ob er von Nini wisse. Er schüttelte nur grinsend seinen Kopf. Mit seinem schiefen Lächeln. »Ej Manu, Du schaust noch besser aus als früher.«

Was Absurderes hätte er in dem Moment nicht sagen können. Um wieder nur mit dem ihr so vertrauten, für sie bis zum Erbrechen hohl gewordenen Satz, sie sei bis heute seine einzig wahre Liebe, fortzufahren. Auf seine vergangenheitsorientierten verlorenen Energien wollte und konnte sich Manu nicht einlassen. Wann hat Vergangenheit ein Ende? Er lachte, sie hätte schreien wollen, drehte sich aber nur um und ließ ihn stehen. Er blieb ihr auf den Fersen, suchte ihre Nähe. So, dass sie weiter vor ihm flüchtete. Die großzügigen Räumlichkeiten wie das Gartengelände samt dem Nebengebäude boten günstige Gelegenheiten dafür. Ihren wiederholt kundgetanen Unwillen, mit ihm nichts mehr zu tun haben zu wollen, war er nicht zu akzeptieren gewillt. Und andere in ihr Unbehagen einzubinden, war ihr schon, bevor seine Verfolgungsjagd eskalierte, unerträglich vorgekommen. Bis die für Manu an Ewigkeit gemahnende Phase ein abruptes Ende fand, hatte sich die Zeit für sie ins Unendliche gezogen. Wieder auf dem Weg zu ihr, hatte ihn Manu fassungslos beobachtet, wie er sein Gleichgewicht verlierend quasi in Zeitlupe in die soeben erst mit frisch perlendem Sekt gefüllten, auf einem langen Tisch neben dem Pool gereihten Gläser, zuwankte und schlussendlich fiel. *Pling! Well done.* Alle Neune. Jetzt wurde Tom offiziell gebeten zu gehen. Möglicherweise war es ja auch Champagner.

Wenn auch über das Finale erleichtert, war Manu die Szene mehr als hochnotpeinlich. An dem ausgelösten Chaos fühlte sie sich schuldig. Sofort hatten die emotionsgeladenen Erinnerungen die Schutzbataillone ihres Körpers aufmarschieren lassen. Beton um Herz, Schultern und auch Zwerchfell aufgeschüttet, hatte sie ihre Augen zu schmalen Schlitzen zugekniffen. Ohne diesen Panzer hätte Manu der Situation vielleicht sogar ein Stückchen Komik abgewinnen können. Aber es tat so weh, zu viele ihrer jungen Jahre hatte sie, Tom retten zu können, geglaubt und ihr überstrapaziertes Mitleiden über die Grenzen ihres Seins hinausgedrängt. Sie war durcheinander.

Innerhalb von wenigen Stunden drei Varianten krasser Vergänglichkeit. Selbst an diesem Tag der offiziellen Vereinbarung von Liebe – die, wie sie Isa zu diesem Zeitpunkt noch von Herzen wünschte – nicht im Sinne einer finalisierenden Fermate, dem verabsolutierenden Innehalten der Bewegung entgegeneilte.

## neun

»Woher kommt das? Tom? Ich mach lauter Sachen, die ich eigentlich nicht will?«

»Magic ... ... Magic Manu.« Ein Smiley hinterher. So viele Gefühle, die da von Tom kamen, nach so viel Kälte.

»Ej, meine Kleine, du hast keine Ahnung wie glücklich du mich machst!« Endlich war es Tom gelungen, Manu von ihrer Vernunft abzubringen. Dafür hatte er gekämpft, sie immer wieder damit genervt. »Nur so Manu, besteht die Möglichkeit, dass du mich verstehst!« Nur dann, wenn Manu sein Glück auch kennen würde. Und wie schön dann, miteinander zu schlafen. Smiley ... und damit hatte er sie eingefangen.

»Ok Tom, aber nur ein einziges Mal, weil Silvester ist – vorausgesetzt du hältst deinen Mund – niemanden gegenüber nur ein Wort! Vor allem Isa nicht! Versprochen?«

Nach langem Ringen hatte sie aufgegeben.

*Der Himmel war bunt, für sie war es schon vor zwölf Uhr Mitternacht. Der ganze Himmel nicht von einzelnen Elementen erleuchtet, sondern ein einziges farbenprächtiges Element, ein einziges Bunt, ein alles überflutendes Farbenmeer. Und sie ein Teil* davon, ein glückselig dankbares Teil, von dieser ganzen Pracht beschenkt.

Die Regenbogenfarben sind bis zu ihr auf die Erde gekommen, die Wellen durch Fenster und Türen geströmt und haben alles um sie herum verwandelt. Sie betrachtet ihre Hände, streift ihren Pulli nach oben, über ihren Bauch, ihre Arme, ihre Jeans über das linke Knie, sie staunt. Ihre Haut ein buntes Ornament von leuchtenden Spektralfarben ... ihr Blick bleibt auf ihrer Wade hängen, sie beobachtet, wie sich die reinen Farben ihrer Hautoberfläche vergrößern, im Puls ihres Blutes sich wellenartig ausbreiten, über ihre Körpergrenze hinaus. Und umso länger sie ihren Blick hält, erkennt sie, wie ihre Erweiterung von Indigo und Violette ins Goldene strahlt, sie hört helle Klänge im Rhythmus der pulsierenden, sich immer weiter und weiter erweiternden Farbkreise.

Sie sucht Tom mit ihren Augen, auch die anderen, aber es ist Tom, den sie zuerst auf der großen Couch gegenüberliegend entdeckt. Auch seine Hautstruktur ein einziges farbtrunkenes Fluoreszieren, auch das von Lutz und Suse daneben. Die beiden eher in orangenen, roten und gelben Tönen. Alle drei, wie sie da so vor ihr liegen, sind schön, übernatürlich schön, Tränen rinnen über ihr Gesicht, alles hier um sie so leuchtend wunderwunderschön ....

Bitte lieber Gott, komm, bitte mach, dass das nie mehr aufhört, bitte. Sie flüstert es zuerst einige Male

141

vor sich hin. Ihre Stimme, als kehre sie aus dem Universum zurück zu ihr, nur zu ihr, ein zart ein zärtliches Echo, das in sie klingt, tief in sie hineindringt, während sich Buchstaben ihrer flehenden Bitte auf ihrem Handrücken bis zu ihrem Ellenbogen nach oben einschreiben. Bitte niemals, niemals wieder möge es aufhören. Nie, niemals. Sie bewegt sich zu Tom, vorsichtig, der Boden unter ihr ein funkelndes Mosaik, türkis, grün, golden. Ein Stein, aufregend schillernder als der andere, ist von so unaussprechlicher Schönheit, achtsam, nur nichts zerstören, sie will auch die Farben auf ihren Fußsohlen nicht beschädigen, es dauert bis sie bei ihm angelangt ist.

Sie legt sich zu Tom, er seinen Arm ohne weiter aufzuschauen um sie, sie spürt seine Farben, wie diese sich mit ihren Farben vermischen, sie weiß nicht, wohin mit ihrem Glück, alles von unfassbarer Einzigartigkeit. Sie will sich ihrer selbst nochmals versichern, widmet ihre Aufmerksamkeit ihren Händen, Handgelenken und Armen, da ist etwas in Veränderung, was sie noch nicht begreifen kann, Schriftzüge entstehen und gehen, sie kann sie nicht entziffern, doch jetzt in dem Moment, wo sich die Buchstaben von Neuem schreiben, fallen sie auf der anderen Seite durch ihr Fleisch, ihre Sehnen und Faszien als gestanzte Lettern hindurch. Ihr Aufkommen auf dem Boden vernimmt sie sachte, sie sieht ihnen zu, wie sie dort verschwimmen. Gebannt beobachtet sie das Geschehen weiter, fürchtet den

*Verlust ... von Fall zu Fall, nur ... was war das?*
*Hat sich das i da nicht gerade auf und davon ge-*
*macht, ist das i etwa entkommen? Sie muss sich*
*konzentrieren, um genau zu sehen, was passiert.*
*Zwischen Neugier und Schrecken will sie hinterher,*
*schält sich aus Toms Armen, sieht nochmals zu ihm,*
*ein kleiner Speichelfluss aus seinem Mund, giftgrün*
*leuchtend, ihre Beine versagen. Sie fällt.*

Wow, war Tom glücklich. Dass Manu so glücklich war. Klar, danach folgten weitere Erlebnisse
auf Trip, die weiter unbeschwert lustig oder auch
überwältigend für Manu waren. Zum einen aufgrund Toms umsichtiger Fürsorge, zum anderen
vielleicht deshalb, weil Manu trotz aller Schwere
ins Leben vertraute. Ihr tatsächliches Glück, nie
in Panik vor Gewalt, Angstvisionen oder Abgründe zu geraten, blieb sie mit Aufregendem,
aber nicht Erschütterndem konfrontiert. Sprechen wollte sie selbst mit Tom darüber nicht. Kein
Wort über das Ineinanderfließen von Farben,
Ornamenten, Gerüchen und Tönen verlieren.
Ehrfurchtsvoll war sie mitten in der Natur, eins
mit sich, mit der Großartigkeit der Welt. Mit auf-
gerissenen Sinnen begegneten ihr Osterhasen-
familien im Himmel, Kinofilme auf Bettdecken,
Menschen mit überdimensionierten Salatköpfen
und anderen Gemüseknollen auf ihrem Hals,
Autos, die ausschließlich rückwärtsfuhren,

Feuerwerke auch in der Küche. Von Horror-
trips verschont, fühlte sie sich im großen bunten
Universum aufgehoben. Was sie weiter mit Tom
verband. Als ob sich ihre Zellen miteinander ver-
weben würden, wenn sie miteinander schliefen.
Ihre gemeinsamen Erfahrungen vertieften sich
noch weiter. Erlebnisse, die geradezu nach der
Auflösung ihres Seins zu gipfeln suchten, nach
Freisein, frei von Gedanken, nach reinem Sein.
Hauptschauplatz – ihr Schloss. Hauptakteur –
er, der Anwärter auf ihren Thron. Manu und
Tom. Nur den Wellen und Klängen ihrem Atem
folgend. Ohne Schutz und Netz im freien Fall.
Der sie in Abenteuer führte, die nur dem voll-
kommenen Einlassen entspringen konnten.
Etwas, was sich in ihren Zellen verankerte und
sie Tom gegenüber noch dankbarer werden ließ.
Mochte sie es ja, den Alltag neu zu sehen. Obwohl echte Chips aus der Tüte immer besser
schmeckten, als frische Tampons aus dem Karton. Alles in allem Träume übertreffende Erlebnisse, herkömmliche Grenzen überschreitende
Raumerweiterungen, von denen sie in ihrer
Kindheit bei ihrer Tante schon Wind bekommen
hatte. Die in Manu Rückzugsorte entstehen ließen, die ihr die Angst vor dem Leben wie auch
vor dem Sterben nahmen. Die es ihr möglich
machten, egal, wo sie war, sich frei zu fühlen. Frei
in ihrem Kopf. Was ihr ohne Drogen allerdings

bei weitem leichter fiel. Die Verantwortung für den Film in ihrem Kopf in die eigene Hand zu nehmen. Um den Parcours der Hürden und Schieflagen im Leben zukünftig gelassener zu nehmen. Was konnte schon passieren. Ja, das Glück, das in ihrem Kopf wohnte, zu nutzen. Allen schlechten Erfahrungen zum Trotz. Währenddessen sich Manu weiter weigerte zu rauchen, hatte Tom seinen Willen anderweitig durchgesetzt, ihr Repertoire an Drogen trotzdem zu erweitern.

Mit seinem Haschisch bereitete er Tees und buk für Manu, mit der Leidenschaft wie früher seine Großmutter für ihren einzigen Enkel, seine eigenen Florentiner. In leckeren Variationen. Er legte sich ins Zeug, sie damit zu verführen. Galt es ja allein schon, ihr verqueres Verhältnis zu Süßem zu umschiffen. Aber hartnäckig, wie Tom so war, konnte er seinen Wunsch auch dabei durchsetzen. Immerhin, wie er lächelnd kundgab, würde sie das noch intensiver gemeinsam fließen lassen ... Zwinker ... Smile ... Joke. Unbedacht irgendwelcher Dosierungen ging Tom daraufhin ans Werk. An Dope gab es in seinem Leben kaum Mangel. Glück nur, dass sie das Gefühl nicht ausstehen konnte, sich länger weder auf ihre eigenen Wahrnehmungen, noch Formulierungen verlassen zu können. Und somit auch erst recht auf alles andere nicht. Keine Kontrolle mehr zu haben. Neben der Spur zu sein. Den Ton nicht zu treffen. Nicht mehr einschätzen zu können, was sie fühlte, wollte oder sollte. Oder wie sie bei anderen Menschen landete.

Unter Droge waren alle Gefühle trügerisch. Pein, Scham, Furcht konnten ins Unermessliche, ins Unberechenbare wachsen. Für Manu unerträglich, diesen Zuständen hilflos ausgeliefert zu sein. War doch offensichtlich, woher die Löcher kamen, in die sie daraufhin fiel. Zuhause genauso wie in der Schule blanker Horror. Manu spürte, wie sich ihre Unsicherheit sofort auf die Menschen um sich übertrug, ja, wie durch ihren schwammigen Zustand alles andere zwischenmenschlich Selbstverständliche noch weiter verschwamm. Sie fand es unangenehm, keinen Zugriff mehr auf diese sowieso schon heikle Zuverlässigkeit im Austausch zwischen den Menschen zu haben. Ihre überzogene Wahrnehmung, die ihr daraufhin jeglichen gemeinsamen Nenner zu den anderen nahm. War es sonst für sie schon schwierig, das Unwohlsein auf allen Seiten im Miteinander auszuhalten. Was, durch irgendwelche Drogen verstärkt, überhaupt nichts Gutes mehr versprach. Vorausgesetzt man war nicht mit Menschen zusammen, die noch weniger bei Sinnen waren. Zu irgendwelchen Drogen-Cliquen wollte sie im Leben nie gehören. Nur da nirgendwo mit hineingezogen werden. In diese konspirativen Wichtigtuer-Gruppen. Denen nicht zu trauen war. Viel besser, Außenseiterin zu bleiben. Nur mit Isa hätte sie gern wieder mehr Kontakt gehabt. Die einzige, mit der sie vielleicht reden hätte können, mit Nini wagte sie es nicht. Sonst gab es keinen Menschen, dem sie sich in ihrer Lage hätte anvertrauen können. Aber wenn sie auf Isa irgendwo mal traf, war sie ihr gegenüber entweder unerträglich übertrieben euphorisch, oder fahrig fies und ignorant. Unberechenbar war Isa geworden. Mit ihr einigermaßen normal zu reden nicht mehr drin. In der Schule blieben alle anderen Kontakte an der Oberfläche. Keiner aus ihrer Klasse fragte nur ein Mal, wie es ihr ginge, kein Wort darüber fiel, was mit ihr los war. Konnte es wirklich sein, dass ihr niemand etwas anmerkte? Dass ihre Bemühungen, alles zu vertuschen, so gut funktionierten? Waren sie alle blind oder zu höflich, zu unsicher oder hatten einfach kein Interesse? Zu lange darüber nachzudenken, war ohnehin nicht drin und eigentlich blieb es auch egal, auf bestimmte Weise, war es ja genau das, was sie im Grunde wollte, in Ruhe gelassen zu werden. Sich nicht auch noch irgendwelchen Fragen ausgesetzt fühlen zu müssen, die sie noch mehr belastet hätten. Von Allem überfordert, was sie da erlebte, war sie über die Funkstille letztendlich dankbar. Erlaubten es die Umstände, lag sie mit Tom im Hause seiner verreisten Eltern im Bett. Die Basis ihrer heiklen Beziehung, ihre Körper, die sich noch immer so verstanden. Ja, Körper binden Seelen. Seelen binden Körper. Tom diente Manu, nicht ohne Demut sie geduldig huldigend erfüllend. Er hatte sich mit ihr zu verbinden, sie glücklich zu machen und sie damit an ihn zu binden verstanden. Seine Lust an ihr schien unerschöpflich. Seine Freude am Erfreuen ohne Ende. Nicht nur die Nacht gehörte ihnen ... Auch Patti Smith' brüchig raue Stimme hatte sie lange Zeit verdrängt. Keine von ihm an ihr nicht beachtete und nicht entsprechend geachtete Stelle an ihrem Körper. Sie hatten sich so fallen lassen können – im bloßen Sein – sich im Liebesspiel der frühen Weisheit ihrer Körper überlassen. Absichtslose Zustände in reiner Anschauung ohne bewertende Gedanken. Der eigene Geist mit dem eigenen Körper eins als Voraussetzung für das Gelingen, es auch ohne Einschränkung mit dem anderen zu werden. Keine Jagd nach selbstsüchtigen Höhepunkten, eher nach Glückseligkeit in anderen Dimensionen. Als ob er sich an ihrem Glück labte. Weder Scham, Schuld, noch Pein. Als ob Tom für die Liebe gemacht gewesen wäre, für nichts als reine Liebe, ein junger Meister, der gewusst hatte, dass ihm nicht viel Zeit dafür verbliebe. Als ob er hätte alles nachholen müssen, was er nie erhalten hatte, war sie mit ihm dort, wo sich die Grenzen zwischen Bewusstsein und Unterbewusstsein öffnen, gelandet. Dort, wo herkömmlich vertraute Raum- und Zeitvorstellungen aufgelöst, in vollkommen andere Gefilde führen. Ja blöd nur, so hatte Manu in aller Unschuld im langen lust- und lastbeladenen Zug der Leidenschaft ihren Platz genommen. Voller Hoffnung, dass es künftig geeignetere Orte für sie beide geben würde. Manu, die unerschütterliche Idealistin. Die Welt hatte doch so viel mehr zu bieten. Es musste anders weitergehen. Unbedingt! Egal was passiert, sie beide würden nicht untergehen! Und sie träumte weiter von seinen kieselfarbenen Augen mit den winzig gelben Sternen, die zwar nicht mehr so funkelnd, doch weiterhin zu gefallen suchten, um im Gegenüber ihre Anker zu werfen ... begierig zu betören ... zu gefallen, zu überzeugen, ja, seine Wünsche aufzuzwingen sein Ziel. Natürlich war Manu auf Toms Fahrlässigkeit hin, ihr immer wieder viel zu viel von seinem Stoff unterzujubeln, sauer. Er war der Profi, nicht sie. Sie vertraute ihm immer wieder. Scheiß Verräter. Aber nein, Tom entschuldigte sich, Missverständnis, *alles easy*, für seine Liebe nur das Beste, *relax*, er habe es ja nur gut mit ihr gemeint, er sei ja kein Vollidiot, das müsse doch gerade ihr klar sein, viel lieber würde er das

Zeug doch selber rauchen. Da war ja auch was Wahres dran, gierig wie er war. Dachte Manu. Mehrmals sollte sie sich irren. Allein das erste große Open-Air-Festival, bei dem Manu trotz des Riesenvorprogramms nur Bob Marley erlebt hatte. Nachdem sie vorher stundenlang auf einer Wiese gelegen war. Wieder ein Überangebot, von Tom an Manu. Wohl seine Art sie beglücken zu wollen. *Dawamesk* und Tee hatte er vorbereitet mitgenommen.

*Dawamesk,* inzwischen war Tom voll spezialisiert, das waren keine Florentiner mehr, nein, inzwischen kannte er den »*Klub der Haschischesser*« beziehungsweise genauer gesagt »*Le Club de Hachichins*« um Théophile Gautier und all die anderen großen Schriftsteller damals in Paris. Berauschende Auswirkungen von Napoleons Algerien-Feldzügen einige Jahre zuvor – samt Nachwirkungen somit auch auf die französische Literaturszene. Baudelaire natürlich, Nerval, Dumas der Ältere, Hugo, Balzac und so weiter waren da mit von der Partie. Immerhin Hugos Verfilmung »der Miserablen« lief an Sonntagen bereits im Fernsehen. Na was, sag bloß? So jemand hatte also auch mit Drogen, mit Haschisch, was am Hut? Na logisch! Tom war richtiggehend stolz darauf, als ob er – der große Tom – damit etwas zu tun gehabt hätte. Mit seinem Minimal-Wissen protzte er herum, wollte damit bei Manu weiter punkten, die sein Gehabe als immer albberner empfand. Ja, ja setzte er eilfertig gleich eins oben drauf, *auch sein Goethe hätte ja ...* dumme Lache, Tom war in seinem Element ... *ja, ja mit seiner Opiumtinktur schließlich seine diversen Leiden auf wunderbare Weise gelindert.* Aha, okay, schon gut, damals eben war das voll normal: Laudanum natürlich, *what else,* war ja noch legal. Was für ein Theater, Tom fühlte sich in dieser rühmlichen Gesellschaft auf seinem Weg auch noch bestätigt. Sozusagen sein Ritterschlag von hinten links. Um darüber mehr zu erfahren, hatte er seinen ansonsten phlegmatisch gewordenen Hintern in die Stadtbibliothek und sogar bis an die Uni hinbewegt. Manu machte Witze. Na, ob die Frau Deutschlehrerin da etwa noch ihre Hände mit im Spiel hatte? Tom verstand sie zu beruhigen. Smiley. Und ganz falsch lag er ja auch nicht, ein klein wenig beeindruckt war Manu schon, dass sie den einen oder anderen Namen derer, die sich da während dieser wöchentlichen Haschisch-Versammlungen an der Seine vergnügten, aus ihrem Französischunterricht kannte. Wenn auch nicht von ihren experimentellen Selbsterfahrungen in der Mitte des vorangegangenen Jahrhunderts in Paris. *Kif* ... der Höhepunkt des Rausches im Orient! Tom hatte sich mittlerweile sogar das Haschischkochbuch von der Köchin des ominösen Clubs, der damals legendären »*Panama Ro*se« aus Algerien, organisiert.

»Komm Manu, komm nimm noch ein Stück ...«
Cannabis-Konfekt vom Feinsten. Endlich hatte er seine Florentiner aus Honig, Datteln, Mandeln, Pistazien ... Vanille, Muskat und möglichst Kardamom, ein bisschen Orangensaft, Butter und natürlich viel zu viel Zucker. Auf zum Festival. In der Tasche dazu Tee in einer Thermoskanne mit einem noch größeren braunen Brocken. Es war Frühling, die Luft noch nicht warm, Manu fror und trank den heißen Tee gerne und nahm tatsächlich vom Konfekt. Und war erst, als er, der legendäre Magier des Reggaes, nach Stunden auf der Bühne den ersten Song begann, wieder aufgewacht, nach vorne gestolpert. Über Bierdosen, Becher, Arme, Beine, Leiber hatte sie sich nach vorne aufgemacht, nur nicht nach unten schauen, bemüht, leichtfüßig über alle Widerstände zu fliegen, dabei nur niemandem weh zu tun, nur nach vorne zur Bühne. Ganz nach vorne. Kein anderer Weg war möglich, es gab keinen Millimeter Platz zwischen den Körpern, sie wollte aber nach vorne, ganz nach vorne, sie wollte ihn genau sehen, ihn spüren, *Bob Marley*, sie hatte doch nicht umsonst hier im Dreck gelegen, es waren doch nicht umsonst so viele Menschen über sie gestiegen, sie wollte Bob Marley nahe sein, bei und mit ihm tanzen. *Stop*

*racism* ... Bob Marley, der so friedlich und relaxed die Welt verband. »*Exodus*« Ja ... *all right* ... Reggae, der Sound der Selbstbehauptung, der Sound der Liebe, gegen Gewalt, die nicht nur in den Londoner Straßen gegen die Schwarze Community entgegenschlug. Ja, der Sound der Liebe. Vollkommen ruiniert war Manu nach Hause gekommen.

Dass da was im Gange war, ließ sich nicht mehr ignorieren. Wenn sich Manus Eltern auch keine konkreten Vorstellungen machen konnten. Wie gewohnt fragten sie nicht nach, wenn Manu am Wochenende wie durch die Mangel gedreht im Bett lag. Nicht mehr fähig, zu irgendeiner Mahlzeit zu erscheinen. Sowieso hätten sie nichts von ihr erfahren. Ihr Kummer nicht auszumalen. Sich ihrer Ohnmacht sicher. Wie Manu den Umgang mit diesem Tom verbieten. Mit ihm, der ihre Tochter doch aus ihrem Tief gerettet hatte, wie ihre Mutter ihrem Vater gegenüber warum auch immer zu behaupten nicht aufhörte. Beunruhigt waren sie beide. Wo man eigentlich doch keinerlei familiäre Probleme hatte, geschweige sie hätte eingestehen können. Ein Tabu, genauso wie der Gedanke, professionelle Hilfe in Anspruch zu nehmen, der Gedanke existierte damals in dieser Gegend nicht. Besser sich redlich, Tag für Tag aufs Neue bemühen. Mit aufmunternden Worten trieb Manus Mutter ihre

Tochter an, den Faden in der Schule nicht vollkommen zu verlieren. Wobei sie nicht selten den ihrer Geduld verlor, woraufhin dann ihr Vater auch den seinen, was zu den üblichen Streitereien ihrer Eltern führte. Bis sich nach einem seit Langem einmal wieder besuchten Weihnachtsgottesdienst der Pfarrer bei ihren Eltern nach Manu erkundigt haben musste. Auf sie während des Konfirmationsunterrichts aufmerksam geworden, saß er auf ihre sorgenvollen Blicke hin, Wochen später bei ihnen im Wohnzimmer.

Manu ahnte, als sie davon erfuhr, ihre Eltern hatten sich von ihm Unterstützung bezüglich ihrer Tochter erhofft. Wachsam geworden, hatte sie ihre Eltern nach seinem Besuch im Auge, aber eine Veränderung in ihrem Verhalten ihr gegenüber hatte sie nicht bemerkt. Doch unter der Zeitung ihres Vaters zufällig ein Taschenbuch gefunden: »*Die offene Ehe. Konzept für einen neuen Typus der Monogamie*« von Nena und George O'Neil. Ziemlich neu auf dem Markt, die offene Ehe, ja was für ein verwegenes Konzept für diesen Spießerhaushalt, wie kam das hierher? Neugierig geworden, hatte sie es aufgeschlagen. Vorne unter einem verwischten Stempelabdruck der Name des Pfarrers. Sie schluckte, wenn auch im ersten Moment recht amüsiert. Ihre Mutter hatte sich den Besuch bestimmt anders vorgestellt. Mit einem Schlag konnte sie eins und eins zusammenzählen, ein zusätzliches Problem war in der Familie aufgetreten. Ihr Vater hatte eine Freundin. Ja, uff, möglicherweise glaubte er, eine Geliebte könne helfen und hatte weiteren Kontakt zu seiner ehemaligen Studienkollegin mit den Pflanzen aufgenommen. Womit, was Manu gleich klar wurde, für Manus Mutter die Situation noch unerträglicher geworden war. Zeitgleich der Beginn ihrer ersichtlich werdenden Krankheit. Während Toms Alltag mittlerweile ganz von Drogen geprägt war. Immer öfter war er wie ein Uralt-Apotheker vor ihr gesessen, stolz wie Bolle auf sein Wissen, mit dem er um sich schlug. Manu mittlerweile gewohnt, den Gehalt seiner Worte nicht mehr zu sich zu nehmen. Es interessierte sie nicht mehr. Nur der sehnliche Wunsch, Tom möge all das sein lassen. Ihren Tom wieder clean für sich zu haben. Obgleich es für ihn nichts anderes mehr gab, war seine Welt klein geworden. Keine Literatur, die sich nicht ausschließlich darum drehte, keine Ausflüge mehr, die nicht irgendwie mit dem Thema zusammenhingen. Voller Tunnel-Blick. Wo, wie, was, von wem.

*Nepal Shit, sexy black, ölig und geschmeidig, verführerisch in dicken Platten, innen dunkelbraun. Später im Geruch voll süß, Fantasie anregend, gut für Hallos ... so sein Shit. Ja, damit ließe sich in innere Welten reisen. Wohlig für die Seele sorgte er für himmlisches Gelächter ... Hiahia, ja so sollte Toms Leben sein! Da konnte doch nur der schwarze Marokkaner, dieser Schuft, flashig, dabei hinterhältig in seiner verzögernden Wirkung Schritt halten, obwohl er von hinten nach beiden Schultern griff, den Rücken dabei zurückbog und den Kopf gegen alle Widerstände schlug, bevor er ihn ins Nirwana schoss und dort beglückte. Dabei so angenehm minzig riechend. Was für ein begehrter Hund für Tom und seine Festtage. Der in Tees ein wundersames Aroma gab. Was konnte da schon der klassische Türke, obwohl auch easy stimulierend, machte der doch einfach mal nur hackedicht ... Aber der rote Libanese, diese rötlich braune Wumme, ein Hammer in seiner körperlichen Wirkung. Aus diesem Gebirge, das so traumhaft sein musste, in denen Drusen und Alewiten aufgrund ihrer Religion verfolgt Schutz suchten.*

Davon hatte Tom Manu mal erzählt, aber nur ganz kurz, obwohl Manu so gern viel mehr darüber erfahren hätte. Das wären die Geschichten gewesen, die sie interessierten. Von Menschen in anderen Ländern, von anderen Religionen, wie sie lebten, wie ihre Traditionen waren, wofür sie einstanden, warum sie verfolgt wurden und ihr Leben lassen mussten. Nicht, dass Tom dafür keinen Sinn gehabt hätte, doch mittlerweile war für ihn der hohe THC-Gehalt bei weitem spannender ... *Denn dieser Stoff sei derart anders, ja komplett freies feeling und man traute sich, traute sich, endlich* ... Toms Augen sehnsuchtsvoll ... *endlich frei* ... *ja und damit, Manu habe keine Ahnung, wie sie beide das pushen, ja wie alle Berührungen verstärkt würden – ob Manu nicht auch darauf Bock hätte, die Sinne baff wie Blüten offen – ja die Tore allesamt geöffnet, wow, durch das Zeug auch in die Töne der Musik hineingelangen, mit ihnen kuscheln, oder mit den Akkorden tanzen ...ja der Libanese, der schenkte Zufriedenheit und dabei volle Klarheit in der Birne.*

Ja, logisch, das war für Tom im Hinblick auf die körperlichen Freuden reizvoll. Und er sogar danach gut drauf. Gefahr für Tom wehte ohnehin aus anderer Richtung als vom schwarzen Afghanen. Von dessen süßem, dickem Qualm. Hatte er davon etwas bei sich, war es für Manu am schlimmsten, dieser fiese Geruch, eklig irgendwie nach Kot von Ziegen oder Schafen, das konnte sie nicht unterscheiden, aber so richtig echt fies, da mischte sich aufdringlich etwas mit ein, wenn Tom von dieser weichen, dunklen, innen bräunlich grünen Knete rauchte. Hätte sie nur mitgedacht, hätte sie Toms Leidenschaft dafür als weisend für seinen Weg erkannt und wäre nicht so schockiert gewesen ... von allem, was noch kam. War dieser scheiß Dope im Umlauf, war Tom vollkommen zu vergessen. Ein, zwei Züge, wumm aus und schon vorbei, da war kein nachvollziehbarer Satz mehr angesagt. Da lag er breit eingelullt vor ihr: *Stoned, tumb* und eben nichts anderes mehr als hackedicht, ja, ja sehr introspektiv wie er später dann behauptete. Während er für andere doch einfach nur auch einer dieser hirnlos brabbelnden Lahmarschbacken auf Dope war. Bei denen das Wort Ausdehnung in neuer X-Large-Variante für Manu weiter an Bedeutung zugewann. Jede Zelle davon betroffen. Jede Einheit. Ob Zeit, jedweder Bewegungsablauf oder Gedanke, der in Länge und Breite gezogen, gedehnt und flach gewalzt nach außen trat. Aus jedem geringfügig komplex angehauchten Thema wurde ein banal gestrickter Sachverhalt, ein Gedanke, daraus ein Wort, von dem nur ein Gefühl blieb, ein einziges Gefühl von friedvoll satter Leere, selbstzufriedener Stillstand im besten Fall. Wenngleich in seinem Schädel endlich ... endlich vermeintlich Harmonie, Frieden, Ordnung herrschte, eine Neugestaltung, die Tom jegliche Angst nahm. Nicht länger mehr gejagt, verfolgt, verlassen.

Aber von viel größerer Einsamkeit heimgesucht als je zuvor. Das war sie: Die größte Lüge – Drogen würden verbinden. Nein, Drogen waren der direkte Weg in die Isolation. Mittlerweile träumte Tom wohl kaum mehr nur von Manu, sondern vielmehr von großen oder kleinen, dünnen oder dicken Platten und Kanten, heruntergebrochen in Mini-Pieces, geraucht in für Manu albernen Kawumms, Rohren oder Bongs, ja was und wie da alles möglich war, aber was verstand sie schon, oder noch viel mehr, was ging Manu das alles überhaupt an? Noch schlimmer für einen maßlosen Typen wie Tom war Opium im Umlauf. Toms direkte Leiter in die Hölle. Manu fand den Absprung nicht, sah weiter zu. Ihre Seele, ihr Körper, ihr Herz teertonnenschwer, saß sie im Tal des Schweigens fest. Nur den Glauben an die Kraft der Liebe nicht aufgeben. Vielleicht schaffte er es ja, vielleicht schaffen sie es ja gemeinsam. Sein treuer Blick unter seinen langen Wimpern. Sein Grübchen in der Wange. So hatte Tom mit seinem ruinierten Robert de Niro-Blick seinen Willen wieder durchgesetzt. Manu hatte keine Kraft mehr, sich zu versagen, auch sie hatte begonnen, vorausgesetzt die Bedingungen waren gut, ihre Eltern unterwegs, keine wichtigen Tests oder Prüfungen, die anstanden, nicht mehr nur Trips zu werfen.

*Nicht mehr nur miteinander lachen und lachen ... bis die Tränen fließen, bis sie fallen und auf dem Boden tanzen, zu kleinen blutroten Flummis*

159

*werden und auf dem Boden springen ... kleine und*
*größere Bälle ... die immer höher und höher in die*
*Luft immer weiter und weiter weg bis zu den Sternen*
*springen – sie sieht ihnen begeistert zu, strengt sich*
*an sie zu erkennen, ja, bis der letzte, den sie noch*
*verfolgen kann, clash gegen den Mond springt, der*
*schaut ganz verwundert, öffnet seine Augen – sieht*
*sie an, schüttelt mahnend seinen Kopf, sie erschrickt,*
*da lächelt er, sie atmet auf.*

*Sie dreht sich um, ihr wird schlecht. Setzt sich auf,*
*schaut nochmals nach oben, der Mond schüttelt wie-*
*der mit dem Kopf und lässt sich fallen. Sie muss sich*
*konzentrieren, nickt er ihr dabei nicht zu? Sie reibt*
*sich ihre Augen, würden sie nur nicht so verheerend*
*brennen, sie kneift sie immer wieder zu, hatte sie sich*
*getäuscht, nein, der Mond hatte ihr zugenickt. Ihr*
*im Fallen zugenickt. Warum auch nicht? Aber jetzt*
*jetzt jetzt ... jetzt rast er in Wahnsinnsgeschwindig-*
*keit auf sie zu, sie muss fort von hier, gleich prallt er*
*auf, gleich wird er alles verbrennen ... gleich ... gleich*
*ist es passiert, Tom? ... Tom?*


Tom hatte Manu bekniet, ab und an auch Koks
und Speed zu schnupfen. Sie mochte den Drive,
die Energie ganz gern, ja sich auch einfach mal
so cool und superschlau zu fühlen, von wegen
Heldin für einen Tag. Noch dazu purzelten die
Kilos von der Waage. Am nächsten Tag immer
noch ein paar Pfunde weniger. Manu war der

Schatten ihrer selbst. Und Tom stand darauf. In seinen Augen sah sie in ihren hellen Levis einfach nur noch besser aus, Leiden Christi, sehr chic: Lange Haare, blass, mager, hübsch und ja einfach cool. Es lief ganz gut, bis er ihr eines Tages dann erzählte, das weiße Pulver vor ihr da sei das Beste, was er je gehabt habe. Ihr aber danach erst eröffnete, als sie es in sich hatte, dass er nicht von Koks, sondern von Heroin gesprochen hatte, dass er ihr da bot. Falsche Drogen, falsche Infos – genannt Lügen. Ein Tiefschlag und Manu hatte ihr Herz wieder ein Stückchen weiter verschlossen, was war los ... warum war sie nicht fähig, einfach nur zu gehen? Warum dieses Gefühl der Verpflichtung zu bleiben, obwohl in ihr wieder mehr als ein Stück Vertrauen zu Bruch gegangen war? Manu hasste das Zeug, das musste Tom doch wissen. Sie litt immer, wenn er auf Heroin daherkam, was er am Anfang auch zu vermeiden suchte. Er hatte sie angelogen, es war Wochenende, sie hatte gerade eine Physikschulaufgabe überstanden, woraufhin sie einverstanden war, sich eine kleine Auszeit zu gönnen. Er öffnete ein Päckchen. Smile. Aber schon beim ersten Zug nach oben war ihr klar, dass das ein anderer Stoff war, als von ihm angekündigt. Manu wurde geradezu hysterisch. Ein mieser Verrat. Ihre Gedanken wurden nicht beflügelt, sie waren stillgelegt. Grauenhaft bleischwer lahm. Gerade noch dazu in der Lage, einen Blick in den Spiegel zu werfen, Manu hätte kotzen können. Ihr Gesicht ein sinnentleerter Brei. Ihre Augen dumpf, die Mundwinkel nach unten gezogen, ganz genauso wie eben bei allen anderen, wenn sie auf H waren. Für Stunden, sie hasste diese Verbindungslosigkeit nach außen. Wie auch diese Art von Kontrollverlust. Sie hätte Tom in die Finsternis verbannen wollen. Sie sammelte ihre letzten Kräfte. Derart fuchsteufelswild hatte er Manu bis dahin noch nicht erlebt. Was ihm nicht so viel ausmachte, wie die Tatsache, dass er tief enttäuscht war, sein vollkommenes Glück von nun an doch nicht mit ihr teilen zu können. Ja, das wäre seine Erfüllung gewesen. Gemeinsam mit Manu im Nichts zu enden, sein Traum.

# zehn

Derweil Tom seinen Selbstwert über seinen neuen Status baute. Kein Verlierer liebloser Eltern mehr, kein Loser. Nein. Er hatte die besten Connections am Ort. Den besten Stoff. Kein Dreck dazwischen, er war es, der fair war, der den Anderen reines Glück verschaffte. Das war das, was er von Anfang an wollte. Gutes tun. Mit Qualität zu gutem Preis. Beste Ware vor Ort. Davon war er überzeugt. Und beruhigte damit auch Manu, den Mund zu halten, als sie wieder einmal zu fragen begann. Drogen nahmen sowieso fast alle, dann zumindest gute. Ja, der Sohn eines erfolgreichen Geschäftsmanns hatte als Kenner ganz spezieller Ware eine attraktive Marktnische in der Region gefunden. Und irgendwann eben nicht mehr nur mit Haschisch.

»Hör auf Tom! Hör endlich auf damit!« Immerhin sei es Manu ja gewesen, die ihn verraten hätte. Alles ihre Schuld. Nie zuvor hätte Tom in seinem Leben derart gelitten, nie hätte Manu ihm das antun dürfen. Er habe sie von Anfang an geliebt. Er, das Opfer von Verrat. Tom hatte die Geschichte umgeschrieben. Lügen folgten

Lügen. Tom, der Held im Tal der abhängigen Niederungen, war mit diesem Bild im qualvollen Alltag von Süchtigen gelandet. Dazu brauchte er Geld, und was lag da näher, als selbst in den Verkauf von Drogen einzusteigen. Das war bei weitem cooler als laufend auf eine neue, auf eine bessere Connection zu warten. Joe saß nämlich im Knast. Joe, seit kurzem Toms bester Freund. Joe, sein um einiges älterer Held. Zum ersten Mal, dass Tom zu jemanden aufsah. Und ausgerechnet er wurde erwischt. Tom war total aufgeregt. Man müsste sich kümmern. Es wäre wichtig. Joe würde sich so freuen. Er könne nicht alleine sein. Er sei doch so ein künstlerischer Typ. Joe tat Manu tatsächlich dann auch leid. Sie sollte ihren Pass mitnehmen. Sie fuhren in die Stadt, standen vor den hohen Mauern. Mehrmals hatte Tom sie überreden können mitzukommen. Trostlos, insbesondere da Joe für Manu – Künstler hin, Künstler her – ganz offensichtlich ein Idiot war. Abschreckung für Tom war das nicht wirklich. Denn war man im Besitz von genügend Drogen, war man in der Szene eben wer. Das passte doch. Ohne dass Manu davon viel mitbekam, musste sich Tom zum Leader einer Gang entwickelt haben. Clever genug, Manu da nicht weiter mit reinzuziehen. Ob es ihm darum ging, Manu zu schützen oder einfach nur darum, freieres Spiel zu haben, blieb dabei offen. Was Manu

Recht sein sollte, so oder so wollte sie nichts damit zu tun haben. Einzig daran interessiert, möglichst Abstand zu allen zu halten, sogar Isa gegenüber, war sie inzwischen auf der Hut, die sich immer häufiger in Toms Kreisen aufhielt.

Toms Voraussetzungen waren aber auch gut, die amerikanischen Kasernen ums Eck. Überall waren die GI's, die Soldaten der »Siegermacht« in der Gegend unterwegs. Der Drogenmissbrauch unter ihnen hoch und darüber hinaus noch straffrei, konnten sie sich bei Bedarf ohne weiteres in einer Art Kurklinik Entgiftungsprogrammen unterziehen. Ohne dabei geächtet oder als Kriminelle abgestempelt zu werden, war es ihnen möglich, Heilungsangebote in Anspruch zu nehmen. Für sie war ordentlich gesorgt, es gab soziale, medizinische wie auch religiöse Maßnahmen, frei nach Wahl, waren für die GI's damit Drogen weiter kein großes Problem, so lief eine Menge guter Stoff. Ja nice, Tom hatte ein geschicktes Händchen, wahrscheinlich hätte er auch erfolgreich mit Aktien oder anderem gehandelt, ganz so wie sein Dad.

»Hör auf, Tom, bitte ... Hör endlich auf!« Der Weg zum elenden Heroin war frei und Toms Leben ein einziges Streben nach dem nächsten Schuss. Nach mehr und noch mehr Dröhnung.

Von trüb sumpfig dumpfem Abhängen mit einhergehender Vernachlässigung von allem begleitet, was herkömmlich Freude bedeutet. Manu hatte Toms schleichende Entwicklung, obwohl aus nächster Nähe mitbekommen, in der Tragweite nicht fassen können. Aus dem lockig lockeren verträumten Jung-Hippie in Jeans mit breitem Schlag in weißen Turnschuhen und ausgewaschener Jeansjacke war ein dealender Spiegelbrillenträger in schwarzer Lederjacke und genagelten Cowboystiefeln geworden. Den nichts anderes mehr interessierte, als sich als Dealer sein Leben schön zu drücken. Klare Sache, nur noch nicht für Manu, seine Arschloch-Anteile hatten obsiegt. Zumindest spielten sie in dieser Phase seines Lebens in der ersten Reihe. Inzwischen war er ja nicht nur von der privaten Schule, sondern auch endgültig aus seinem Elternhaus rausgehauen worden. Natürlich war Manu bestürzt, aber weiterhin dabei, Entschuldigungen für ihn zu finden. Eine schlechte Nachricht jagte die andere. Er zog in ein vernachlässigtes, bald super verschmutztes Zimmer in einem Nachbarort. Mit seinem ersten Auto hatte er einen Totalschaden und seine Großmutter schenkte ihm ein zweites. Ein billigeres. Was entweder kaputt war oder im Winter in irgendeinem Straßengraben lag.

Einmal rief er wieder nachts um drei Uhr an.

Das kam inzwischen häufig vor. Nur diesmal war es dringlicher. Ob Manu irgendwie kommen könne. Ausnahmsweise wäre es wichtig. Er insistierte. Am nächsten Morgen fuhr sie nicht in die Schule, sondern auf ihrem Rad zu ihm. Tom lag noch im Bett und lachte sie an. Ein schwarzes Loch in seinem Gesicht. Durch die Vorderfront seines Autos geflogen, waren alle vorderen Zähne draußen. Die Schnitte über Schläfe und Wange Nebensache. Seine Eltern waren für ihn nicht mehr zu sprechen. Manu hatte den Auftrag, mit seiner Oma zu reden, Zähne waren teuer. Das waren die Probleme, die Manu von seinem Leben da draußen noch mitbekam, ansonsten erzählte Tom ihr nicht mehr allzu viel. Oder so kryptisch, dass sie nichts verstand. Nur nicht weiter nachhaken, umso weniger Info, desto besser ihr Gewissen.

War er in Berlin oder in Amsterdam, atmete sie auf, holte Luft, begann sich fast ein wenig zu entspannen. Meldete er sich aber länger als erwartet nicht, stieg Panik in ihr auf ... welche Katastrophe wieder passiert sein könnte. Tag für Tag durchhalten. Stumm ihrem Mantra folgend, sie wollte ihre Schule fertigmachen und so schnell wie möglich ihren alten Tom zurückhaben. Sie steckte ihren Kopf tief in den Sand. Totaler Realitätsverlust auch ihrerseits, denn nichts, was sie sich sehnlichster wünschte, als dass Tom mit all dem Shit aufhörte. Was er ihr auch immer wieder schwor, weinend mit seinem Kopf auf ihren Knien schwor, sie möge ihm doch bitte glauben, nicht mehr lange, dann wäre das ... das alles vorbei. Er würde das schaffen, ihr zuliebe und sie beide würden irgendwohin fahren, wo sie jeden Tag baden und es wunderschön warm hätten. In einer Hängematte unter Palmen mit einem Joint in der einen, einem Cocktail, möglichst einer *Pina Colada* in der anderen Hand. Das waren zwar nicht die Bilder, die Manu vom Süden in sich trug, aber immerhin, der Gedanke daran, in einer Hängematte zu liegen, bei Sonnenuntergang, der gefiel auch ihr. Hielt sie ja weiterhin daran fest, in Tom das sensible, poetisch begabte, von seinen verlogenen Eltern vernachlässigte Kind zu sehen und ihn zu verteidigen. Gewillt, in ihm nur den Armen, den an der Welt Leidenden, anstatt die Situation der anderen oder gar sich selbst zu sehen, war sie mit Tom in ein von Schreck und Elend gejagtes Miteinander geglitten.

»Tom Tom Tom ... Hör endlich auf! Tom ich bitte dich! Wenigstens kein H ...«

»Aus dem Sumpf zu waten, Manu, da gibt's nur einen Weg! Den direkten! Den geraden! Den ohne Kompromisse! Angeführt von einem klaren »Nein«! – »Na also Tom ... bitte! – Ich bin doch

da! Ich helf' dir doch! – !« – »Mit einem kuschel-
weichen »Jein« geht da nichts Manu,« begann
er weiter zu erklären, »der Schmerz kann seine
andere Seite niemals offenbaren! Manu verstehst
du! Die Seite der Flüchtigkeit des Lichts, die das
ruhige Glück des Lebens in seiner Schönheit
birgt ...« Manu wendete sich ab. Tom wollte wieder nur salbadern, nicht handeln. Auf ihre Fragen hin, ob sich denn sein Schmerz an der Welt
durch den Griff nach Drogen lösen würde, hatte
Tom immer Antworten parat. Nein, das wäre
nicht sein Weg. Tom wollte mehr. Tom wollte
alles. Er grinste, ohne darauf zu vergessen, Manu,
wenn auch nur kurz, von unten nach oben anzu-
sehen. Sein Blick war da noch ein wenig warm,
nach ihr verlangend, zugleich immer mit dem
Versprechen verbunden, sie zu verwöhnen. Kein
Mann nach Tom, der ihr je wieder so zärtlich
den Hals geküsst, dabei ein Haar aus ihrem Gesicht gestrichen, ihr seine Liebe geflüstert hatte.
Manu versuchte zu vertrauen. Immer wieder
zu vertrauen. Schwor er ihr, jede Sekunde seines Lebens in ihrer Nähe verbringen zu wollen.
Sie nie zu verlassen, sie an seiner Hand über-
allhin mitzunehmen. Manu das zu vermitteln
war Tom immerzu bemüht. Allein ihr Glück,
dass sie das so auf keinen Fall wollte. Dass sie
doch noch für sich eintrat. Wenn auch zu selten
und zu schwach, wollte sie ihrer Liebe ungeachtet

aber ihr eigenes Leben nicht verlieren – wollte sie sich nicht ganz verlieren. Wenngleich sie weiterhin darauf pochte, Tom habe ihren Einsatz doch verdient. Genauso wie darauf, durch ihr Leiden an seiner Seite zu lernen. Gebannt von dem Gedanken, die Menschen auch auf ihren Abwegen verstehen zu wollen, brächte Erkenntnis ... von dem Gefühl begleitet, sie könne ihr Leid lindern, indem sie es mittrüge. Nur nicht aufgeben, nur aushalten ... dann ... dann wäre es zu schaffen ... dann ... dann könnten sie es eines Tages doch gemeinsam schaffen. Manu, die Retterin. Die Linderin. Unwissenheit mit einem mehr oder minder kleinen Funken Selbstüberschätzung war da noch mit im Paket dabei. Diente ihr da auch ihre Mutter mit als Vorbild? Ihre Mutter, die sich ihr Leben schönfärbte, um es zu ertragen. Ja, ja die Mühen, die wären schon für etwas gut! Von Toms Erklärungsversuchen abgelenkt, bekam Manu nicht mit, wie er seine neuen Connections vertiefte. Manchmal erzählte er ihr von der Unterschiedlichkeit des Stoffs, sie wollte seine Erzählungen nicht hören. Über Wirkung oder Wert wollte sie weiterhin nichts wissen.

»**Hey meine Kleine,** hab ich Dich ... an meiner Angel ...

**Hey ... Ich will Dich ...** auf Gedeih und Verderb ... an meiner Angel!«

Zwei Aussagen in eine Frage eingebettet. Tom. Ja bingo, ein intensiver Typ mit Charme, der sich da schon mit seinen obsessiven Schattenseiten vereinigt, links und rechts auf falsche Krücken gestützt, durchs Leben zu schlagen entschieden hatte. Während ihr Drang zu helfen auf Hochtouren weiterlief. Ja ihrem Tom, ihrem bedürftigen Tom, solange es ihr möglich war, beizustehen, ihr Wunsch. Unterwerfung oder Heldentum. Geschwister?

Dass Toms Leben da draußen außerhalb Manus zitronengelben Paradieses nur noch aus Angeberei und Lügen bestand, auch das dämmerte ihr nur langsam. Dass er mit ihr über sein Dilemma sprach, und ihr gegenüber ja immerhin ehrlich sei, kam ihr wie ein viel zu winziges Trostpflaster auf ihre viel zu großen Enttäuschungen vor. Tom blieb weiterhin geschickt. Leidenschaftlich sprach er von seinem schwarzen und von seinem weißen Ich. Das zu hören tat Manu zwar weh, klang aber allemal auch gut, dass er sie noch mit in sein Vertrauen zog. Dass er sie zu seiner Verbündeten erkor. Es war ein Doppelspiel, das zehrte. Einsamer denn je stand sie an der Wand. Niemandem dem sie sich anzuvertrauen wagte. Sowieso war er drauf und dran, Manu mit seinem Dauer-Mind-Fuck ihre Restklarheit in ihrem Kopf zu nehmen. *Pock, pock, pock.* Er liebte sie, ja ja, er bräuchte

sie, ja ja, er bräuchte sie hierfür, dafür, ja Manu
sei doch die Einzige in seinem Leben, wen hätte
er denn schon, ja es müsse doch mehr als Liebe
sein, allein deshalb, weil sie die besten Seiten in
ihm ans Tageslicht brächte. Sie wisse doch, in
ihrer Gegenwart träten seine Teufelsanteile in
den Hintergrund. Weshalb er so darauf erpicht
an ihrer Seite zu bleiben war, ganz einfach, ja
natürlich, weil er sich da selbst noch ein Stück
weit besser aushielt. So kämpfte er um ihre Acht-
samkeit und Wärme weiter – wie darüber hinaus
um die nächste Dröhnung. Noch ein weiteres
Mal versuchte er, sie in seinen Sumpf mithinein-
zuziehen. Manu ins dumpfe Tal des seligen Ver-
gessens zu entführen, damit sie sein Handeln
besser verstünde und so eine Chance, sich wieder näherzukommen, bestünde ... BlaBlaBla ...
woraufhin er sich – feige wie er war – in Entschuldigungen verlor. Belogen und betrogen
hatte er Manu. Sie konnte das Zeug nicht unterscheiden, weißes Pulver war für sie weißes Pulver, aber er gab ihr wieder die falsche Droge, die
sie Stunden in Abgründe fallen ließ. In denen
sie sich vor sich selbst ekelnd verabscheute, im
Glauben, nie wieder sich je aufrecht in den Spiegel schauen zu können. Diese Art von Droge war
einfach nicht ihr Ding, dieser eingeschränkte Zugriff auf ihr Denkvermögen, diese wabernden,
trüben Wolkenzüge in ihrem Hirn. Vom Nichts

umwoben aufgehoben, in dem neben klebriger Süße nichts geboten war. Elend, ausgeliefertes banges Warten, bis sich ihr System wieder in den Griff bekam und sie sich ihren wachen Geist endlich zurückerobern konnte. Daraufhin war es wenigstens damit vorbei, Von einem Tag auf den anderen zog Manu unter all dem Zeug einen Schlussstrich. War sie selbst fast nur noch ein Strich. Was sie zunächst ganz prima fand, aber irgendwann nicht mehr nur lustig, ihre Hüft-knochen stakten aus ihrer Jeans, ihre Wangen-knochen aus ihrem schmal gewordenen Gesicht. Aber das war weiter kein Thema, wichtigere Dinge standen an. Fast jeder in der Umgebung hatte mittlerweile bei Tom Schulden, ständig gab es Streitereien um Geld. Und das widerfuhr ausgerechnet ihm, wo er doch der Ultrasoziale war, der politisch in Richtung Kommunismus Blickende, der Gutmensch, der nach Gleichheit und Brüderlichkeit verlangte ... muss da irgend-etwas deutlich falsch gelaufen sein, aber danach fragte keiner mehr.

step 3

*take it*

## elf

In dieser Zeit war auch Manus erste Nacht in einem Club. Im »*High Fly*« in der Stadt, gleich linker Hand vom Bahnhof. In den sie zu ihrer eigenen Verblüffung sofort reingekommen war. Wie ein verlorenes Reh war sie viel zu jung vor der Tür gestanden, aber scheinbar so, dass keiner der Türsteher darauf gekommen wäre, sie nach ihrem Ausweis zu fragen. In engen Jeans mit weitem Schlag, Smokey Eyes und langem Haar, darüber eine von Toms Lederjacken. Ein amerikanischer Club im Keller, ein kleiner Raum, schwarzer Funk um eine gigantisch blitzende Disco-Kugel und Manu, ohne eine Sekunde nachzudenken, in der Mitte auf der vollen Tanzfläche. Was für Rhythmen, eine tranceversprechende Welle vom Zusammenspiel von Muskeln, Wärme, Augen, eine einzige ganz neue Bewegung, ein einziger Atem, alle miteinander Willens auf dem Weg zum Höhepunkt, ein einziges Begehren.

Lust an der Lust, eins mit sich und allen anderen von sattem Sound getragen. Alle mit allen.

Tom war nur kurz an Manus Seite geblieben. Vom Geschehen zu sehr fasziniert, war ihr das nicht weiter aufgefallen. Schlecht gelaunt war er verschwunden, aber auch gleich wieder zurück, kam er auf die Tanzfläche, nahm sie an der Schulter, gab ihr zu verstehen, er werde draußen auf sie warten. Sie solle sich beeilen. Na logisch, an so einem Ort konnte sich Tom nicht fallen lassen, hier auf der Fläche war er niemand, war er sowieso nur da, um Geschäfte zu drehen. Auf diesbezügliche Fragen eine Antwort zu erhalten war sinnlos, also verbot sich Manu weiter darüber nachzugrübeln. Hier war eine vollkommen neue Welt, die sie betreten hatte. Ein unerwartetes Eintauchen in die treibenden Rhythmen des Disco-Funks, R&B und Soul-Funks, wie auch immer, Rhythmen, denen sie sich keinen einzigen Moment lang entziehen konnte, die Begegnung mit James Browns Soul Power! »*Drive Your Funky Soul*« ... Earth, Wind & Fire, oder auch Stanley Clarke, bis hin zu The Meters Rejuvenation ... The Trammps »*Disco Inferno*«, oder aber die eher mit lässigem Humor so mega erfolgreichen Hits von Nile Rodgers mit der R&B Band Chic: »*Le Freak*«, »*Dance, Dance, Dance*«, »*I Want Your Love*«, »*Lost in Music*«, »*Good Times*« – das war schon etwas ganz anderes. Raus aus dem einsamen Jammertal, auf zu neuen Ufern, auf einmal war Licht in Sicht. Und Zuversicht. Sich von Isaac Hayes Rhythmen tragen lassen ... »*Theme from Shaft*« ... obwohl nicht brandaktuell, wohl aber für Manu. Genauso wie Stevie Wonders »*Superstition*«, oder »*Blam*« von den Johnson Brüdern ... Kool & The Gang, Curtis Mayfield ... nicht urteilen und bewerten, nein nur pures Dasein, unbeschwert im Körper sein ... »*You Make Me Feel*« von Sylvester. Dazu zu gehören, nein, nicht länger grübeln müssen, nicht mehr draußen sein, einfach mit dabei sein, nicht mehr am Boden und leiden, vorbei, das war ein Kick in alle Zellen ... huuuuh, was für eine Energie ... es geht auch mit positivem Drive ... *ja es geht, es geht leichter und leichter ... gut weiter, ja es ist Deine Wahl!* Sister Sledge »*Lost In Music*« ... da durfte natürlich auch McFadden & Whitehead »*Let's Groove Tonight*« nicht fehlen ... Marvin Gaye's »*Got To Give It Up*« ... Cheryl Lynn's »*Got To Be Real*«, oder »*Miss you*« von Harold Melvin & The Blue Notes ... es tanzte sich von alleine ... »*Shake Your Booty*«, naja, nicht ganz so cool, aber vollkommen gleichgültig, ja warum nicht ... KC & The Sunshine Band ... »*Get Down Tonight*« ... Allesamt Musik, der sie ihren Körper auf neue Weise schenken konnte, die sie befreite, die sie trug und sie beim Tanzen bis zum anderen Ende ihres Seins pushte. Was für ein Neuland, da brauchte es keinerlei Droge. Alle Hemmungen, ja jegliche von der Familie übernommenen Blockaden, ja Traumata rauslassen, abtanzen ... abschütteln wie die erstarrten Tiere nach erlebtem Schock. Das war Manus Start als »Dancing Queen«. Als gäbe es kein Morgen. Wow, was für ein neuer Wind in ihrem Leben. Unabhängig von Tom, von Drogen, allein mit sich gegenwärtig, sich durch und durch in allen Zellen spüren. Mit Menschen um sich herum, denen es genauso ging. Sie war selig. Hatte sie bisher keine Ahnung, was das von wegen Glückshormonen mit einem machen konnte. Sport ohnehin ein unbekanntes Wort. Turnen fiel wegen Lehrermangels aus, und wenn Unterricht stattfand, sprang man über dicke hohe Lederböcke, an denen sich Manu allein schon in ihrer Fantasie weh tat. An Reckstangen versagen, an Ringen hängen! Fürchterlich! Auch Völkerball war ihr grauenhaft. Zu schnell und unerwartet kamen die Bälle auf sie zugeflogen, träumte sie doch viel zu gerne. Alle Mannschaftsspiele waren ihr ein Graus. Mit vielen Menschen auf einmal umgehen, das kannte sie ja nicht. Das Miteinander. Das soziale Agieren. Leichtathletik im Sommer, die Stunden auf dem Sportplatz, was hatte sie damit zu tun: Zeit stoppen, weiter, höher, schneller als die anderen sein? Um möglichst zu gewinnen?

Was sollte aus ihr nach der Schule werden?
Ja, hier in dieser ersten Nacht im » *High Fly* «, da hatte sie erstmals Abstand gewonnen. Nie hatte

Manu bisher eine Idee davon, was sie in ihrem zukünftigen Leben tun wollte. Mit einem Mal hatte sie die Vision, eines Tages auf irgendeine Weise mit Kunst, ja mit Musik, Tanz, vielleicht ja mit Bildern, oder auch mit Film zu tun zu haben. Doch vor allem mit Menschen, mit Menschen mit anderen Vorstellungen. Mit Menschen, in denen es ein Feuer gab, eine Begeisterung dafür, eine andere Welt zu gestalten. Mit Menschen mit einer Leidenschaft für echt Empfundenes und daraus neu Geschaffenes. Mit Menschen, die sich wahrnahmen, die nicht nur an einander vorbei lebten. Und das fühlte sich einfach gigantisch an. Diese Möglichkeiten, die sich da auftaten! Wie ein Tor in eine neue Welt! In ihre eigene Welt! Wenn auch das Bild noch ziemlich verschwommen war. Aber, halt, waren das nicht nur Träume, hatte sie dafür nicht schon zu viel Zeit vergeudet, war sie da inzwischen nicht zu alt? Gleichwie, auf einmal flog sie ein ganz sicheres Gefühl an, ja, das Richtige, zu ihr Passende, das würde schon kommen, nur keine Panik, Geduld, es würde sich schon zeigen. Ja, sie freute sich auf ihre Zukunft und schon funkelte etwas in ihr aus ihrem Herzen über ihre Kehle, bis in ihre Augen. Ein Gefühl von Zuversicht und Glück, das aber bald auch wieder aus ihr wich. In ihrem Alltag war keine Kraft für derartige Gedanken. Kein Zugriff mehr auf solche Visionen.

Keine Muße, sich ihr Leben nach der Schule auszumalen. Für innere Zukunftsbilder gab es ganz einfach keinen Platz. Durchzuhalten, das war der Antrieb, der ihr blieb. Endlich mal wütend darüber zu werden, was ihr Tom schon genommen hatte ... allein die Zeit für sich und ihre Entwicklung, die Zeit für ihre inneren Bilder, in denen es um Manu und ihre Zukunft ging. Das kam ihr nicht mal in den Sinn. Schloss sie ihre Augen, stand nur Tom mit seinen Themen und Problemen da.

War ja noch etwas anderes dazu gekommen. Kaum war Manu nicht für ihn da, zog er mit ihren Freundinnen herum. Mit Isa, und dann irgendwann mit Nini. Was Manu lange nicht mitbekam, auch Nini erzählte zu Beginn nichts. Beide hatten sie sich verändert, Manu hielt sich bedeckt, und Nini blieb immer öfter fern vom Unterricht. Sie hatte keine Lust mehr auf die Schule. Obwohl Mathe, Physik, Chemie auch für Manu der reinste Albtraum waren, gab sie ihren Vorsatz, das durchzuziehen, nicht auf. Was es bedeutete, Schule oder Studium abzubrechen, das zumindest hatte Manus Vater ihr erfolgreich zu vermitteln vermocht. Nini aber fehlte jeder Ehrgeiz. Manu versuchte sie zu motivieren, sie hatte ein schlechtes Gewissen, einmal als sie mit Tom und seinem Freund Joe, der gerade aus dem Knast entlassen unterwegs waren, hatten sie Nini mitgenommen. Dass die drei sich daraufhin gleich wieder trafen, hatte ihr Nini nicht erzählt. Ganz beiläufig hatte Manu das später erst von Tom erfahren, Nini sei jetzt öfter mal mit ihnen. Sie schien sich keine Gedanken zu machen, sie ließ es laufen, rauchte auch schon länger Shit und hatte ja sowieso keinen Bock mehr. Wohl auch nicht mehr auf ihre Freundschaft mit Manu. Nini schien inzwischen alles egal. Auch wenn sie die Schule nicht abschloss. Manu sprach mit Tom, er möge auf Nini aufpassen. Er war kein Unmensch, davon war Manu überzeugt. Er meinte es gut, er war nur in so vieles reingerutscht. Wo er auch wieder rauskäme. Ja, ja war er im Grunde eigentlich doch nicht verkehrt. Nicht einbeziehend, dass Tom mittlerweile bei weitem um vieles strategischer war, als sie es sah, er brauchte ja nun mal das Spiel, in dem er wer sein konnte. In dem er der große Macker war. Und da gehörten Mädels mehr denn je dazu. Sein einziger Trumpf dabei, alles was dröhnte, alles was Normalität barg, Paranoia. Dazwischen abgehobene Spintisierereien ohne taugliche Alltagsbasis, von bedrohlich schwarzen Kraken durchwoben. Unheilstiftend für Tom wie für sein gesamtes Umfeld.

Seine Liebesschwüre blieben, wie auch Manus

Verzweiflung, daneben eine Minusgeschichte nach der anderen, und überall die verwüstenden Spuren seiner Lügen, Streitereien, Unfälle, Gelbsucht, andere Krankheiten, Hausdurchsuchungen, Festnahmen, Entzüge wie die Beerdigungen von Freunden. Zu denen Manu nicht ging. Ihr Herz hätte es zerrissen. Ein kaum auszuhaltender Spagat zwischen den Welten, die ihre erste Liebe zu einem erbarmungsvollen Akt mit absurd gewordenem Verlangen auf Rettung verkommen ließ. Stets mit der Leier, von wegen Frieden in der Welt der Drogen zu finden. Frieden in einer von Abhängigkeit geknechteten Welt? In der die Not der täglichen Beschaffung auf illegalem Terrain immer mit Gefahr verbunden war. In der Außenwelt wie in der eigenen inneren, in der das geistig-körperliche Gleichgewicht beständig auf extreme Weise manipuliert ins Chaos gestürzt wurde. Frieden? Manu war verzweifelt, wie man sich so ruinieren konnte. So jung und so kaputt, alleine die unzähligen Zigaretten, das ständige Kiffen, die arme Lunge, dazu die restlichen Dröhnungen, die kaputten Venen, wie konnte Tom sich nur so zu Grunde richten? Sein von früher noch trainierter Körper verfallen. Die Muskulatur vergangen, die Haut papieren, gelb. Körper, Geist und Seele im Argen.

Das Verhältnis zu ihren Eltern war gespannt.

Wenngleich sich Manu bemühte, mit ihnen weiter klar zu kommen. War ihr Vater daheim, lief der Fernseher. Immer lauter, er hörte inzwischen schlechter oder wollte gar nichts anderes mehr hören. Die Anwesenheit der fremden Stimmen, die aus dem Wohnzimmer durchs gesamte Haus drangen, kosteten ihr Kraft. Sie kannte das Programm, das ihren Vater interessierte, nach dem Tagesschau-Sprecher mit den ewig gleichen Meldungen über Gewalt und die steigenden Arbeitslosenzahlen, neben den Wirtschaftswachstumsprognosen – die Unerschöpflichkeit aller Mittel blieb ja allen absehbaren Katastrophen zum Trotz weiterhin im Trend, tönte je nach Wochentag, die Stimme der strahlenden Lotto-Zahlen-Verkünderin, oder aber die besorgte von Eduard Zimmermann in der Manu so unheimlichen, um Verbrechen aufklärend bemühten Sendung »Aktenzeichen XY ungelöst«, oder die der verschiedenen Quiz-Master durchs Haus. Immer dasselbe, Bedrohungen und Ablenkungen, keine Kunst, keine Inspiration, nur dieser für Manu elende Trott. So gerne hätte sie anderes gesehen, Berichte aus unbekannten Ländern, Dokumentationen über andere Lebensweisen oder aus der Welt der Kunst, interessante Diskussionsrunden, aber so etwas mochten ihre Eltern beide nicht. Sie verzog sich nach oben, wo sie im Gegenzug dazu die Musik in ihrem

Zimmer aufdrehte. Was ihre Eltern dazu bewog, den Sicherungshebel für den Strom des oberen Stocks von unten aus umzulegen und für Manu wieder nur die dröhnenden Stimmen aus dem Wohnzimmer zu hören waren.

Wozu tat sie sich das an? Der letzte Drogentanz mit Tom war zu fatal gewesen. Zum ersten Mal lag Manu über Tage flach. Das konnte ihr Leben nicht gewesen sein. Wenn auch keine konkreten Pläne, hatte sie doch noch so viel vor. Manu hatte keinen Zugriff mehr auf ihre Gefühle. Scheiß Heroin. Das Wochenende vorher noch im selbst-überschätzenden Universum auf Speed. Das zusammen hatte sie erledigt. Auch diese Stak-kato-Show, war ihr jetzt zu viel, ihr gejagtes Hirn und Herz, ihr galoppierender Puls, ihre verwirrte Seele – diese vermessene Hybris, unantastbar zu sein. Die leere Verlorenheit danach. Nichts als Lug und Trug. Kraftlos lag sie nur da. Sie spürte sich nicht mehr. Das war sie nicht mehr. Hatte sie früher nicht nach innen, auf ihren Körper und seine Stimme hören können? Wo war das alles, was sie von ihrer Tante gelernt hatte? Von allen leisen Tönen war sie abgeschnitten.

»Turtly … musst dich nicht wundern! Schau dich an: Du siehst dich nicht, du hörst dich und spürst dich nicht!« Ihre Tante lächelte ihr aufmunternd zu: »Raus an die Luft mit dir! Raus aus allem! Drogen, Turtly, eine gefährliche Zumutung für Geist und Körper, wenn auch zugegebenermaßen spannend.«

Au Backe, wie sie ihre Tante vermisste. »Trödele nicht!« Unvorbereitet hatte die Tante Manu an der Hand genommen. »Und ratzfatz, alles in den Korb! Beeil Dich, Turtly, mach mal Tempo, wir fahren!« Sie sammelten ein, was sie in der Küche zum Essen fanden. »Hast Du die Kekse?« Manus Herz hüpfte, heia Safari, es war wieder soweit. »Trag alles ins Auto ... ich bin gleich bei dir!« Manu zog den Korb eher zum Auto als dass sie ihn trug. Um ihn ganz allein hinten auf den Rücksitz zu hieven. Machte nichts, waren ja Holunderlimonade, Nüsse, Butterbrote mit selbstgemachter Erdbeermarmelade und noch einige andere Überraschungen darin. Decken und der kleine blaue Gaskocher, auf dem der Tee gekocht wurde, wenn der Tau noch auf den Gräsern in der Morgensonne glitzerte, lagen bereits hinten im Gepäckraum. Manu drehte im Garten Runden. Wie oft ließ die Tante auf sich warten. »Little Turtle ... hey ... was schaust denn wieder traurig?« War sie da, war alles gut. Manu mochte es, wenn ihre Tante sie so nannte. *Little Turtle*. »Aber nicht nur wegen deiner großen schwarzen Augen ... nicht nur deshalb, Turtly, auch weil du ohne ein Wort ausharren in dir zurückgezogen alles beobachten kannst und nichts von irgendjemanden von uns brauchst ... und dabei noch lächelst.« Der Blick, den ihre Tante ihr zuwarf, war liebevoll. War sie wirklich so langsam? Sie hatte sich nie danach zu fragen getraut. Ihre Tante trug wieder eine dieser merkwürdig riesigen Sonnenbrillen auf der Nase. Damit sah sie fremd aus. Und dann gleich wieder ganz vertraut und nah. Wie sie da fröhlich trällernd mit ihr durch die Landschaft fuhr. Danach mussten sie noch ein Stück weit zu Fuß gehen. Um zu der alten Weide am Fluss zu gelangen, wo keine Menschenseele war. Mit vielen Sachen geschultert gingen sie nebeneinanderher. Kein Haus weit und breit, nur Wiesen, Büsche, Bäume.

Dort an der Flussbiege, wo sie hinwollten, standen alte Eschen und riesige Erlen, deren Stämme sich ins Wasser neigten und sich geheimnisvoll darin spiegelten. Aus ihren Kronen fielen üppige Wurzelgeflechte, ab und an sahen sie Rehe und sogar ein Bieber kam vorbei. Darauf konnte Manu Stunden warten. Gegenüber einer mächtigen Silberweide saßen sie mit den Füßen im kalten Wasser und schon hatte Manu eine Ladung davon ins Gesicht bekommen und war an beiden Händen ins Wasser gezogen worden. Beim Um-die-Wette-schwimmen hatte die Tante gewonnen. Beim »Tote Frau« spielen Manu. Im

Hochsommer konnte sie ohne Ende in die Sonne blinzelnd auf dem Rücken im Fluss treiben.

»Trocknest du mich ab?« Die Tante war mindestens so ausgelassen wie Manu. »Nicht kitzeln!« Schon war Manu im Riesenhandtuch verschwunden. Zum Picknick gab es Sonnenuntergang schauen dazu und später dann Sternschnuppen zählen. Gemeinsam. In warme Decken eingekuschelt. Hier im Freien hatte Manu einiges gelernt. Wie sie den Polarstern fand, den Großen Wagen mit seinen fünf Sternen und den Kleinen Wagen, wobei sich Manu noch mehr freute, wenn sie den kleinen und den großen Bären entdeckte. Genauso wie die Freude, frische Minze oder Thymian zu streicheln, oder dass Haare gerne Zitronenfasern schnabulierten oder dass manche Käfer in der Nacht prima leuchten können. Da war kein Mief wie bei Manu zuhause. Da gab es keine langweilige Routine. Da gab es keine Einsamkeit. Da gab es Wunder. Großes Weltaufsaugen. Freisein von geordnetem Alltagstrott.

»Ich mag das, wenn du bei mir bist.« – »Ich auch Turtly, deshalb sind wir zwei ja da!« Sie nahm ihre Hand. »Hier draußen bist du viel ruhiger!« Manu liebte es, ihre kleine Hand in der großen der Tante zu spüren. »Hörst du die Frösche? Die sind ganz schön laut, auch das Käuzchen, und die Zikaden, alle sind übereifrig ...

aber Manu hör auch auf deinen Atem ... wie er rein geht ... und dann, wenn du ganz langsam ausgeatmet hast ... huuuuuuuh, wenn so gar keine Luft mehr in dir ist ... dann warte mal einen ganz kleinen Augenblick ab ... genau, einen Augenblick lang ... ja zähl ruhig ein bisschen ... bis du dir wieder einen neue Portion von dieser wundervollen Luft zu dir holst. Dieser kleine klitzekleine Augenblick – der kann ganz viel – beobachte mal, was da passiert.«

»Nix!« Manu hatte es einige Male ganz ernsthaft versucht. »Nix ... passiert!« Ihr Ton war fast enttäuscht. »Ja eben kleine Turtly ... na eben!« Die Tante sah zu ihr. »Du weißt doch, wie alt Schildkröten werden?« Manu nickte, das hatte sie ihr schon erzählt, sie kannte auch die Fortsetzung: »Vorausgesetzt sie landen nicht in Suppendosen.« Manu schüttelte sich. »Igitt Igitt, allein bei der Vorstellung wird mir ganz schlecht!« Die Tante legte sich ihre Hand auf ihren Bauch. »Da, schau, dann musst du da drücken. Oder nur deine Hand drauflegen. Allein die eigene Wärme hilft, Turtly.« Gespannt sah ihr Manu dabei zu. »Hilft?« – »Hilft!«

Ihre Tante unterschied sich schon sehr von den anderen Erwachsenen, die Manu bisher kannte. Sie konnte sich berühren. Ihre eigenen Gelenke wärmen, ihre eigene Hand auf Bauch und Herz, Hals, Schultern, Nieren, oder zugleich auf

Hinterkopf und Stirn legen, eben dorthin, wo ihr Körper es gerade verlangte. »Nimmst du eigentlich nie Medikamente, Tante?« Schelmisch kniff sie ihre Augen zu und bewegte ihren Kopf von links nach rechts.»Mama und Papa schon, aber die liegen auch nie ... nie im Bett, so wie ... du!« – »Ja, die funktionieren immer.« – »Ich kann es nicht leiden, wenn ich ein Zäpfchen bekomme!« Manu klang verzagt. »Das ist ja auch fürchterlich.« Auf einmal war Mitleid in der Stimme der Tante. »Muss aber sein, sagt Mama. Bei uns gibt es für alles etwas.« – »Du meinst gegen alles, Turtly.« »Wir haben vier extra breite Fächer im Badezimmerschrank.« – »Nur für Medikamente?« – »Ja klar! ...« Jetzt deutete die Tante auf die Silberweide gegenüber. »Sieh mal Turtly, wenn du die Rinde von ihren Zweigen schälst und nur ein bisschen damit zauberst, dann kann das auch gegen dein Kopfweh oder Fieber helfen.« Das konnte sich Manu fast nicht vorstellen. »Aber da ist gar kein Geheimnis, Turtly, musst die Rinde nur trocknen und dann heißes Wasser drüber!« – »Du ... Tante, Du bist die einzige Große, die sich über den Bauch streicht oder ... faul im Bett liegen bleibt ... oder aber so Sachen macht ... wie hier mit mir!« – »Ja,« lachte sie, »deshalb denken Große, solche wie deine Eltern, ich bin ein ... wie würdest du dazu sagen? ... Ein Spinnkopf!« Der Ton ihrer Stimme war ganz weich geworden. »Und hast einen Knall!« – »Ganz genau, aber einen ordentlichen!« Die Tante gab ihr einen Kuss auf ihre Stirn. »Ja und träumen tun sie auch nie.« – »Weißt du Turtly, die sind dankbar, dass sie am Leben sind. Viel mehr können sie daraus vielleicht gar nicht mehr machen ... das muss man auch verstehen.«

Manu schloss die Augen. Wie sehnte sie sich nach dieser Nähe, sie hörte die Tante wie aus der Ferne weiterreden. Sie roch ihre Haut, ihren Atem, sie war glücklich. Schon war sie dabei, wieder weg zu dämmern.

Nach drei Tagen sah sie wieder klar. Wusste, dass sie sofort fort von Tom sollte, ja musste. Wusste, dass ein Leben an seiner Seite keinerlei Sinn mehr machte. Dass er sie verwendete, dass sie neben ihm keine Chance hatte, je sie selbst zu werden. Und begriff endlich, dass sie es in seinem Schatten niemals schaffen würde, nicht selbst zugrunde zu gehen. Manu weinte. Tom tat ihr abgrundtief leid. Sie sich erstmals aber auch. Was das Neue daran war. Wie sie an sich selbst vorbei gefühlt hatte, ja, wie sie sich mit ihm, mit seinem Leiden identifiziert hatte. Sie hatte für ihn und nicht für sich gefühlt. Die Tante hatte Recht. Manu sah sich nicht. Sie erkannte sich nicht. Sie erkannte dieses ernste,

auf Toms eingefrorene Gefühle angefixte Mädchen nicht. Auf ihn, der willens war, alle um sich
herum in Richtung Untergang zu katapultieren.
Sie selbst auf seinen irrläufigen Wunsch, von ihr
gerettet werden zu wollen, angefixt. Fix nicht!
Fix nicht mehr mit ihr! Warum waren für sie
ihre eigenen Gefühle, ihr eigenes Wissen um ihr
Ich nur so wenig relevant? Die Fragen um diese
Frage machten Manu fast verrückt. Das Einzige,
was für sie gezählt hatte, war Tom. Tom, der sie
brauchte. Paaaah! Wann nahm sie ihre eigenen
Bedürfnisse ernst?

## zwölf

Sie hatte beschlossen, die drei Buchstaben, um die ihr Leben bisher kreisten, auszutauschen: Aus dem T ein I, aus dem O ein C, und aus dem M, ein H zu machen. Sowie ihr Hirn und ihren Körper ab jetzt zu schonen. Keine weiteren körperlichen Einbußen mehr in Kauf zu nehmen. Fühlte sie doch jetzt deutlicher denn je, dass nichts über einen verlässlich wohlfunktionierenden Körper ging ... ihm dankbar gegenüber zu sein, anstatt ihn mit harten Stoffen zu torpedieren. Sah doch jeder, dass es auf diese Weise mit jeder Form von Freiheit bald aus und vorbei war. Sie versprach sich selbst, besser für sich zu sorgen. Auch wahrzunehmen, was sie überhaupt so zu sich nahm. Dass einfach alles, was da in sie reinkam, auch was aus ihr machte. Dass der Zusammenhang ganz klar ganz einfach existierte. Darüber sprach sie ausnahmsweise mal mit ihrer Mutter. Auch ihr täte es gut, sich besser zu ernähren. Hülsenfrüchte, mehr Reis, mehr Gemüse, Karotten, ja viel mehr Salat. In erster Linie eben Frisches. Sie sahen sich nach Rezepten um, kochten zusammen. Beide froh darüber. Sie hatten ein gemeinsames Thema.

Das hatte lang genug gedauert. In der Schule hatte sie »*Die Traumnovelle*« von Schnitzler kennengelernt, sie begann wieder zu lesen. Horvath, Wedekind, aber auch Ibsen und Strindberg. Es tat gut, in Schicksale anderer einzutauchen. Die dort aufplatzenden Lügen der Vergangenheit lenkten sie ab. Probleme gab es überall. Unter jedem Dach ein Ach. Fast tröstlich. Genauso wie in klassischer Musik zu tauchen, Manu lieh sich in der Bibliothek Platten aus, nahm sie auf Kassetten auf. Tschaikowsky, Rachmaninov, Orff, Strawinsky, auch Beethovens 9. ... *Alle Menschen werden Brüder* ... Die große Sehnsucht nach dem Miteinander fand sie ja auch hier und allein, wenn es so eine Musik gab, wenn es so etwas Großartiges gab, musste die Welt doch einfach schon immer voller Wunder gewesen sein. Warum dann immer nur »*Piece of my heart*« von Janis Joplin hören? Warum weiterhin der Vergangenheit mit Tom nachhängen? Nein, es gab nicht nur seine kleine Welt! Sie hatte sich eine Auszeit ausbedungen, die ohne Tom viel besser als erwartet lief. Nach den gemeinsamen Mahlzeiten machte sie sogar kleine Spaziergänge mit ihrer Mutter. Wollte sie endlich mehr über ihre Eltern erfahren. Aus ihrem Vater war ja nie nur ein einziges Wort heraus zu locken. Genauso wenig wie aus ihrer Mutter.

»Komm schon Mama, es kann doch nicht sein, dass er nie niemals mit dir darüber geredet hat ...« Es war lausig kalt. Sie liefen eingehakt nebeneinander auf dem Feldweg her, der an manchen Stellen unerwartet vereist war. Kein Mensch weit und breit. Nur ein paar Krähen auf dem leicht mit Schnee bedeckten braunen Acker. Manu inzwischen einen halben Kopf größer als ihre Mutter. »Manuela, ob du mir glaubst oder nicht, dein Vater ... der hat auch mit mir nicht ... reden ... können«, begann sie stockend. »Was weißt du? ... Mama?« – »Quäl mich nicht ... ich bitte dich.« Mit der Beharrlichkeit einer Archäologin blieb Manu aber dran. »Ihr habt euch nach dem Krieg kennengelernt, oder?« – »Nein Manuela, erst nach seinem Abitur.« – »Wie ... nach seinem Abitur ... so früh?« – »Nein, dein Vater war nicht mehr jung ... er hat sein Abitur nachholen müssen, er war ja ein Jahr vorher mitten im Schuljahr direkt an die Front gesendet worden!« Das zu hören, versetzte Manu einen Stich. »Ja, in deinem Alter, da lag dein Vater schon im Schützengraben.« Unvorstellbar für Manu. »Er kam spät ... viel später als die meisten anderen alle ... Manu, wollen wir nicht besser umkehren?« Manu zog ihre Mutter an ihrem Arm weiter. »Wenn sie heimkamen.« Setzte ihre Mutter noch nach. – »Wie ... wie alt war er da?« – »Mitte, nun ja ... eher Ende zwanzig ... Und

jetzt lass uns über etwas anderes sprechen.« Sie
warf ihrer Tochter einen flehenden Blick zu, den
Manu ignorierte. »Und ich dachte, da hat Papa
schon längst weiße Mäuse samt seiner blöden
Schoko-Staubsauger verkauft ...« Ihre Mutter
sah sie strafend an. »Man soll besser den Mund
halten, wenn man nichts weiß.« – »Das ist aber
nicht dein Ernst, oder?« Manu war fassungslos.
»Ich bitte dich, lass es jetzt auch gut sein, Manuela.« Ihre Mutter klang entschlossen. »Genug!«
Manu war stehengeblieben. Sah ihrer Mutter in
die Augen. »Euer Schweigen geht mir so was
von auf die Nerven. Es kotzt mich an!« Manu
war ungewohnt laut geworden. »Ach, mein
Kind« Ihre Mutter daraufhin betroffen. »Er war
bei den Russen. Darunter leidet dein Vater bis
heute.« – »Bei den Russen – den Russen! Wenn
ich das schon höre ... Und ... was war mit den
Deutschen?« Ihre Mutter wich ihrem Blick aus,
sie sprach in Richtung Boden. »Um davon zu
kommen, hat sich Dein Vater freischießen ...
müssen!« – »Freischießen? Was heißt freischießen ... und was müssen?« Damit hatte
Manu nicht gerechnet. Ihre Mutter schwieg.
»Mama, erzähl schon!« – »Andernfalls hätte er
nicht überlebt – und da ... da ist er dann in Ge-
fangenschaft gekommen.« – »Mama, hat Papa
jemanden ... getötet? ... Mama?« Ihre Mutter zuckte nur mit ihren Schultern, so wie es

Manu selbst oft tat. »Mama?« – »Er war schwer krank ... im ersten Lager.« Ihr Ton war verändert. Sie lenkte ab, so kam es Manu vor. Die ersten Ehejahre habe er jede Nacht Albträume gehabt. Schweißdurchnässt sei ihr Vater ohne ein Auge zu zumachen da gelegen, manchmal habe er auch laut geschrien. Im Lazarett habe er beim Leichenwaschen geholfen. Ob ihr Vater denn später auch noch überzeugt gewesen wäre, über Pflichterfüllung und Leistung höhere Weihen zu erhalten? Ihre Mutter biss sich auf die Lippen. Manu sollte endlich Ruhe geben. Was Manu nicht verstehen wollte. »Und was Mama, was denkst du eigentlich darüber?« Es dauerte bis sie eine Antwort von ihr erhielt. »Manuela, wer will da schon urteilen, Elend, Hunger, Krankheiten waren Alltag! Du weißt es ja selbst, dein Vater kann bis heute kaum was essen. Er verträgt es nicht!« Ihr Ton geradezu fürsorglich und warm. »Mama, wieso bist du immer noch so solidarisch ... Papa hat eine Freundin! ... Das ist uns doch beiden sonnenklar ... oder?« Als ob sie es nicht gehört hätte, fuhr ihre Mutter fort. Mehr wisse sie auch nicht, wie gesagt, er habe nur einmal ihr gegenüber davon gesprochen. Sie begann sich zu wiederholen. So lange hatte Manu ihre Mutter noch nie über ein Thema sprechen hören. Alle anderen seien schon längst daheim gewesen und hätten schon mit dem Aufbau

beginnen können. Manus Mutter lächelte gequält. Und jetzt, das wisse Manu gleichfalls, nur
noch Fernsehen.

Naja, was ja nun aber wirklich nicht ganz
der Wahrheit entsprach. Doch in diese Wunde
wollte Manu jetzt nicht auch noch stechen. Dennoch wollte sie nicht aufgeben, zu lange hatte
sie auf den Moment gewartet. »Und Mama ...
Mama, von deinen Eltern ... von denen weiß
ich eigentlich ja noch viel, viel weniger?« Leise
war ihre Stimme geworden. »Ach Manuela ...«
Ihre Mutter hatte sich einen Ruck gegeben,
»Jetzt aber mal ganz etwas anderes, hast du
eigentlich gehört, wie dein Vater mittlerweile
von Isas Mutter spricht?« Sie quälte sich ein
Lächeln ab. Jetzt blieb Manu ihr eine Antwort
schuldig. »Insuffiziente  Krawallschachtel ...«
Ihre Mutter lachte gekünstelt auf. »Lustig, nicht
wahr?« Manu brachte keinen Ton heraus. Isas
Mutter war alles andere als insuffizient. Wusste
ihre Mutter überhaupt, was sie da sagte? Wie
konnte sie nur so von ihr reden, gerade jetzt,
wo ihr Lebenspartner schwer krank war? Sie gab
ihren Plan, weiter nachzufragen, auf. »Manuela,
gib zu ... ein klein wenig drollig ist das schon.
Das musst du mir schon zugestehen?« Manu
ließ es bleiben. Auch nach der Vergangenheit
ihrer Großeltern zu fragen. Das war nicht der
richtige Moment, das war offensichtlich. So wie

ihre Mutter gerade drauf war, konnte sie nicht mehr. Sie waren umgedreht. Wortlos gingen sie nebeneinander her. Manu war über das fehlende Einfühlungsvermögen ihrer Mutter gegenüber Isas Familie enttäuscht. Wie auch darüber, wie viele Puzzleteile ihr immer noch fehlten, um ihre eigene Geschichte zu verstehen. Ja das war es, sie wollte verstehen und ihrer umfassenden Sehnsucht, einfach nur gut zu sein, nachgehen. Ohne einen Schimmer davon zu haben, dass das auch nichts als ein unerfüllbarer, ja ein hehrer idealistischer Wunsch war.

So wie es vielleicht auch kein Zufall war, dass bald darauf ihr Geschichtslehrer auf sie zugekommen war. Mit ihm waren sie inzwischen in Ausstellungen über den Holocaust an Bergen von Schuhen, Brillen, Haaren und Koffern entlanggeführt worden. Ravensbrück, Dachau oder Buchenwald waren Namen, die Manu messerscharf durchdrangen. Fühlte sie sich weiterhin mitschuldig.

Den Geschichtslehrer, ein lockerer Typ, in der immer gleichen an den Knien ausgebeulten Breitkordhose mit einem grauen Pulli mit V-Ausschnitt dazu, fand Manu im Vergleich zu den anderen Lehrkräften sogar ganz nett. »Falls du mal Zeit hast irgendwann, Manu,« er war der einzige Lehrer, der sie nicht mit Manuela oder ihrem Nachnamen ansprach, »ich würde gern mal mit dir reden.« Nach dem Unterricht hatte er sie in der Aula abgefangen. »Ich habe dich seit längerem im Auge ... verzeih mir bitte, ich hoffe, ich trete dir damit nicht zu nahe: Aber ich frage mich die ganze Zeit, was ist los mit dir?« Er sah sie besorgt an. »Ich sehe da stets eine so unsagbar traurige junge Frau durch den Schulhof gehen.« Manus Herz schlug schneller, es verwirrte sie, dass es da jemanden gab, der sich nach ihr erkundigte. Dass da jemand war, der ihr das Gefühl gab, wahrgenommen zu werden. Mit ihren Sorgen. Wo sie sich doch so bemüht hatte, »normal« zu sein, alles nach außen hin zu überspielen. Diesen unüberwindbaren Gap zu ihren Mitschülern. Der zu allen Menschen bestand, die nicht ähnliche Erfahrungen wie sie gemacht hatten. Sie verabredeten sich im Freizeitraum im Untergeschoß. Den auch die Clique für die Schülerzeitung nutzte. Für kommende Woche. Manu hatte sich darauf gefreut. In den folgenden Tagen konnte sie sich nicht entscheiden, ob sie sich ihm anvertrauen sollte. Er wäre der Erste überhaupt gewesen, dem sie Einblick in ihr Leben gewährt hätte, wie es mittlerweile wirklich aussah. Er war so ein gemütlicher, leicht dicklicher kleiner Bär. Also warum nicht. Sie war ihm dankbar für das, was er ihr alles über das Dritte Reich vermittelt hatte. Viele Zusammenhänge hatte sie durch ihn verstanden. Aber als es soweit war und sie auf einem alten Sofa im Schulkeller nebeneinandersaßen, redeten sie über alles andere. Irgendwann begann sie sich über ihre Eltern zu beschweren.

»*Du bist nichts, dein Volk* ... du erinnerst dich, das hatten wir erst neulich im Unterricht ... *ja das ist alles* ... Das ist schon ein Satz, Manu, der sitzt ein Leben lang.« Manu war baff. In dem Moment stellten sich in ihrem Kopf Verbindungen her. Sich und andere nicht loben, feiern, geschweige denn ernst nehmen ... und so Vieles mehr, was damit zu tun haben konnte, was sie allein bei ihren Eltern beobachtet hatte. Noch kurz vor ihrem Treffen hatte Manu beschlossen, ihrem Lehrer gegenüber besser doch zu schweigen. Woher wusste sie, dass sie ihm trauen konnte. Er sah Manu an, er sei Ende des Krieges geboren worden, sie trügen alle keine Schuld. Manu solle sich endlich frei davon machen. Sie war erleichtert. Nicht nur über das, was er da von sich gab, sondern auch über ihre Entscheidung. Wie hatte sie nur auf die Idee kommen können, einem Lehrer zu vertrauen? Er war bei seinem Thema. Was hieße schon gutmachen – wiedergutmachen? – Wiedergutmachen, das gehe sowieso niemals. Aber mit Auschwitz, Majdanek, Treblinka – damit hätten sie doch wahrlich nichts mehr zu tun. Manu war ihm dankbar. Warum die Eltern allesamt schwiegen?

»Manu, da musst du schon auch Verständnis haben. So lange ist es nicht her, dass die verantwortlichen NS-Leute in Nürnberg vor Gericht standen. Immerhin ein Teil von jenen, die für die Katastrophe im dritten Reich mit zuständig waren. So einige haben dort ihre gerechte Strafe in den Prozessen erhalten – ja sogar mit ihrem Leben bezahlt ... uff ... wenn auch weiß der Teufel nicht alle! Aber deshalb, Manu, glaubt diese Generation ja auch, es ist Zeit, einen Schlussstrich unter diese Geschichte zu ziehen. Sie glaubt, sie hätten genug gelitten und gebüßt! Keine Ahnung, ob deine Eltern auch so denken ... Es interessiert keinen mehr, das ist das Übel ... Das Verdrängen ist das Manu, das muss ich dir gestehen, was mich krank macht, wer da der Entnazifizierung alles entkommen ist, sich seine Hände reingewaschen hat und unentdeckt seinen beruflichen Weg erfolgreich weiterverfolgt! – Das ist das Desaster!«

Jetzt schwieg sie betroffen, er nahm ihre Hand, sie ließ es zu. »Den Alltag engmaschig stricken, so dass sich nur kein Mikromillimeter Raum für die kleinste Einheit von Gefühlen, Angst, Scham, Sehnsucht oder Schmerz mehr dazwischenschieben kann.« Er bekam mit, wie genau Manu wusste, wovon er sprach. Er suchte ihren Blick, fand ihn, zog sie zu sich. Manu ließ ihn vor Schreck eine viertel Sekunde lang gewähren, er versuchte sie zu küssen. Manu war aufgesprungen. Ihr Lehrer. Ausgerechnet ihr Lieblingslehrer. In diesem Moment. Wie viele Enttäuschungen denn noch? Gab es niemanden, dem sie vertrauen konnte? Sein Blick, der sich von einem Augenblick auf den anderen verändert hatte. Die Brauen, die er nach oben hob, sein vielsagendes Lächeln, das er gleich darauf durch seinen Bart nachschob. Dann seine rechte Schulter nach vorne und daraufhin die linke. Eine Bewegung war in Gang gekommen, aus der ein Hin und Her entstand, an das Manu sich erst auf ihrem Heimweg erinnerte. All das hatte sie zu spät wahrgenommen. Erst als sich dann seine Lippen öffneten, die Spucke auf seinem nikotingelben Bart getreten war. Schockiert war sie aus der Schule nach Hause gelaufen. Wem bitte hätte sie das denn erzählen sollen? Tom wäre nur eifersüchtig geworden und hätte ihr noch dazu Vorwürfe gemacht, warum sie sich überhaupt mit einem Lehrer getroffen hatte. Ja, seit wann könne man Lehrern trauen?

»Manu, hast noch immer nichts gelernt?« Seine eigene Geschichte mit seiner Lehrerin hatte er dabei natürlich außer Acht gelassen. Manu wollte nicht, dass er das Gefühl hatte, Recht zu haben. Also schwieg sie wieder. Schwieg genauso wie ihre Mutter schwieg. Und wie sie später erfuhr, auch ihre Tante. Und auch ihre Großmutter geschwiegen hatte. Während Manus Mutter, die mittlerweile die meiste Zeit ohne ihren Mann im Haus ihren Kummer in sich hinein aß, noch einige Kilo zugelegt hatte. An ihren Fingern, Händen und Unterarmen kleine Schnitte oder Brandwunden. Ihre Haut immer dünner gab sie im Haushalt immer weniger Acht auf sich. Verbrannte sich hier an einer heißen Pfanne, oder wenn sie etwas ins vorgeheizte Rohr schob, oder schnitt sich dort beim Gemüse schnipseln in die Kuppen. Manu verfolgte das mit Kummer, half ihr vermehrt beim Kochen und im Garten. Wenngleich es ihr gegen den Strich ging, wie akribisch pingelig ihre Mutter immer noch versuchte, ihre Rosenbeete zu jäten, ihren Rasen zu mähen und ihre Hecken zu schneiden. Was sie so gerne eins zu eins auf Manu übertragen hätte. Da gab es viel Zündstoff für Streitereien zwischen ihnen. Manus Vorstellungen, wie ein Garten auszusehen hatte, waren so ganz andere. Sie fand das kärglich, sie träumte von wildwuchernden Kräuterfeldern, Holunderbäumen und Obststräuchern. Hin und wieder allerdings vergeblich bemüht, sich zurückzunehmen, fühlte sie ja, dass es ihrer Mutter fast noch miserabler ging als ihr, da brauchte es nicht viel, um das zu sehen. Mit niemandem mehr in der Nachbarschaft hatte sie Kontakt. »Guten Tag, guten

Tag«, das war alles. Ihre Mutter schämte sich. Sie schämte sich für ihre Tochter und noch mehr für ihren Freund, der immer abgewrackter in seinem kaputten Karren daherkam. Doch auch für die Situation mit ihrem Mann. Sie waren nicht geschieden, scheinbar war Manus Vater bestrebt, die beiden Damen unter einen Hut zu kriegen. Aber was wusste Manu schon Genaues, niemand ließ darüber auch nur ein Wort fallen. Wenn es wichtig hätte werden können, wichen beide meisterhaft aus. Also verstrichen die Tage, Wochen, Monate in unausgesprochenem Leid. Nur dass Manu ihre Mutter mehr denn je verstand. Zu ihrem Geburtstag hatte er sie wieder über den Tisch gezogen. Mit einem großen Strauß roter Rosen war Tom vor ihr gestanden.

»Mei Manu ... ich versprech's Dir ... ich hör auf ... Ehrensache.
   Ich lieb Dich doch ... nur Dich.«
Was für eine Idiotie, diese Sätze noch in irgendeiner Weise ernst zu nehmen, und dennoch klangen seine Worte wie verführerische Musik in ihren Ohren, deren Sog sie sich trotz besseren Wissens nicht entziehen konnte. Und ja, sie war wieder da! Sie würden es schaffen! Ach, hätte sie sich nur nicht immer noch so gut in Tom hineinfühlen können. Hätte sie das Mittragen nur nicht für so selbstverständlich gehalten. Sah sie doch

deutlich, dass Tom nichts als Angst hatte, dass ihm das Gefühl der Übereinstimmung mit sich selbst fehlte. Wie fremd sich Tom war, wie er sich selbst weder trauen noch sich lieben konnte, von seinen Emotionen und denen der anderen abgeschnitten, ihm das Gefühl von Verbundenheit ohne Droge unbekannt war. Was sie aber auch nicht sah, dass ihm dabei die Welt zu einem sinnlosen Ort geworden war. Zu einem Loch, das so wirkte, als ob es in aller Ewigkeit danach gierte, nur mittels ganz bestimmter Stoffe gestopft werden zu wollen. Dass es keinerlei Chance mehr auf ein Miteinander gab, wenn man nur auf Drogen glaubte, Liebe fühlen zu können, das entging ihrer Wahrnehmung noch immer. Dass das ein Leben war, das beim Versuch, der Einsamkeit zu entkommen, in die einsamste aller elenden Einsamkeiten geraten war. Ein Leben, das nur noch dem nackten Überleben galt. Ihr körperliches Miteinander ein Verzweiflungsschrei, der sie für Augenblicke aus ihrem traurigen Dasein in andere Sphären hob. Manu nur noch die Projektionsfläche seiner Wünsche. Ihre Drohungen, ihn endgültig zu verlassen, wurden immer eindringlicher, bis sich Tom zu seinem ersten Entzug durchrang.

Endlich. Zuhause bei Manu. Ihr Vater angeblich gerade auf einer Schreibwaren-Messe im

Ausland. Ihre Mutter hatte ihnen ihre Unterstützung zugesagt. Ja, wenn es ernst wurde, war Manus Mutter da. Toms Mutter zu erreichen, war misslungen, sie hatte von ihrem Sohn schon länger nichts mehr wissen wollen, den Telefonhörer einfach aufgelegt. Dann Toms jammervolles Leiden, er wollte durch, er hatte verstanden, dass es wohl ernst war. Schier endlose Tage ohne Gift in Manus gelbem Zimmer. Keine Spur mehr von Paradies.

Manus Mutter war prima. Auch sie tat Manu leid. Wie kam gerade ihre Mutter dazu, so harten Tobak mitzumachen? Toms geknechteter, von Schüttelfrost gepeinigter Körper in schweißdurchtränkten Hemden, sein Geschrei und sein Gestank. Sein Aufbäumen und Aufgeben, nachdem er für Minuten mit seinem Kopf gegen die Wand geschlagen hatte. *Bitte verlass mich nicht, bleib bei mir, verlass mich nie ...* Manus Blick auf seine Armseligkeit, seine Kotze, seinen Kot und seine kaputten Venen. Seine einzig hilfreiche Vorstellung, der nächste Schuss. Beständig wechselte ihre Mutter die Bettwäsche, die Waschmaschine lief auf Hochtouren. Mehrmals täglich tauschte Tom sein nasses Shirt und seine Trainingshose aus. Zumindest gab Manus Mutter, ihren Plan, die Wäsche zu bügeln, auf, stand hinter dem Herd und kochte. Wenigstens für ihre Tochter. Weniger denn je konnte sie ruhig bleiben, war sie so sehr auch um Manu besorgt, die nicht von Toms Seite wich. Sie bekniete sie, sie möge etwas essen. Manu verlor immer mehr an Kraft. Aus dem ersten Stock John Lennons Songs, die sie zuerst bei ihrer Arbeit störten. Nach mehrmaligem Hören aber beruhigten. Die Songs, die ihre Sehnsucht nach Liebe, Frieden und Freiheit nährten.

Um neue Wasserflaschen aus dem Keller zu holen, war Manu nach unten gekommen, da hatte sie ihre Mutter in der Küche vorgefunden. Am Küchentisch. Vornübergebeugt. Ihren Kopf auf der Platte zwischen ihren Händen. Ihr Rücken in ungewohnter Bewegung. Sie weinte. Manu hatte ihre Mutter noch nie weinen sehen. Gerade war es ganz still. Nur von oben aus der Entfernung Toms Stöhnen. Manu hatte sich neben sie gesetzt. Ihre Hand auf die Hände ihrer Mutter gelegt. Da hatte sich ihre Mutter ganz langsam aufgerichtet, sie mit roten Augen lange angesehen, sie umarmten sich zum ersten Mal für einige Momente. Manu strich ihrer Mutter sanft über den Kopf. Fast tröstend. Kein Wort fiel zwischen den beiden. Manu konnte nicht sprechen. Und auch nicht weinen. Ihre Kehle wie zugeschnürt. Sie war aufgestanden und wieder zu Tom nach oben gegangen. Ihr Herz hart und schwer, dabei ein einziger lautloser Schrei in ihrem Hals.

Nach ein paar Tagen war das Schlimmste durch, oder besser, der Anfang vom Schlimmsten erreicht. Denn die Dauerschleife, Versprechen – Hoffnung – Rückfall und Enttäuschung, hatte begonnen. Eben Sucht und keine Worte mehr, die hielten. Toms Aufschrei nach Gerechtigkeit, Schutz und Wärme zu hören, darauf versessen, seinen Beteuerungen ab heute nie wieder irgendetwas, kein Heroin, kein anderes Opiat, kein Nichts, weder zu drücken, zu schnupfen oder zu rauchen, das zu glauben war Manu absurderweise gewillt. Während es für ihn sich allein beim geringsten Widerstand in seinem Leben schon wieder mit irgendeiner elenden Droge zu belohnen galt. Obwohl Manu doch die Schnauze vom Pupillenlesen gestrichen voll hatte, wie klein wie groß, auf was ist er gerade wieder drauf?

*Ja schau, und da kam es ja auch schon wieder auf ihn zu, das gewaltig große Wolkenfeld und da, schau nur, da … schau, da sonderte sich auch schon wieder die Wolke Sieben ab und trieb in seine Richtung auf ihn zu, üppig weich und flauschig öffnete sie ihre mollig weichen Arme weit … weit auf und nahm ihn auf, in sich auf und schenkte ihm sein ersehntes hochbegehrtes wonnig samtenes Wattefeeling Vergessen … erneut … Geborgenheit. Für kurze Zeit.*

step 4

*like dolphins*

## dreizehn

»Huhu Manu ... Haa-Loo ... komm zu dir!«

Ihre barsche Stimme drang wieder in Manu ein. Als hätte sich das Blatt gegen Manu gewendet. »Isa wird es schon schaffen!« Manu wollte nichts, aber schon gleich gar nichts mehr mit diesen Leben am Abgrund zu tun haben. Aber sie kam nicht raus. »Isa ist stark – Isa hat einen starken Willen!« Isas Mutter stopfte ihre bis zum Filter gerauchte Zigarette in den mit Kippen überfüllten Aschenbecher vor sich.

Mitten in der Nacht hatte sie bei Manu daheim angerufen. Sie hatte es lange läuten lassen. Nach einer kurzen Pause ein erneuter Anlauf. Tom versuchte es auch oft in der Nacht. Aber so lange ließ selbst er es nie läuten. Nach dem vierten Versuch war Manu aufgestanden und hatte abgehoben. Ob sie nicht doch hinterherfahren könnte, es sei nicht gut gelaufen. Isa verliere ganz viel Blut, es gehe ihr beschissen, sie könne hier nicht weg, Manu sei die einzige, die Isa wirklich nahestehe, Ticket und Unterkunft werde sie organisieren und Manu morgen zum Flughafen bringen. Manu merkte, wie Isas Mutter ihr Zögern am anderen Ende der Leitung wahrnahm, Manu sei doch inzwischen auch kein Küken mehr, das sei doch Ehrensache. Mit dem Satz hatte Isas Mutter Manu am richtigen Punkt erwischt.

Am Tag darauf saß sie neben ihr im Auto. Sie redeten lange, zum ersten Mal überhaupt, Isas Mutter war schon eine harte Nummer. »Das haben Millionen andere Frauen schon gepackt, Manu! Hab dich nicht so, schau nicht weiter wie eine Extraladung Sauerampfer drein!« Hektisch drückte sie auf den Zigarettenanzünder vor sich an der Konsole, bevor sie sich nach ihrer Handtasche umdrehte, die pritschebreit auf dem Rücksitz lag. »Irgendwo muss ich doch noch eine Packung haben!« Sie hatte ihre Tasche nach vorne auf ihren Schoß gezogen, und wühlte mit einer Hand lässig am Steuer, mit der anderen darin herum. »Hätte schon für dich gesucht.« Manus Stimme wie immer vorsichtig, während sie sich mit beiden Händen oberhalb des Fensters am Griff festhielt. Isas Mutter fuhr flott. Bis sie die ersehnte Packung aus dem Chaos gefischt und endlich eine Zigarette rausgeangelt, angesteckt und den ersten Zug tief in sich gesogen hatte, war eine Weile vergangen. Ja, Manu solle sich nur nicht so haben. Sie mache sich keine Sorgen, Isa sei tapfer, mache ihr Ding gut. »Oder Manu, meinst du, Isa ... Isa hat irgendwas mit Hasch zu tun?« Allein diese Formulierung! Isas Mutter hatte also auch keine Ahnung, wie das Leben ihrer Tochter wirklich aussah. Mit Drogen kannte sich damals irgendwie keiner von den Erwachsenen aus. Nicht einmal Isas Mutter. »Nein, keine Bange mit »Hasch« sicher nicht.« Manu wiederholte ihre Wortwahl, betonte »Hasch« dabei ironisch. Wer redete schon von »Hasch«, wirklich nur die, die keinen Dunst hatten. Aber Isas Mutter hatte Manus Anspielung nicht verstanden. Ganz im Gegenteil, eine Zehntelsekunde sah sie Manu sogar dankbar von der Seite an. So dass Manu sich verpflichtet fühlte, die Lage weiter zu verharmlosen. »Isa kennt nur ein paar Leute – aber Sorgen muss sich keiner machen.« Die Erwachsenen ließen sich doch alle miteinander liebend gerne einen Bären aufbinden. Offen darüber zu sprechen war ja ohnehin schwierig, niemand verpfiff irgendjemanden, das war dann doch Ehrensache. Im Handumdrehen lauerte Gefahr, keine Ahnung, für wie lange Tom im Gefängnis gelandet wäre. Isas Mutter wechselte rasch das Thema, ob Manus Mutter immer noch so einen Putzfimmel hätte. Aha, davon hatte Isa ihr erzählt. Und wie günstig, nicht wahr, dass sie ihren Führerschein inzwischen wieder in der Tasche hätte. Ja ja, gerade jetzt. Sie lachte laut.

Am Flughafen erklärte sie Manu die notwendigsten weiteren Schritte, steckte ihr noch zwei Hundertmarkscheine zu und so war Manu mit einem Mal auf dem Weg nach Holland. Isa besuchen, nach ihrer ersten Abtreibung. Hier gab es zwar schon die erste Fristenregelung, aber um das heikle Thema zwischen den Parteien viel Gerangel. Es war noch schwierig, der Abbruch bis zur 12. Woche wohl inzwischen straffrei, aber bei Isa war es bereits später. Sie hatte einfach nicht gecheckt, dass sie schon länger schwanger war. Ja noch einmal: Scheiß-Drogen. Ansonsten hätte sie es eher merken können, dass da in ihr was wächst, davon war Manu überzeugt. Also auf nach Holland, wo es seit einigen Jahren eine Klinik gab, in der ein Eingriff auch in dieser Phase noch möglich war. Kurz hatte Isa bei Manu angeklopft, sie zu begleiten, auch Tom hatte so nebenbei gefragt, ob sie nicht mit Isa mitfahren wollte. Sie hatte nein gesagt, sie hatte zu lernen und zugegeben auch überhaupt keine Lust dazu. Isa hatte doch so viele Freunde, sollten die doch mit ihr fahren. Klar wusste Manu, dass auf keine dieser Pfeifen Verlass war.

Isa war also alleine losgefahren. Unvorstellbar. Ihre Mutter konnte nicht mit, oder wollte nicht, das war nicht auszumachen, Manu hatte es in der Hektik nicht kapiert, aber im Nachhinein war es verständlich, ihr Partner kämpfte gerade um seine Leber und somit um sein Leben. Ein Kampf, den er bald darauf verlieren sollte.

Die Weiterreise verlief ohne Probleme, Manus

Mutter hatte alles gut vorbereitet. Sie hatte sogar daran gedacht, Manu eine Vollmacht mitzugeben, mit der sie gleich zu Isa auf die Intensivstation konnte. In der Klinik angekommen, konnte Manu damit wirklich gleich zu ihr und war erschrocken, Isa total abgemagert, dunkle Augenringe, ihre Wangen eingefallen, überall Schläuche, hing sie an allen möglichen Geräten, kaum bei klarem Bewusstsein dämmerte sie vor sich hin. Sie musste wirklich Unmengen an Blut verloren haben.

Isas Mutter hatte Manu ein kleines Zimmer in einem dieser netten roten Backsteinhäuser nicht weit vom Krankenhaus organisiert. Die Leute hier waren alle freundlich, was für eine Erleichterung. Glücklicherweise standen die Ferien gerade vor der Tür, so kam aus dieser Ecke weniger Druck auf Manu zu.

Sie saß an Isas Bett, ihre Hand auf ihrer, zum ersten Mal höllisch dankbar, wie stark Isa wirklich war. Schon immer darauf aus, ihren Willen durchzusetzen. Damit beruhigte sich Manu wie mit einem Mantra. Isa würde nicht aufgeben, also. Isas Mutter hatte Recht, sie würde es schaffen. Früher, wenn sie lachte, warf Isa ihren Kopf in den Nacken, öffnete ihren Mund, zeigte ihre ausdrucksstarken Eckzähne und bog gleichzeitig ihren Rücken nach hinten. Ein Moment, der ihre Dehnfähigkeit der Welt verriet. Für Manu hieß das immer, »*Echt ej, ob du willst oder nicht, ich schaffe sowieso, was ich will.*« Ihre Hände in ihre schmale Taille gestemmt, schob Isa daraufhin die linke ihrer dichten Augenbrauen über ihren großen Augen nach oben, um ihr Statement nochmals klar zu unterstreichen. »*Hej, du Pfeife, hast mich schon verstanden, oder?*«

So war Manu länger bei ihr am Bett gesessen. Ihre einzige Auszeit dazwischen hatte sie mit der Tochter der Zimmervermieterin verbracht. Mit Anne, die von ihrer Mutter mitbekommen hatte, weshalb Manu da war. Die es am Telefon wiederum von Isas Mutter erfahren hatte. Das hatte alles so eine Normalität hier, alle gingen so entspannt mit dem Thema um, klar, das war ja auch der Grund, weshalb die Frauen in diesen kleinen Ort kamen.

»Wir haben genug Räder in der Garage! Hast du Lust mit zum Meer zu fahren ... nicht weit von hier, nicht mal zehn Kilometer! – Lust?« Am zweiten Morgen nach dem Frühstück hatte Anne sie an der Schulter genommen, bevor sie das Haus in Richtung Krankenhaus verlassen wollte und zugleich ihren kleinen Bruder festgehalten. »Kleine Rübensack ... hilf uns mal!« Gerade hatte sie ihn noch an seinem Arm erwischt, als er dabei war, sich an der Tür an den beiden Mädchen vorbeizudrücken. »Hoppche, schau ob die Reifen von dem Rad, das mit dem Korb hinten, ob die genug Luft haben!« Jetzt hatte Anne ihm auch noch in die Mitte seines Bauchs gezwickt. Wiederwillig verzog er sein Gesicht und musste trotzdem lachen. Ihre unbekümmerte frische Art war genau das, was Manu brauchte. Stunden später fuhren und fuhren sie, gegen den Wind, aber die Räder waren klasse, so große Hollandräder eben, und nirgendwo ein Hügel, alles wunderbar flach, fuhren die Räder fast wie von alleine. Noch nie zuvor hatte Manu so viele unterschiedliche Menschen auf so vielen Rädern gesehen. Wie auch noch nie so fette weiße Wolkenbilder am knallig blauen Himmel. Die Meeresluft tat ihr unbeschreiblich gut. Auf der weiten Promenade am kilometerlangen weißen Sandstrand entlang. Als sie Pause machten, hatte Manu Hunger. Seit einer Ewigkeit wieder einmal so richtig Hunger. »Kibbeling mit Patatje und ... Joppiesauce?« Manu war Anne für ihre Frage dankbar. »Kannst Du in meinen Magensäften lesen?« Ja, unbedingt wollte sie den in Fett rausgebackenen Kabeljau probieren, sie hatte schon davon geträumt, von Fisch mit viel Pommes, und auch von der legendären Curryremoulade hatte sie im Flieger ein Pärchen schon schwärmen gehört. Gleich darauf waren sie vor einer kleinen Imbissbude stehen geblieben. »Heineken dazu?« Anne sah sie erwartungsvoll an. »Oh ja – ultra ultra gern! Danke dir, Anne.«

Manu war bei den Rädern geblieben. Kaum konnte sie es erwarten, bis Anne mit vollen Händen zu ihr zurückgekommen war, so hungrig war sie selten. Woraufhin sie in Nullkommanichts alles im Stehen aufgefuttert hatte. Obwohl es gar nicht so einfach war. Der Wind hatte ihr immer wieder ihre Haare mit in den Mund geweht. »Mich laust der Affe!« So Annes Kommentar zu Manus Tempo. Fast hätte sich Manu, die gerade den Mund voll Bier hatte, verschluckt, das klang so lustig, wie Anne das sagte. Sie wischte sich über ihre mit Fett verschmierten Lippen, lachte, wenn auch ein wenig verschämt, ihre Finger ganz gelb, die Servietten, die Anne mitgebracht hatte, waren auch schon voller Remoulade. »Keine Ahnung ... wie lange ich schon nichts Richtiges mehr gegessen habe!«, entschuldigte sie sich noch damit beschäftigt, das lästige Fett von ihren Fingern zu wischen. Daraufhin war ihr schlecht geworden. Sie schoben ihre Räder durch den Sand bis in die Dünen, in die sie sich mit Blick auf Himmel und Meer legten, und danach war alles dann aus Manu rausgebrochen. Die arme Anne hatte die gesamte Ladung abbekommen, eine Sintflut von Tränen, die da aus Manu herausströmte. Und Anne war einfach nur da, hielt Manu und ließ sie weinen. Der Damm war gebrochen. Manu genoss die Anwesenheit von Anne, die sie im Grunde genommen überhaupt nicht kannte. Aber sie war so leicht und konstruktiv fröhlich, so ganz anders als die Mädchen, die sie in ihrem Alter von Zuhause kannte. Und sie mochte ihre lustige Aussprache ... *Hoppche kleine Rübensack* ...

Nach einigen Bluttransfusionen ging es Tage später aufwärts. Isa kam wieder zu Kräften. Manu saß bei ihr, schwieg und beobachtete. Was hier in diesem Raum der Geborgenheit gut möglich war. Alle Menschen um sie herum einfühlsam, verständnisvoll und fürsorglich ohne jegliche Betulichkeit, sondern offen und locker, und dabei warmherzig. Was Manu an ihren ersten Besuch bei einem Frauenarzt denken ließ. Das war ein derart brottrockener Typ gewesen, noch in der allerersten Zeit mit Tom, als sie bei ihm gewesen war. Als auch sie befürchtete, schwanger zu sein, dritte Woche oder so, abmahnenden Blickes hatte er Manu von oben bis unten gemustert, voller Vorwurf. Was hatte das diesen hartherzigen Herrn Doktor zu interessieren? Sie war jung, sie brauchte Hilfe. Es war nicht ihr Sperma, was da in ihr war. Was bildeten sich die Männer überhaupt ein? Nichts davon war hier zu spüren. Wenn dann war sie die einzig Moraline, denn ab und an stieg in Manu schon noch der Gedanke hoch, Isa hätte früher etwas bemerken und dementsprechend handeln können. Selbstverständlich, alles nachvollziehbar, und leicht auf Isas Dauerdröhne zu schieben. Trotzdem. Manu war einfach zu verdammt wütend auf diese vermaledeiten Drogen. Denn egal weshalb, warum, woher, vollkommen egal, Isa musste geholfen werden, was glaubte Manu eigentlich, auch wenn sie nach dem unangenehmen Arztbesuch auf Nummer sicher gegangen war und Nebenwirkungen hin oder her, seitdem die Pille genommen hatte. Natürlich stand sie hinter Isa und war auf ihrer Seite, klar, deshalb war sie ja auch hergekommen und mittlerweile froh darüber, was wollten verwirrte Mädchen wie sie schon mit einem Baby, diese Verantwortung undenkbar, in der Klinik gab es viel Zeit nachzudenken. Es dauerte, bis sie zu reden begannen. Anfangs fragte Isa, ob Manu immer noch so gern Trübsal blasen würde, versuchte dabei eine ihrer Grimassen zu ziehen, was ihr noch nicht ganz so gut gelang. Dann tauschten sie harmlose Erinnerungen aus, alberten ein bisschen herum, als Isa auf einmal fragte, ob Manu überhaupt wisse, dass Rocky überfahren worden war. Beiden standen Tränen in den Augen. Aber beide konnten sie nicht weinen, sie redeten von A nach B, bis Isa endlich auf das Thema, weswegen sie überhaupt hier war, kam. Ihre Mutter habe sie zu diesem Schritt gezwungen, wobei sie niemandem, so behauptete zumindest Isa jetzt, wirklich niemanden erzählt habe, wer der Vater war. Nur Manu hatte sie es dann erzählt. Kurz nachdem sie einen Moment vorher gerade erst über irgendeine der freundlichen Schwestern hier einen dummen Witz gerissen hatten. Aber ehrlich, Manu hätte es lieber nicht wissen wollen.

Der Heimflug, ein einziger Horrortrip, das Flugzeug hatte Verspätung, Manu musste die Nacht am Flughafen verbringen, von Schlaf keine Rede, so alleine und verzweifelt hatte sie sich selten in ihrem Leben gefühlt. Ein heilloses Durcheinander in ihrem Kopf. Dazu hatte sich *»Fuchs du hast die Gans gestohlen ...«* in ihr festgesetzt. Die Melodie hatte sie von irgendeinem kleinen Kind hinter sich in der Reihe beim Einchecken aufgeschnappt. Ein blöderes Lied hätte es kaum sein können. Aber sie bekam Melodie und Text einfach nicht mehr los. Dabei wurde der Ton immer fieser, umso mehr sie sich dagegen wehrte. *»... Gib sie wieder her, sonst wird dich der Jäger holen, mit dem ...* « Wieder und wieder und wieder ... der totale Ohrwurm. *»Fuchs du ...«* Sie fühlte sich verfolgt, wie hatte sich ausgerechnet diese Liedzeile nur so in ihr verfangen können? Auf Schritt und Tritt tauchte sie in ihr auf. Sogar als ein kleines Frühstück, das sie sich in einem der Flughafen-Cafés gegönnt hatte, vor ihr stand, trällerte es schadenfroh aus ihrer Kaffeetasse »...

mit dem Schieß-Gewääh-hää-hähr ...!« Und das Croissant antwortete: »*Sonst wird dich der Jäger holen ... mit dem Schießgewehr.*« Nur nicht ganz verrückt werden. Sie versuchte an die Stunden mit Anne zu denken, ans Meer, an die weiten Dünen, irgendwie musste sie in ihrem Kopf wieder freikommen. Keine Chance, und von Neuem ging es los: »*Fuchs du hast ... ...*«

Immer gnadenlos schadenfroher intoniert. Manu ging die Tipps ihrer Tante im Geist durch, versuchte sich zu besinnen, was davon jetzt hilfreich sein könnte. Sie war so unvorstellbar müde. »*Hol dir die Kraft des ganzen Universums, Turtly ... sie ist da ... für uns alle da! Atme ein ... ganz tief und pumpe deinen Bauch damit auf ... mach ihn groß und prall ... wie einen Luftballon, ja und halt sie an ... halt sie an ... und dann lass sie wieder ... ganz allmählich im Sekundentakt wieder aus dir raus ... und denk an nichts dabei ... an gar nichts ... das ist die Kraft des ganzen Universums!*« Beim besten Willen, aber auch die half nicht.

»*Fuchs du hast die ... .... nein, nein, bitte nicht!*«

Wieder zurück war es für Manu klar, dass diese Nachricht jetzt das endgültige Aus mit Tom wäre. Aber nein, er weinte, bekniete sie tagelang, gerade jetzt, jetzt, wo er doch nur für Manu clean geworden sei, naja, bis auf die eine kleine Ausnahme – Zwinker – Smile – gerade jetzt könne sie ihm das doch nicht antun. Noch nie – aber wirklich noch nie – habe er sie so gebraucht – es täte ihm so leid, nie wieder, nie wieder ... und das mit Isa sei auch nicht so easy, sowieso sei das nur ein Mal gewesen, ein einziges Mal, dass Isa ausgerechnet gleich schwanger geworden war ... Dass das alles soweit hatte kommen müssen, es täte ihm so leid, Manu das angetan zu haben. Blabalabla und wieder hatte er es geschafft.

Isa kam dann irgendwann zurück. Manu war verletzt. Ja, so schnell war es passiert. Und dann noch voll auf Droge. Eigentlich ja logisch, trotzdem tat es ohne Ende weh. Nicht nur der Umstand, dass Tom der Vater von Isas Kind gewesen war, sondern auch, dass es Manu erst so spät erfahren hatte. Erst als sie dort war, was verdammt noch mal war nur verkehrt mit den beiden, die Antwort kannte sie ohnehin, doch im Grunde war ja alles gut gegangen, Isa lebte. Trotzdem war die ganze Aktion alles andere als einfach für Manu gewesen, in einigen Monaten war Abitur, und sie hatte sowieso schon so viele Fehltage und musste für die Holland-Tour trotz Ferien ein paar Tage Schule schwänzen. Der einzige Vorteil, dass sie gerade volljährig geworden war. Zudem die Tatsache, dass das Kind in Isa schon so richtig da war, diesen Abbruch hätte hier ja kein Arzt mehr übernommen. Manu war das alles ungeheuerlich, sie kannte immer noch keine Kinder, und schon gleich gar keine Babys. Sie wusste nicht, was sie davon halten sollte, sie war konfus. Und vielleicht war ja Tom auch gar nicht der Vater, vielleicht stimmte das ja auch überhaupt nicht, bei Isa kannte sie sich schon lange nicht mehr aus. Genauso wenig wie bei Tom.

»Anne, Anne, unvorstellbar! Noch immer kein Finale!« – »Manu, darf ich dich noch mal fragen, warum bist du ... du noch bei ... dem?« – »Toms Veränderung ging so unvermittelt vor sich, wie wenn du nachts die Rolltreppe in einen U-Bahn-schacht nach unten fährst. Unmerklich verändert sich alles, die Temperatur, das Licht wird anders, der Sauerstoff nimmt ab, alles schmutzig, ob-wohl die Strecke kurz ist, du hast es nicht wahr-genommen ... vielleicht war ich einfach nicht auf-merksam genug ...« – »Och nee, Manu, eher wie ein unerwünschtes Haar ... auf einmal ist es da.« Annes prompte Antwort. Sie klang dabei ganz ernst, vollkommen unpassend zu dem, was sie da gerade sagte, während sich Manu wunderte, wie sie überhaupt auf diesen Vergleich hatte kom-men können, Anne war doch so hell, so blond, was wusste sie von unerwünschten Haaren? Sie lachten. Manu und Anne telefonierten viel mit-einander. »O weia, Anne! Warum kann ich nur nicht gehen? Obwohl ich die Nase so gestrichen voll habe ... genauso wie von seinem Scheiß Pat-schuli ... nach dem Tom derart stinkt, umso mehr er auf irgendetwas drauf ist ... Anne, ich kann dir gar nicht sagen, der Geruch ist mir so was von zuwider!« Sich Platz verschaffen ohne zu fragen, omnipräsent für immer, die muffige Süße, die jeden Raum mit seiner Impertinenz verklebt. Kein Hauch mehr von anregender Feinheit oder gar harmonisierendem Vermögen, nein, Patschuli ein Geruch von schreiender Dominanz, die alles tötet, nicht nur Bakterien und Pilze, sondern auch Manus letzte Zuversicht. Wie ihren Glauben ans Gute und bessere Leben mit Tom.

Sie sahen sich viel weniger, aber Tom stand weiterhin vor ihrem Haus. Es kam soweit, dass sie ihn nicht mehr in ihr Zimmer lassen wollte und nur auf sein Drängen hin mit zu ihm in seine traurige Wohnung fuhr. Nie Tageslicht, immer schummrig, mit Tüchern abgehängte Lampen, übervolle Aschenbecher, eine Matratze, nur seine riesige Anlage und Schallplatten hatte er noch. Jetzt endlich konnte Manu auch nicht mehr mit ihm schlafen. Sie hatte es kapiert, endlich. Sein Verlangen nach ihr war sowieso nur mehr Ersatz für eine gerade nicht andere auffindbare Dröhnung. Vom anfänglichen gemeinsamen Glück nur noch mehr träumend, Toms Scheitern begleitend auf der Jagd nach Hoffnungsschimmern zwischen menschenunwürdigen Versuchen loszukommen, war Manu jetzt dabei, selbst substantiell an Kraft zu verlieren, hatte der Holland-Aufenthalt sie weiterhin geschwächt. Nach den gescheiterten Anläufen, Tom und sein erbärmlich gewordenes Leben zu verlassen, war er zu oft wieder flehend und bettelnd vor ihr aufgeschlagen. Mit diesem und mit jenem, mit dem goldenen Schuss drohend. So graute ihr während ihrer letzten Treffen vor der kalten Anwesenheit des Todes, die da bei Tom jetzt mithauste. Ähnlich wie damals vor Jahren, kurz nachdem sie ihn auf der Party wieder getroffen hatte, als Tom sie zu seinen neuen Freunden mitgeschleppt hatte.

Ein in schmutziges Neonlicht getauchter Raum, in dem einige Typen auf schmuddeligen Matratzen vor großen Aschenbechern abhingen, die üblich gelangweilte Stimmung in jenen Tagen, wo von Unternehmungen nur noch gequatscht wurde. Zu denen aber niemand mehr fähig war. Wo über unwichtige Dinge, die man immens wichtig nahm, aneinander vorbeigeredet wurde. Nur war diesmal Satscho, der Bulle, mit dabei. Ein echter Polizist, allein das war seltsam, ein Bulle, dem sie auch noch dabei zusah, wie er sich eine Nadel setzte, es war das erste Mal in ihrem Leben. Fassungslos hatte sie ihren Blick nicht abgewendet, bevor sie entsetzt aufgesprungen, abgehauen, nach Hause geflüchtet war. In der Hoffnung, dass ihr Tom folgen würde, aber er hatte sie erst in der Nacht dann angerufen. Satscho war nicht wieder aufgestanden. Manu unter Schock, aber auch deshalb, weil es, soweit sie das damals mitbekam, danach niemanden um den menschlichen Verlust gegangen war, sondern nur darum, Spuren zu verwischen. Oder wo noch welche Drogen übriggeblieben sein könnten. Damals schon, sie hätte es wissen können. Wäre sie nur damals schon gegangen. Aber etwas hatte sich grundlegend geändert. Manu hatte eine Freundin gewonnen. Eine richtige Freundin. Auch wenn sie in Holland lebte. Mindestens einmal die Woche telefonierten sie miteinander. Manchmal auch zweimal.

»Warum, Manu? Warum tust du dir das bloß an? Lass den Typen ... ich fleh dich an: Geh!« Das jetzt wieder und wieder von Anne zu hören war immens wichtig. »Du hast Recht: Anne, morgen mach ich Schluss!« – »Morgen Manu? Das glaub ich nicht, das kannst du deine Großmutter weismachen, aber bald ... hoffentlich sehr, sehr bald!« Annes Ton war so wohlwollend einfühlsam. In den langen Gesprächen mit ihr war Manu einiges noch deutlicher geworden. Sie hatte allem einfach nur zugesehen, während Toms überzogene Eigenfokussierung darin gipfelte, ohne Kompromisse, ohne einen Gedanken an morgen sich rücksichtslos möglichst alles zu vergönnen. Konnte er sich seinem Schmerz ja nie stellen. Selbstmitleidig und angsterfüllt federte er seine unabwägbaren Einsamkeitsängste ab, deckelte sie zu. Weiter und weiter weiche warme Sahnewolken darüber, am besten noch mit süßem Schokoüberzug und dann den tollen Junkie spielen. Ja, er hatte immer noch Charisma und damit so einige andere mit nach unten gezogen. Während er seine verzerrte Wahrnehmung in unnachahmlicher Beharrlichkeit seinem Gegenüber um jeden Preis als einzige Wahrheit aufzwang. Verblendet und getrieben, kein klarer Gedanke, kein klares Wort mehr. Für sich wie für andere Last. Mit einem untrüglichen Gespür für das in seiner Umgebung ab und zu noch vorhandene Mitgefühl. Während seines in einem schwarzen Loch gelandet war. Im Bann der unabwendbar, in den dunklen Sumpf der Drogen malmenden Zentrifuge, bei nach außen getragener, verzweifelt cooler Selbstdarstellung. Tom, der noch anderen dabei half, Heroin als Mutterersatz zu sehen. Ja, punktuell konnte er sich gut verkaufen, er war ein brillanter Stratege, dem auch sie erlegen war. Ein Meister des Wortes, ein Manipulator, ja, Manu verstand mehr und mehr. Trotzdem schlossen sie immer noch weitere Verträge – die Blätter häuften sich:

½ Jahr nicht f... Versprochen ...

**Dein Tom.**

Seine Schrift inzwischen krakelig fast ganz nach links gekippt. Manu glaubte selbst nicht mehr daran. Was sollte das? Ein halbes Jahr? Zum Glück brachte Anne sie zum Lachen. Ihr Leben, seitdem sie Anne kannte, war trotz alledem um einiges leichter geworden. Nur Manus Eltern nervten. »Manuela, die Telefonrechnung! Eine Katastrophe! Wer soll das bezahlen? Das können wir nicht dulden!« Manu blieb ruhig, sie würde sich an den Kosten beteiligen, sowieso suchte sie nach einem Job. Denn Anne hatte sie zu einem neuen Traum gebracht. »Manu, da gibt es einen Ort ... unten im Süden – den will ich dir zeigen.« Die Art und Weise, wie sie die Landschaft vor Manu entstehen ließ, begann sich in ihr festzu-setzen. Ob auf dem Weg in die Schule, abends vor dem Einschlafen, sogar während der langen Abi-Prüfungen hatte Manu immer wieder Bilder von Annes Erzählungen im Kopf. Dort wollte sie auch hin, das war klar, gemeinsam mit Anne, gleich nachdem sie die elende Schule hinter sich hatte, der Wunsch motivierte sie das zähe Ende durchzuhalten. »Da gibt es nicht viel, nur eine paar Hand voll kleine ganz kleine Pensionen – und nur ein Hotel ... wenn es überhaupt offen hat ... Manu, es ist so prächtig schön dort ... der breite Strand, der Sand weiß ganz weiß und fein ... das Meer, wunderschön ... immer eine leise kleine Wind ... und die Bucht so ... so

231

weit.« Manu sah so richtig wie Anne ihre Arme
ausbreitete und dabei herzöffnend hell lachte.
»Wenn da die Sonne am Abend untergeht ...
Manu, das kannst du dir nicht vorstellen ...
prächtig schön und dann ist da noch ein Fluss,
der ist eiskalt – um einiges viel kälter als die See
bei uns ... und der Fluss mündet ins Meer und
wenn du da an ihm entlang gehst ... ins Land hinein, Manu, da kommst du an Ruinen einer alten,
uralten Stadt vorbei – das ist so beeindruckend –
du kannst die ganze Geschichte fühlen ... und
überall riecht es so gut und die Menschen, die
Menschen sind alle so gastfreundlich ...«

Manu saß am Telefon, den Hörer fest an ihr
Ohr gepresst, sah sie aus dem Fenster in den
grauen Himmel, für sie klang das alles wie im
Märchen. »Wann Anne? Wann?« Gespannt wie
ein Flitzebogen wäre sie am liebsten sofort auf
und davongefahren. »Dabei habe ich dir noch gar
nicht vom ewigen Feuer auf der anderen Seite
des Orts erzählt – auf dem Berg dahinter, überall
kleine Feuerstellen über den ganzen Berg verteilt, die brennen ... immer und immer ... willst
du dahin, musst du an Granatapfelhainen vorbei, Manu, das ist so schön!« Manu kannte keine
Granatäpfel, aber allein das Wort klang wunderbar, wie alles andere, wovon Anne erzählte, ihr
unbeschreiblich schön vorkam. Und als sie dann
noch von den vielen Schildkröten hörte, die es

dort angeblich auch noch gab, die dort sogar unter Naturschutz standen, glaubte Manu ihren Ohren nicht mehr zu trauen. »Echt jetzt Anne – bind mir bloß keinen Bären auf ... das erfindest du gerade, das kann doch gar nicht wahr sein ... oder?« – »Ich mache kein Witze Manu, ich bin ja schon viele Mal mit meine Brüder und ... logisch auch mit meine Eltern da gewesen.«

Die Familie reiste viel, das hatte ihr Annes Mutter schon erzählt. Ihr Mann war Arzt, der über Monate im Ausland arbeitete und wenn irgendwie möglich versuchte, mit seiner Familie gemeinsam in der Welt unterwegs zu sein. Weshalb Annes Mutter ja auch langfristiger Zimmer vermietete. Möglichst immer praktisch und viele neue Menschen um sich, das sei ihre Mutter, hatte ihr Anne erklärt. Die Themen ihrer Telefonate hatten sich also erweitert, der Plan, gemeinsam an den Ort ihrer Kindheit zu reisen, dorthin, wo früher die Römer, Byzantiner, Griechen, Piraten und auch Kreuzritter lebten, war immer konkreter geworden. Wenn sie nicht gerade doch wieder um Manus ewiges Trauerspiel mit Tom kreisten und es in alle Einzelheiten zerlegten.

Bis auf die Ausnahmen, in denen Manu auf den verschiedenen Tanzflächen der Stadt bis in den Morgen unterwegs auf der Suche nach Ablenkung war. Wo nach den intensiven Musikbegegnungen der Siebziger, nun ganz andere Töne regierten. Leben und Leiden weniger existentiell betroffen, abgeklärter, ja distanzierter, einfach cooler und von weiter weg. Manu kam der Sound manchmal wie eine Rettung von oben, wie aus einer Meta-Ebene vor, die Deutsche Welle hatte begonnen. Getoppt von dem eindringlichen Duo Gabi Delgado und Robert Görl. »*Alles ist gut*«, »*Kebab-Träume*«, »*Verschwende Deine Jugend*«, »*Rote Lippen*«... der Sound drang tief unter die Haut, mit einem Schlag war alles rot, knallrot, Energie, Rhythmus pur – obwohl deutsch, das war man nicht mehr ganz gewohnt, oja, das zog ... na und ganz in diesem Sinne dann den »*Mussolini*« noch vorweg oder »*Die lustigen Stiefel*«. Krass. Das war DAF: Die Deutsch Amerikanische Freundschaft. Das saß, das ging tief. Das traf. Das war ein anderer Zugang, wie Wodka Sour oder besser ein doppelter Korn in die noch nicht verheilten Wunden, ja die beiden aus der Düsseldorfer Kunstszene wussten, was sie taten. Delgado und Görl, wer konnte sich diesen Jungs und deren provokativem Sound damals entziehen. Ihre Musik vermittelte ihr eine Art von Obsession, die sie beim Tanzen sofort ergriff. Da war ein Einverständnis, auch war besonders Gabi Delgado darüber hinaus nicht gerade unerotisch ... *what else* ... das auch noch. Nicht minder wesentlich David

Bowie, Grace Jones, oder Tom Waits, Lou Reed und David Byrne, ja die Talking Heads und und und na eben, und gleich noch einmal: David Bowie ... na eben! »Heroes«, »Ziggie Stardust«, »Sweet China Girl« ...

Manu hatte kurz hintereinander andere Jungs kennengelernt. Mit dem einen hatte sie Spaß, sie tranken Gin Tonic, lachten, gingen aus, ins Kino, in die eine Ausstellung hier, zur anderen Party dort, aber Manu lachte nur äußerlich, nie fühlte sie sich leicht, nie unbeschwert, nie jung. Sie hatte ein schlechtes Gewissen mal wieder. Der andere lud sie zu den für sie köstlichsten Picknicks ever ein. Gemeinsam auf dem Wochenmarkt kauften sie kiloweise Obst, Kirschen, Blaubeeren, Erdbeeren und auch Südfrüchte, er hatte leckere Sandwiches vorbereitet samt einer Flasche Champagner mit zwei hübschen Gläsern in den großen Motorradtaschen seiner Maschine mit dabei, die sie auf einer romantischen Lichtung tranken. Aber Manu konnte auch das nicht wirklich genießen. Manu fühlte sich schlecht, dachte an die Ausflüge mit ihrer Tante, vermisste sie unendlich und hatte wieder ein schlechtes Gewissen, sich nicht freuen zu können. So wie es sich doch eigentlich in so einer idyllischen Situation gehörte. So ein bisschen wie damals beim Blues Tanzen. Mit dem anderen redete und redete sie, aber nicht über sich, sondern über die Bücher, die sie gelesen hatte. Oder über die Schule, die Lehrer. Oder sie schwieg und hörte zu. Was für sie ja nicht weiter neu war. Trotzdem lenkten sie die Jungs ab. Sie mochte sie, richtig gerne, sie war ihnen dankbar, sie taten ihr gut, dazwischen versuchte sie, zu lernen oder ihrer Mutter zu helfen. Es blieb ein Drahtseilakt. Manu führte ein Doppelleben auf der Suche nach sorgenfreien Momenten. Ein Versuch, ihr armselig gewordenes Leben mit Tom hinter sich zu lassen. Mit dem einen von ihnen begann sie zu schlafen. Der Sex mit ihm kam ihr aber immer wieder schal, ja fahl vor. Eine nüchterne Sache, Sex ohne passenden Partner, mit einem, mit dem die Chemie nicht wirklich stimmte. Und das noch ohne Drogen, die sie wenigstens für eine Weile davongetragen hätten. Aber das kam keinen Augenblick lang mehr in Frage für sie. Dazu der Hader mit sich selbst. Was, wenn sie ihn vielleicht nur ausnutzte. Aber er fand es mit ihr ja klasse. Und eigentlich mochte sie ihn auch, sie war dankbar und ja, es war ohnehin voller Menschlichkeit mit ihm. Im Übrigen war das Lutz, derjenige, den Manu während der Trauung vorne in der Kirche sitzend wiederentdeckt hatte. Nur hatte sie seinem in ihr Ohr gehauchtem Geflüster damals keinerlei Glauben schenken können. Auch dafür hatte sie sich Vorwürfe gemacht. Dazu war ihr das permanente Gefühl ihrer Machtlosigkeit, die Tatsache, dass der Bann der Drogen, in den Tom so tief geraten war, so viel stärker als sie geworden war, zur Qual geworden. Zugleich fühlte sie sich betrogen. Rolle und Funktion des Rettungsanker-Daseins leid, hatte ihr allein der Gedanke, Tom in seinem Elend allein zu lassen, schon die Kraft zum Handeln genommen. Wie hätte sie ihn alleine lassen können? Wie? Ja hätte sie! Hätte sie das nur viel früher mal getan!

**Ein Fausthieb ins Gesicht**. Ja, es war diese Zeit, die Manu so total verdrängt hatte. Diese Zeit, in der sie wie im eigenen Panzer voller Misstrauen, Selbstzerwürfnisse, Trauer und Sorge, niemandem gegenüber nur ein aufrechtes Wort zu viel verloren hatte. Warum war sie derart weit über ihre Grenzen gegangen? Tränen liefen über ihre Wangen. Wie hatte sie das alles durchgehalten? Und warum so lange? War das vielleicht auch die Liebe, die Liebe zum Leben, ihre Liebe zu allem, was die Welt darbot, ja zu allem, was sie bei ihrer Tante erlebt hatte. Die Liebe zu allem Schönen, das es auf diesem schwierigen Planeten nun ja mal auch gibt, ja und zu den Menschen und vielleicht ja sogar auch die zu ihren Eltern.

Tom hatte seinen gesamten Stoff bei Manu deponiert, ihr aber auch davon kein Wort gesagt. Ein heftiger Schock für Manus Mutter, als eines

Tages zwei Streifenwagen vor ihrer Türe standen. Bloßgestellt und gedemütigt fühlte sie sich vor den Beamten, die sich aber nur nach Tom erkundigt hatten, während sie dachte das Ende ihrer Welt war da. Dabei war bei Tom nur mal wieder irgendetwas ordentlich schiefgelaufen. Die Beamten bedankten sich und waren wieder abgezogen. Was da unter Manus vielen Blumentöpfen, penibel abgepackt in unzähligen Tütchen lag, hatte Tom ihr daraufhin fast triumphierend zugesteckt, als Manu ihn daraufhin aufgeregt telefonisch in Kenntnis setzte. Sofort war er da, um den Stoff zu holen und in Windeseile an einem anderen Ort zu bunkern, keinerlei Entschuldigung, nichts. Da war es, das Aus. Manus Mutter war am Boden, sie tat ihr so unendlich leid. Wie sie dachte, was sie da erlitten haben musste, das konnte Manu nur zu gut nachempfinden, was sollten die Nachbarn denken. Was für eine Schande, erst vom eigenen Ehemann verlassen, jetzt auch noch die Polizei vor ihrem Haus. Was Manu längst schon nicht mehr wichtig war. Aber das Leiden ihrer Mutter konnte sie nicht mehr ertragen, für sie musste sie handeln. Ja, das war das Aus. Ein für alle Male schlug sie die Tür für immer vor Toms Nase zu.

Seine Einsamkeit gegen ihre Einsamkeit, ein mieser Deal. Sie hatte einen radikalen Schlussstrich gezogen, während sie zugleich das, was

Tom ihr an Glück geschenkt hatte, in stabile Kisten verpackt in die allerdunkelsten Kellernischen ihres Daseins geschoben hatte. Endgültig war sie soweit. Sich seinen obsessiven Liebesschwüren zu entziehen. Nein zu sagen. Für immer. Wobei sie ihn selbst nach Jahren ihrer Trennung noch aus der Ferne weiterhin gespürt hatte. Aus seinen Fängen hatte er sie nicht gelassen. Einer von den Typen, die, einmal aus dem Haus geworfen, um jeden Preis über den Kamin wieder hinein zu kommen suchen. Ab und an gab es Überraschungsanrufe ab zwei Uhr in der Nacht bis in die frühen Morgenstunden, Postkarten, Briefe, andere kryptische Nachrichten über Bekannte. Was er solange betrieb, bis sie ohne irgendeinen Telefonbucheintrag in eine andere Stadt gezogen war. Ohne einen Namen an irgendeiner Tür.

*Manu, Dich lass ich nicht gehen, nein ... so einfach ließe er sich nicht abdrehen,* frei nach John Watts, *er sei nun mal kein Radio.* Er hatte sie nicht losgelassen. Das Gefühl, sich verstecken zu müssen, nicht frei durchs Leben gehen zu können, saß tief. Zu frühe Bindung, zu viele Lügen, Verrat, Verfall und auch Verluste. Einige in ihrem direkten Umfeld waren damals schon gestorben, jung und von einem Moment auf den anderen einfach nicht mehr da. Schabu zum Beispiel hatte es zuerst erwischt, der kleine Träumer, den Manu mochte, ein verspielter Bub mit leuchtend großen Augen, der eigentlich am liebsten schraubend unter seinem Moped gelegen war, der so lustig Faxen machen konnte, aber gar nicht gerne sprach, vielleicht fühlte sie sich ihm deshalb auch nah. Er war so ein liebenswerter Mensch, bis ihm Tom mit seinem dollen Shit und seinen noch dolleren Trips dazwischenfunkte. Sandy hatte es voll auf Droge auf seiner Maschine in einer Kurve weggefegt. Oder aber Toms Freund Joe, der skrupellos Wirkende, Manu sah noch seine wackligen, selbstgeritzten Tätowierungen auf dem Unterarm, alle schien er zu verachten, allesamt hätten keinerlei Dunst, was so wirklich abging. Mag sein. Angewidert hochmütig saß er manchmal mit bei Manu im Zimmer, der einzige aus ungeschützten Verhältnissen, der wiederum unwahrscheinlich fürsorglich sein konnte. Wenn etwas bei Tom total schiefzulaufen drohte, war er da. Ihn hatte es auch mit einer Überdosis erwischt. Das Gegenteil von Joe war Donny – gleichfalls aus richtig reicher Familie, ein aasig Arroganter in der Szene, der immer geglaubt hatte, er könnte sich alles gönnen und auch kaufen – von allem nur das Beste – war er auch Manu hinterher, winkte ihr mit Geldscheinen, kein Limit, das für ihn galt. Zudem auch noch der Schönste, gut gewachsen und gebaut, hing auch er dann an der Nadel und war hinüber. Oder aber Tanja, ihr Tod hatte

Manu am meisten weh getan, sie war eine ganz sensible, liebe, sozial ernsthaft engagierte, sie hatte es in Paris erwischt, hackedicht in einem kleinen Appartement, in dem die Gasleitung defekt war. Sie hatte keine Chance, musste elend gestorben sein. Nicht mehr fähig aufzustehen, auf dem Weg zum Fenster robbend, war sie in ihrem Erbrochenen erstickt. Dementsprechend Manus Schmerz. Ihr Schutzwall. Ihr Vergessen. Einfach viel zu viel, was da hätte in ihr nach oben drängen wollen. Und dann auf einmal Tom vor ihr! Wie in einem Alptraum! Vollkommen unvorbereitet. Einfach so, allen Vorahnungen zum Trotz, wie aus dem Nichts, als ob *Sex, Drugs & Psychadelic Rock* nicht längst vorbei gewesen wären.

Nach der Episode mit Toms Sturz in den vermeintlichen Champagner und seinem Rausschmiss hatte sie sich weiter nach Isa umgesehen und sie schließlich auch gefunden. Hatte Manu die Hochzeit als Chance betrachtet mit ihr zu reden, inzwischen waren sie erwachsen, es hätte ihnen gutgetan, davon war sie überzeugt. Und jetzt hätte es ja noch so unerwartet viel mehr miteinander zu besprechen gegeben. Aber als sie vor Isa stand, da war sie nicht alleine, Lutz war neben ihr. Ja und es war tatsächlich Lutz, Manu hatte sich in der Kirche nicht getäuscht, eben der Lutz, mit dem sie damals eine Affäre hatte. Der für sie zu Tom gefahren war, um ihre wenigen Sachen, ein paar Jeans und Bücher, die noch in seiner Wohnung lagen, von dort abzuholen. Lutz war super, wollte nicht viel wissen. Auch deshalb war es mit ihm so unbeschwert nett gewesen. Blieb die Zeit ja auch weiterhin anstrengend, Manu hatte schon ein paar Stunden in der Woche zu arbeiten begonnen und erwartete gerade die allerletzten Prüfungen. Es war knapp, aber bisher hatte sie es geschafft. Lutz hatte sie gut abgelenkt, hatte einen guten Humor, spielte Gitarre in einer Band und war patent. Nur hatte leider aber auch Lutz damals noch einiges mehr am Kasten, was sie nicht sah und hatte, ob sie wollte oder nicht, bemerken müssen, wie auch er fahrlässiger wurde. Dass er manchmal kiffte, das war kein weiteres Problem, so oft trafen sie sich wiederum nicht. Doch als sie bei ihm dann auch ein Exemplar jener künstlichen Zitronenfläschchen fand, eine jener quietschgelben Plastikkugeln mit grüner Verschlusskappe, mit einem verbogenen kleinen Blechlöffel daneben, gab es für sie darauf keine andere Antwort, als sofort zu gehen.

Tja und jetzt war Isa mit Lutz hier an der verborgenen Mauer, weit abseits vom allgemeinen Trubel, dort wo sich Manu, nach der Nachricht von Ninis Tod, hin geflüchtet hatte. Nein, hier konnte sie die beiden nicht ansprechen. Sie blödelten, hatten es lustig, während sie sich wortlos nur noch grässlich elend fühlte. Und ob das, was ihr da in die Nase stieg, tatsächlich Dope war, oder ob sie sich das nur einbildete, das wollte sie in dem Moment schon gar nicht wissen. Sollten sie doch miteinander machen, was sie wollten. Manu hatte sich umgedreht, war schnurstracks zurück ins Haus, hatte nach ihrer Reisetasche und ihrem Mantel gesucht, als ihr zufällig noch die neonpinke Sitzriesin mit dem rollenden R im Gang begegnet war. Über ihre Geistesgegenwart dankbar hatte Manu sie bei Seite genommen, sie würde sie anrufen wollen, dann irgendwann in ein paar Tagen von Zuhause aus, fand aber auf die Schnelle weder Stift noch Zettel. Die Neonpinke reagierte überraschend gut, schrieb ihre Nummer auf eines ihrer verbliebenen Taschentücher, während Manu nachschob, sie wäre eine Freundin von Nini gewesen, unbedingt wollte sie mehr über ihr Leben in den vergangenen Jahren erfahren. Für ein Gespräch vor Ort hatte sie keine Nerven mehr, obwohl sie sich natürlich fragte, wie grotesk das eigentlich war, gleich wieder wortlos von hier abzuzischen. Aber sie musste weg, was sie der Neonpinken nicht sagte, aber sie musste tatsächlich nichts als unbedingt – sofort und auf der Stelle – von hier weg. Ihre Nerven flatterten, ihre Energien waren restlos ausgelöscht. Mit Reisetasche in der einen und

Schuhen in der anderen Hand machte sie sich auf den Weg. Wieder das ihr vertraute Gefühl, ihr offenes Herz wäre gerade von der Innenwand eines Gefrierschrankes abgerissen. Wieder fühlte sie sich verraten. Nein, es war nicht die Tatsache, dass sie Isa dort mit Lutz antraf, was auch immer da zwischen den Beiden lief. Nein, es war die alte Wunde, die da aufflammte. Das triggerte. Aber ordentlich. Als ob kein Tag vergangen wäre, alles wie früher, hätte ihr das alles – abgesehen von Ninis Tod – doch eigentlich komplett egal sein können, nichts hatte sie mehr mit alldem hier zu tun. Es war Isa, die da in der Bredouille saß. Isas perfekte Hochzeit, die eben wohl doch nicht so perfekt war. Alles Gaukelei – die volle Scheinwelt – sie hatte sich also nicht geirrt und Isa war alles andere als glücklich. Isa schien sich nicht, so wie erhofft, verändert zu haben. Hätten sie nur miteinander geredet, aber was hatte sie sich genau genommen erträumt, was hätte Isa schon gesagt, »*ach Manu, lass doch den Schnee von gestern stecken, Larifari ... lass uns lieber ein Glas trinken ...*« Hände in der Taille, keck herausfordernder Blick. Samt gekräuselter Nasenflügel. Aber vielleicht täuschte sie sich auch, es wäre ja nicht das erste Mal in ihrem Leben! Und alles war ganz anders und sie war es, die Isa nur das Bild von früher überzog. Isa hatte ihren Zielhafen hier erreicht. Immerhin, Isa war nicht davongelaufen, sondern hatte sich dort, wo sie Zuhause war, einen zuverlässigen Mann an ihre Seite geholt und mit ihm ein Heim geschaffen. Somit war Isa bindungsfähiger, vorausblickender als sie, hatte vermutlich ausgesorgt mit ihrer Heirat, ja vielleicht war Isa einfach schlauer ... viel schlauer als sie selbst, die immer glaubte, alles richtig zu machen. War es das, warum sie so schnell von der Hochzeit abgehauen war? Warum sie es nicht einmal hatte abwarten können, mit Isa nur ein Wort zu wechseln? War sie etwa neidisch ... auf Haus, Garten, Pool und auf diesen super netten Mann, ja auf all das, was Isa sich immer schon einfach so ganz nebenbei herausgenommen hatte? Sie hörte Isas belustigte Stimme neben sich. »*Manu hast ja einen vollen Knall...*« Sie sah ihre aufblitzenden Augen. »*Balla-Balla oder was?*« Woraufhin sich Manu nochmals in dem Hader verhedderte, warum sie überhaupt hierhergekommen war. Aber wie lächerlich, das lag mittlerweile auf der Hand. Nini war nicht mehr. Manu war nicht mehr in der Lage, einen klaren Gedanken zu fassen. Alles, aber auch alles war zu viel. Ihr gewähltes Leben ein einziges Fragezeichen.

## vierzehn

Auf dem ihr wohlbekannten Weg in Richtung Pension musste sie mehrmals stehenbleiben. Ihr Herz raste, sie rang nach Atem, ihr Mund staubtrocken, sie sah in den Himmel, scheinheilige kleine Sternchen, hübsch sah es im Dunklen hier aus, Nini immer wieder vor sich, sie glaubte durchzudrehen, während es in ihr dämmerte, was es bedeutete, so lange an den früheren Schlamassel nicht mehr gedacht zu haben. Genauso wenig wie an die Jahre danach auf der Flucht vor Tom und ihrem damaligen Leben. Eigentlich gut, die Erkenntnis drang langsam weiter in sie ein, eigentlich gut, dass das jetzt endlich alles hochgekommen war.

Der Mann an der Rezeption grüßte sie mit einem gelangweilten Gähnen, als er ihr den Schlüssel reichte. Trotzdem fühlte sie sich von ihm durchschaut. Sie saß auf dem Klo, betrachtete ihren blutigen Slip, war jedoch unfähig sich umzuziehen, legte sich aufs Bett. Sofort war sie eingeschlafen, bald aber wieder wach, drehte sie sich von einer Seite auf die andere. Isa ließ sie nicht los. Sie entkam ihr nicht. Eine Betriebsnudel, wie ihre Mutter sie früher nannte, die unerträglich wurde, wenn sie sich langweilte.

Müßiggang hielt sie nie aus. Und Manu daraufhin kaum Isa. Woraufhin sie sich ihr gegenüber
immer wieder geschämt hatte, ihre Sehnsucht
viel lieber allein zu sein, war in diesen Momenten so unermesslich groß. Das waren die Momente, in denen Manu Isa geradezu verwünscht
hatte. War sie alleine, kannte sie dieses Gefühl
von tödlicher Langeweile nicht. Alleine zu sein,
das war ihr so vertraut, da konnte sie sich ihre
eigenen Welten schaffen, in denen alles bunt
und leichter war, das hatte sie früh genug gelernt. Diese mit jemandem anderen zu teilen
nie. Ja, Manu ließ es immer gerne laufen, sie
trat für ihre Bedürfnisse nie ein, und war auf
diese Weise eben schon damals bei Isa und ihrer
miserablen Laune kleben geblieben.

Manu sah sich im kleinen Sandkasten mit beiden Händen Löcher graben. Ein diesig grauer
Tag. Isa, wieder einmal in einer derartigen Stimmung nichts mit sich etwas anzufangen fähig,
unzufrieden daneben, als sie plötzlich erschrak,
eine Handvoll Sand war in ihrem Gesicht gelandet. Isa hatte wieder einen ihrer genialen
Einfälle. Ihre Augen leuchteten. Jedoch ihr
Plan gefiel Manu überhaupt nicht, sich ein bisschen aufgemotzt an die große Straße zu stellen.
Natürlich mit Rocky an der Seite. Schauderhafte
Vorstellung! Was, wenn ein Auto stehenblieb?

In der Wohnung gab es erstmal wieder kalten Kaba, dann zog Isa ab ins Badezimmer, Manu im Schlepptau hinterher, wo sie nicht schlecht staunte, Isas Mutter hatte ganz schön viel Klimbim. Puder, Rouge, Lidschatten und Modeschmuck in Hülle und Fülle, so was hatte Manu noch nie gesehen. »Trag nicht so dick auf, Isa – das ist doch peinlich!« – »Falleri ... Fallera ... Iwo das macht affenartig Spaß ... « Trällernd klatschte sich Isa die Schminke nur so ins Gesicht, hellblauen Lidschatten bis zu den Brauen, schwarzer Lidstrich, knallrote Lippen und Wangen. Manu war mal wieder beeindruckt, was Isa alles konnte.

»Aber so ... so können wir doch nicht auf die Straße raus?« – »Ich fress' nen Besen mit samt dem Stiel! Schon wieder Muffe sausen, Manu?« Isa verschwand im Schlafzimmer und kam in einem Mini mit einigen Blusen in der Hand zurück, die sie auf den Boden warf. »Darum kümmern wir uns nachher. Sie schlüpfte in Plateauschuhe, die sie aus dem Schrank auf dem Flur holte. »Spek-ta-ku-lär!« Manu hörte richtig, wie Isa die Vokale wieder genüsslich dabei dehnte. »Oder?« Isa warf sich ins Hohlkreuz und einen lässig fragenden Blick zu Manu, wühlte links und rechts ihre Locken auf und beschloss dabei, ihre Hände mit abgewinkelten Armen im Haar zu lassen, während sie keck von einem Bein aufs andere trat. »Der reinste Augenschmaus!« – »Also ich weiß nicht Isa, ich … ich find das …« Isa hörte Manu nicht, zu groß war ihr Vergnügen mit sich selbst, wie sie jetzt oben ohne im knappen Rock in den hohen Schuhen ihrer Mutter hin und her stakte, stolperte, fiel und für einen Moment still liegen blieb, bis sie sich ganz unvermittelt zusammenzog und ihren Bauch vor Lachen hielt. Rocky schnüffelte aufgeregt an ihrem Gesicht herum. Während Manu vom Badewannenrand aus beobachtete, wie sie wieder aufstand, ihren Kopf nach hinten warf, und vor dem Spiegel im Flur entweder ihre Zähne zeigte, einen Schmollmund zog, oder ihre Augen rollend sich mit ihrer Zunge über ihre Lippen strich. »Ej Manu! Sei keine Spielverderberin, komm schon, zieh den anderen Rock da an! Ich schmink dich dafür kitsch-echt-schön, Ehrensache!«

Bis die beiden aufgetakelt unten, mit wild toupierten Haaren in kurzen Röckchen und zu großen, hohen Schuhen an der Straße standen, hatte es gedauert. Nach gefühlten Stunden, in denen Manu sich entweder langweilte oder von der Furcht gebeutelt von irgendwelchen Leuten aus der Nachbarschaft entdeckt zu werden, sich schlecht und schlechter fühlend schämte, hielt der erste Fahrer an. »Na, Mädels, wollt ihr nicht einsteigen?« Ein dicklicher Mann mit rotem Kopf und breitem Grinsen hatte sein Fenster nach

unten gekurbelt und sich über den Beifahrersitz in Richtung der beiden gelehnt. Manu war
davongerannt, den perlenden Schweiß auf seiner
breiten Stirn hatte sie gerade noch gesehen. Isas
Stimme im Ohr, die hinter ihr herrief, war Manu
auf und davon weitergelaufen, was dachte sich
Isa bloß?

Isa handelte immer schon aus dem Moment
heraus, ohne sich um das Morgen zu scheren.
Sie kitzelte das Schicksal heraus. Wollte es erfahren. Isa hatte recht gehabt, sie war feige, einfach nur feige und das war sie immer noch. Sie
hatte Angst. Ein Risiko einzugehen. Fehler zu
machen. Angst vor Allem, Angst vor Bindun-
gen. Angst ihr Leben in vollen Zügen zu leben.
Sie stand auf der Bremse. Und Isa? Isa traute
sich, wie vielleicht auch jetzt mit ihrer Ehe.
Manu konnte nicht mehr schlafen. Sie wollte
nicht mehr daran denken. Sie begann zu zählen, kam nicht weit, wieder stand Isa im blauen
Mini vor ihr. »Angsthase ... Pfeffernase!« Isas
Stimme. Mehr als einmal. Sie atmete ein, hielt
ihren Atem lange an, bis sie ihn wieder ausließ.
Damals war sie herumgeirrt, wusste nicht wohin
mit sich, wartete einen Augenblick lang unentschlossen vor ihrer Haustüre. Mehrmals hatte
sie sich mit ihrem Handrücken über Mund und
Augen gewischt. Ihre Hände bald genauso grün,
blau, schwarz und rot verschmiert wie ihr Ge-

sicht, war sie zurück zum Sandkasten getrottet. Sie wusste nicht, wohin mit sich, so konnte sie sich Zuhause doch nicht zeigen, und was wenn Isa etwas passiert war? Manu malte Blumen in den Sand, sammelte Kieselsteine und legte sie um die Blumen herum. Bis Isa endlich mit einem hechelnden Rocky neben sich auftauchte. »Manu, hast du schon mal so ein großes Eis gesehen?« Isa hielt ihr eine Riesenpackung vor die Nase. Manu sagte kein Wort. »Hast du seinen fetten Nacken gesehen?« Keine Antwort. »Ich lie-be Himm ... beere ... willst du mal?« Isas Augen strahlten. Das flüssig gewordene Eis lief in rötlichen Rinnsalen schon an ihren Unterarmen entlang. »Du hast ja nix als Schwein gehabt!« – »Da lach ich mir aber einen Ast und setz mich drauf ... Blödsinn, Maa-nu!« – »Er hätte dich in sein Auto ziehen können und Holla die Waldfee!« Von Manus Unken hatte Isa nie was hören wollen. Manu sei nix als feige, basta. Cut: Nächstes Bild: Isa anlässlich der Ölkrise an einem autofreien Sonntag vor den Augen der unzähligen Spaziergänger auf dem Rücken liegend mit ausgebreiteten Armen und Beinen mitten auf der still gewordenen Hauptstraße. Woher nahm Isa nur immer ihren Mut? Wie sie Isa dafür bewundert hatte. Und wieder begann sich Manu klein und unbedeutend neben ihr zu fühlen, unverändert, wie früher, das durfte doch nicht wahr sein! Isa. Isa Isa – was für eine Energie ... Von wegen »Holla die Waldfee«!

Manu war grenzenlos erschöpft. Schlafen keinerlei Thema mehr. Ab ins Bad. Sie musste duschen. Als sie aufstand, wurde ihr schwindlig. Wenigstens noch ihren Tampon wechseln. Ihr Körper wäre lieber liegen geblieben. Zu kaputt, auch hatte sie Durst. Gerade schaffte sie es bis zum Klo, wo sie sich auszog und in den Zahnputzbecher, den sie sich sitzend hatte angeln können, Leitungswasser laufen ließ. In einem Zug trank sie den Plastikbecher leer. Nur schnell wieder unter die Decke. Ein ekeliger Geschmack in ihrem Mund, das Wasser war scheußlich. War das immer schon so mies? Reines Chlor, wie konnte sie nur so bescheuert sein, so viel davon zu trinken, die reinste Giftbrühe. Vielleicht war es ja gar nicht das Wasser? Der Gedanke machte sie hellwach. Jetzt nur nicht noch weiter an früher denken. Aber wie denn bitte, das hatte sie ja gerade erst wieder kapieren müssen, hier gelang es ihr nicht mehr, so wie gewohnt, die Filme in ihrem Kopf zu stoppen. Zurück im Bett machte sie den Fernseher an, vielleicht half das, sie schaltete herum, auf den wenigen Programmen nur Schwachsinn oder bereits Signalbilder, es war spät, aber um Himmels Willen bloß nicht weiter nachdenken. Diese Hochzeit war der Hammer.

Diese Schreckensnachricht von Nini – dann auch noch das grauenhafte Wiedersehen mit Tom. Plötzlich mehr als ein Anflug von Übelkeit. So schlecht war Manu schon ewig nicht mehr. Das waren keine Sequenzen, die sie aus ihrem Leben schnitt, wie es einer ihrer Liebhaber damals meinte. Nein, das waren schwarze Löcher. Über die sie jetzt die Kontrolle verloren hatte. Sie konnte es nicht mehr steuern, sie wurde von Sequenzen ihrer Vergangenheit geflutet, sie konnte nicht länger liegen bleiben, stand auf. Kurz spielte sie mit dem Gedanken, es wäre besser, sich zu übergeben. Aber das war nicht mehr nötig, das ewige Davonlaufen war vorbei. Sie ging unter die Dusche, ausnahmsweise drehte sie das warme Wasser ab, begegnete der Kälte zuerst zögerlich, genoss es aber bald, wie sich ihr Körper zu wappnen begann. Sie trocknete sich ab, zog sich an, es war mittlerweile schon sieben, Frühstück gab es schon, schnell eine blasse Honigsemmel und einige Tassen vom dünnen Kaffee, nach denen sie sich trotzdem fast noch etwas frischer fühlte. Manu zahlte das Zimmer und nahm, um nicht mehr zurück zu müssen, ihre Reisetasche gleich mit. Sie wollte Blumen besorgen und auf den kleinen Friedhof ans Grab von ihrer Mutter. Hätten sie doch nur mehr miteinander gesprochen, hätte sie nur mehr von sich und ihrer Familie erzählt. Erst kurz bevor ihre Mutter für immer gegangen war bei ihrem letzten Besuch, hatte Manu von ihr die ganze Familiengeschichte erfahren. Vertreibung, Flucht, Verluste, die üblichen Geschichten ihrer Generation. Als sie sich verabschiedeten, hatte sie in ihren Augen gelesen, dass sie sich nie mehr sehen würden. Eine Woche später kam der Anruf, dass ihre Mutter ins Krankenhaus eingeliefert worden war. Man vermutete eine Gehirnblutung. Ganz sicher war man nicht. Dort angekommen, war sie gestorben.

**Der Gang zum Friedhof** hatte unerwartet lang gedauert. Das Grab war vollständig verwahrlost. Sogar der Stein von Gräsern und Unkraut fast zugewachsen. Sie fühlte sich schlecht und glaubte die Vorwürfe ihrer Mutter zu hören. *»Nicht ein einziges Mal ... Manuela, mein Mädchen ... Alles habe ich für dich getan ... alles für Euch aufgegeben, und du?«* Dazu begannen die Kirchenglocken zu läuten. Auch das noch, im ersten Moment regte sich Manu darüber auf, der Rhythmus schien rastlos, ihr blecherner Klang drang unter ihre Haut, sie kniete nieder, um das gröbste Unkraut zu zupfen, auch einige größere Disteln riss sie aus. Sie merkte wie sie dabei ruhiger wurde, die Erde zu spüren, tat gut. Fast hätte sie ihren Strauß vergessen, den sie bei ihrer Ankunft zur Seite gelegt hatte, holte für ihn einen dieser schwarzen Plastikkelche, dessen untere Spitze man in den Boden stößt, füllte ihn am Brunnen mit Wasser und war sich eine Zeitlang nicht schlüssig, wo sie ihn platzieren sollte. Es dauerte einen Moment, bis der bescheidene Bund Margeriten ganz nahe rechts vom Grabstein stand. Margeriten, die sie beide gerne mochten. Alles, was ihrer Mutter Freude bereiten konnte, musste möglichst weiß sein, wenn es nicht beige war. Allein das Trara um die neue Anrichte, die sich ihre Mutter vom Vater zum Hochzeitstag gewünscht hatte. Die sie stolz ihr Sideboard nannte. Ein viel zu langes Stück Möbel aus weißem Schleiflack, in dem ihre Mutter, so wie sie nicht aufhörte zu betonen, endlich ihre Tischdecken und ihr Sonntagsgeschirr entsprechend verstauen konnte, das im Grunde wie ihr eigener Sarg aussah. Und wie haltbar, ja robust und zugleich auch chic das Board! Ach wie derart glücklich ihre Mutter damals war, so hatte sie sie selten erlebt, dieses dämliche Sideboard war das einzige moderne Teil in ihrem Wohnzimmer. Bis auf den Inhalt ihres Bücherschranks. Worin über den gängigen Bücherbund jeden Monat ein neu bestellter Band gelandet war. Manu sah sie in dem Moment wieder vor sich, wie sie da nebeneinanderstanden, die einzelnen pastellfarbenen Buchrücken, in hellgrauem, hellblauem, hellgelbem Leinen. Sie betrachtete sie gerne, las die Namen, sogar an die Schriftzüge konnte sie sich noch erinnern ... Simmel, Lenz, Remarque und sogar – man stelle sich nur vor – sogar Böll und Grass. Wobei in der »*Blechtrommel*« wirklich ein wenig zu weit gegangen worden war, derart ausschweifend überzogene Bilder, das war nicht in Ordnung, da waren sich Manus Eltern endlich mal einig. Wobei sie ihre Mutter im Gegensatz zu ihrem Vater nie lesen gesehen hatte, das gönnte sie sich nicht. Dafür nahm sie sich keine Zeit. Wie war sie überhaupt zu ihrem Urteil über die Blechtrommel gekommen? Wie lange hatte ihre Mutter um des lieben frieden willens alles mitgespielt? Wie lange zugesehen, dass ihre Last zu einem Korsett aus Vor- und Rücksicht, Angst und Anstand geworden war. Ein Korsett, das ihnen jegliche Bewegungsfreiheit genommen hatte. In den ersten Ehejahren ausschließlich aufeinander bezogen, versucht, sich gegenseitig vor Unverhofftem zu schützen. Ihre Eltern hatten sich weder Raum noch Luft in ihrem Alltag gelassen. Eine Enge, die mittels ihrer Streitereien nach irgendeiner Regung und nach einem Ausweg schrie. Hatten sie, als Manu ganz klein war, ja auch noch ein weiteres Geschäft im Nachbarort eröffnet. Aber da es dort weder eine Schule noch sonst irgendeine andere Einrichtung in der Nähe gab, war die Sache mit der Zweigstelle nicht gerade gut gelaufen. Obwohl Manus Mutter so mit-angepackt und sich sogar durchgerungen hatte, ihre kleine Manu schweren Herzens zu ihrer kinderlosen Schwester zu schicken. Ja, man war praktischen Lösungen gegenüber schnell aufgeschlossen. Mit dem schlechten Gewissen, das sie seither plagte und ihren Mann quälte, damit hatte niemand rechnen können. Erst zu Schulbeginn hatten sie ihre Tochter wieder zu sich geholt, und zu ihrem Leidwesen durfte Manu ab da an nur noch in den Ferien bei ihrer Tante sein. »Deine Eltern, können nichts denken, was ihnen nicht unmittelbar greifbar nützlich scheint ... bestenfalls nichts fragen und im Alltag keinen Blick zurück wagen ... und jetzt Turtly, jetzt wird geschlafen. Gute Nacht!« So einige Sätze ihrer Tante hatte sie noch glasklar in Erinnerung. »Turtly Turtly, die größten Gefahren lauern hinter sicherwirkenden Mauern, aber vertrauen kannst du darauf nicht, manchmal ... manchmal sind sie auch ganz offensichtlich.« Seither war der Gedanke in ihr, ob es nicht nur Zufall war, wenn es im Leben gut lief. Sie hörte die Stimme ihrer Eltern im Duett: »*Gib stets gut Acht, Mädchen, nur kein Risiko! Es könnte schlecht ausgehen! Genug Ballast auf unseren Seelen, kein Gramm mehr können wir ertragen!*« Vielleicht begann sie hier das Dilemma ihrer Eltern zu verstehen.

Es fiel ihr schwer zu gehen, beim Abschied versprach sie ihrer Mutter, auf ihren nächsten Besuch nicht mehr derart lange warten zu müssen. Erst im Taxi auf der Fahrt an den öden Häusern und Discountern vorbei, fühlte sie sich leichter. Während sie erneut registrierte, wie diese gleichförmigen Spätaussiedler- und Pendlersiedlungen geradezu explodiert waren. Wie sie sich als Mädchen bereits gefragt hatte, wie es hier je ein Abenteuer geben könnte, an einem Ort, an dem es keine alten verlassenen Häuser mit geheimnisvollen Geschichten oder wenigstens Bäume gab, von denen man sich Früchte hätte stehlen und essen können oder mit denen man sprechen, Flüsse, in denen man schwimmen, bunte Blumenwiesen, durch die man hätte träumend streunen können. Wie lange hatte sie ihren Eltern im Stillen vorgeworfen, sie wären nicht zufällig hierhergezogen, an einen Ort, ohne inspirierende Begegnungen, an einen Ort, an dem niemand irgendetwas vom anderen wissen wollte, an einen Ort, an dem man selbst niemand war. An einen Ort des Stillstands, an dem nichts passierte. Einfach nichts. Wo ja aber dann doch so einiges passiert war. Manu streckte sich und gähnte, vorbei, vorbei, zum Glück vorbei, bye-bye Vergangenheit, vorbei. Wobei sie tief im Innersten spürte, dass sie bald wiederkommen würde.

## fünfzehn

Wenig später in der Bahnhofshalle zwischen einer der zwei merkwürdig stark vernachlässigten Bäckereien und einem Wettbüro stachen Manu einige Junkies ins Auge. Bei ihrer Ankunft waren sie ihr nicht aufgefallen, vielleicht waren sie da auch gar nicht da gewesen. Verschiedenen Alters standen sie in einer Runde eng zusammen. Haut und Knochen, verhärmt, die meisten von ihnen fahl und gelb in jenem verlangsamten Bewegungsmodus zugange, der ihr genauso wie ihre entgleisten Gesichtszüge so unangenehm vertraut waren. Den Krallen des dich Zerstörenden haltlos ausgeliefert. Damit allein gelassen. Allein und fallen gelassen. Zu gut ahnte Manu, womit sie täglich zu kämpfen hatten.

Der schwarze Ledermanteltyp bei ihrer Ankunft ... Tom in seiner viel zu engen Lederhose ... was für Gestalten. Ja, was hatte sie nur für ein Glück gehabt, da nicht noch weiter hineingekippt zu sein. Jetzt spürte sie, die Erkenntnis war auch in ihrem Körper gelandet, ein dumpf ziehender Schmerz in ihrer Brust. Es tat weh, sie legte die Hand auf ihr Herz, blieb stehen, schloss die Augen. Welche Stärke sie damals bewiesen hatte. Nicht aufzugeben, dran zu bleiben an ihren eigenen Vorstellungen. Mögen die Komplexe ihres Vaters dabei geholfen haben. Seine Scham, sein Studium hingeworfen zu haben, war ihr immer deutlich vor Augen, so unzufrieden nie und nimmer zu werden, ihr Ziel. Und das hatte sie erreicht. Sie mochte die Herausforderungen in ihrem Job. Sie war unabhängig. Sie lebte wo und wie und mit wem sie wollte. Das hätte sie auch Isa gern erzählt. Genauso wie sie gern von ihr erfahren hätte, wie sie ihr Leben abseits ihrer Heirat bisher hinbekommen hatte. Nein, sie war nicht neidisch, vielmehr wieder nur froh und dankbar, ihr Leben so zu leben, wie sie es lebte.

Um zu ihrem Gleis zu gelangen, musste sie an der Runde vorbei, nur nicht hinschauen. Ihr verzögerter Bewegungsmodus, ihre ausdruckslosen Augen, die winzigen Pupillen hatte sie nicht ertragen können. Vielleicht war Tom ja unter ihnen, sie hatte keine Ahnung, wo er lebte, was er sonst noch machte. Über derlei hatten sie nicht miteinander gesprochen. Ja, was wusste sie im Grunde, gar nichts, vielleicht tat sie ihm ja Unrecht, vielleicht war er ja doch ganz anders drauf, keine Chance sich zu erklären hatte sie ihm gegeben – nur niemanden vorschnell aufgeben ... das war doch immer ihr Ding. Manu blieb wieder stehen, um einen Moment später zu einer der Bäckereien zurückzukehren. Sich kurz vorher noch auf der großen Bahnhofsuhr versichernd, ja für einen Cappuccino gab es genug Zeit. Vor ihr zwei Frauen, die übermäßig viele, klebrig süße Teile kauften. Endlich an der Reihe entschied sie sich für eine kleine Flasche Mineralwasser, zu lange hatte sie in der Zwischenzeit die armselige Kaffeemaschine hinter der Theke studiert. Dabei war sie ganz ruhig geworden. *Geduld, ja Geduld und Frieden ... so wie ihr Glaube an die Liebe ... Liebe, die sie alle so sehr bräuchten ... hängengebliebenes Spät-Hippie-Mädel, sie ahnte, was viele von ihr dachten, sie kannte den ironischen Blick, den sie so manches Mal unvorbereitet erntete, aber kein anderes Lebensmodell machte Sinn für sie ... Liebe eben leben lernen ... ja genau, und sich selbst doch im Besonderen, damit Leben überhaupt gelingen kann ... und da, da war bei ihr wohl eine Zeitlang so einiges aus dem Ruder gelaufen ... zum Glück aber birgt Leben ja immer auch Veränderung ... wie auch schöne Überraschungen! Oder etwa nicht? Von wegen alles fließt ...*

Auf dem Boden vor ihr eine Lache Milchkaffee. Daneben ein verknautschter brauner Plastikbecher. Manu musste lächeln. Als ihr Blick die Runde im Vorbeigehen doch noch streifte und ihr jählings bewusstwurde, mit welcher ignoranten Grausamkeit sie seither die an den

Rand Geratenen aus ihrer Wahrnehmung ausgeschlossen hatte. Ganz genauso wie es die gesamte Gesellschaft tat. Verbissen damit beschäftigt, es nicht geschafft zu haben, Tom von einer der fiesesten Droge überhaupt fernhalten zu können, sich das als eigenes Versagen vorzuwerfen, darüber war sie blind geworden. Ohne Gedanken daran, wie vermessen ihr Anspruch war, irgendjemanden von seiner Sucht retten zu wollen. Wie viel Kraft sie diese gut verdrängten Jahre der Abgründe um sie herum gekostet hatten. Die überforderte junge Frau hatte sie dabei vergessen. Verschluckt, anstatt sie liebevoll umarmend zu trösten, verschluckt. Vergessen und verschluckt. Von wegen Liebe ... Sie blieb stehen. Ja was für eine Liebe war das denn gewesen? Einen Moment lang schloss sie wieder ihre Augen. Etwa eine bedingungslose ... oder gar friedvoll unterstützend erfreuliche ... eine höllische eher, na zumindest vorhöllische war sie gewesen ... wie vielleicht dieser gesamte Traum, der da aus dieser hübschen lorbeerreichen US-Schlucht befeuert wurde. *Holy shit*, sie hörte Toms Stimme plötzlich neben sich, wie von dort aus nicht nur die musikalischen Energien verschmolzen. Was für eine Verführung! Als ob es da irgendjemanden gegeben hätte, der sich daran bediente, die Jugend zu vernebeln. Wem waren sie da eigentlich auf den Leim gegangen?

Sie schüttelte sich mehrmals, nicht nur ihren Kopf, ihr wurde kalt, sie zog ihren Kopf ein, da war aber kein Schutzpanzer. Nein, nur so nicht denken, frei nach dem Motto, wir haben es gewusst, aber glauben wollten wir es nicht, damit stand sie ja nun weiß der Himmel nicht alleine da, was für ein Phänomen. Während der langen Zugfahrt sprangen ihre Gedanken weiter hin und her. Auch immer wieder zu ihren Eltern. Sie zu zulassen, war ihr jetzt möglich. Wie sie in ihrer Kindheit über sie hinweggegangen waren, wie sie Manu in ihr Schweigen hineingezogen hatten – in ihr Wegschauen. Aber wie hätten ihre Eltern ihre Bedürfnisse wahrnehmen können, in Anbetracht dessen, was sie selbst hinter sich hatten? Wie Manu und ihre Träume ernst nehmen, wo sie doch ihre eigenen abseits des Materiellen überhaupt nicht kannten. So wie sie über ihre eigenen Gefühle hinweggaloppiert waren, gnadenlos hart gegen sich selbst, sich mit ihrer Arbeitsobsession betäubt hatten. Aus Angst vor dem Erlebten, aus Angst vor ihrer eigenen Existenz, war ihnen das eigentliche Leben abhandengekommen. Ja, ihre Eltern in ihrem starren, von sich selbst abgeschnittenen Trott zu beobachten, hatte Manu kaum ausgehalten. Vielleicht war das ja auch ein Grund gewesen, dieses schlammig verseuchte Terrain überhaupt betreten, und so lange nicht verlassen zu haben? Die Mutlosigkeit und beschönigende Masche ihrer Mutter, die feige Verlogenheit ihres Vaters. Leben aushalten, nicht leben, das war doch ihr Muster. Nichts aus dem Leben zu machen – dankbar darüber, dass man am Leben war. Waren sie alle zum Brennglas der Verlorenheit ihrer Elterngeneration geworden? Ihre Mutter konnte keinen Ausweg sehen. Ihr Vater, ja, naja, aber erst viel später, als er sich wortlos aus dem Staub gemacht, sie allein gelassen hatte, womit er sich auch nicht gerade zum überzeugenden Role-Model gemacht hatte. War Manu deshalb dem Drang gefolgt, ein so anderes Leben zu wählen, um sich schutzlos, ohne irgendeine Spielregel zu kennen, auszuliefern?

Mit niemandem hatte sie gesprochen, bevor sie auf Anne stieß, niemand hatte seine Hand gereicht, die sie woandershin hätte führen können. Dorthin, wo frische Luft, frisches Licht oder sich andere Welten eröffneten, die ihr neue Räume zum Atmen hätten geben können. Ja, vielleicht wäre alles ganz anders verlaufen, wenn ihre Tante nicht so schnell gegangen wäre. Möglicherweise hätte sie ihr den Weg weiter gewiesen. So jemanden wie Tom erst gar nicht in ihr Leben zu lassen. Stopp zu sagen, zu allem, was nicht guttat. Stopp zu sagen zu allen, die ihr nicht wohlwollend gesonnen waren. Ihrer Tante wäre ihr das zu vermitteln gelungen. Da war sich Manu sicher. Aber wer weiß, vielleicht auch nicht, Erfahrungen wollen bekanntermaßen alleine gemacht werden. Doch sich ohne die Chance, sich je zu finden, schon wieder zu verlieren?

Unentwegt grübelte Manu während der langen Fahrt. Auch Szenen mit ihrer Tante tauchten immer wieder auf. Angefangen hatte es mit dem Bild, wie sie ihr abends ihre Creme ins Gesicht schmierte. Ihre Nivea-Creme. Nivea, das einzig sinnvolle Produkt in der großen weiten Pflegeindustrie, davon war ihre Tante ihr Leben lang überzeugt. Am Start ein weißer, haselnussgroßer Tupfer Creme auf dem linken Augenlid, den sie im Uhrzeigersinn zum rechten hinüberschob, hinunter zum Kinn wieder in Richtung linkes Auge, gemächlich, genüsslich, spiralförmig, in immer kleiner werdenden Kreisen, bis sie schließlich auf der Nase, im Zielhafen, lachend gelandet war. »*Goal!*« Daraufhin kniff sie Manu in die dünne Haut über der untersten Rippe und lachte noch lauter, denn ganz gleich wie ihr Tag ausgesehen hatte, war das ihr Abend-ins-Bett-Geh-Ritual, und alles wieder gut: »*Yeah, my little turtle! We did it ... und jetzt ab in die Kiste! Gute Nacht!*« Oh ja, schon, da war mit einem Mal wieder viel Sehnsucht nach dieser Zeit, nach diesem Namen, nach dieser Frau. Als ob es Manus Tante vorausgesehen hatte, wie oft sie sich später in ihrem Panzer verkriechen würde. Mit eingezogenem Kopf, um alle um sich herum

beobachten zu können. Einsam. Alleingelassen.
Weltverlassen.

Ja was hatte sie ihrer Tante zu verdanken!
Nur ihre Fähigkeit, sich anderen gegenüber abzugrenzen, hatte sie ihrer Nichte nicht näher-
gebracht. Genauso wenig wie andere gut zu
unterhalten. Unvergleichlich konnte Manus
Tante Menschen nachahmen und daraus die lus-
tigsten Geschichten basteln, vorausgesetzt natürlich, sie hatte Lust dazu. Am häufigsten hatte sie
von ihren abenteuerlichen Begegnungen während ihrer Überlandfahrten erzählt, damals, als
sie mit ihrem alten Auto Kurzwaren verkauft
hatte. Als mobile Vertreterin im Außenhandel
für Seidenstrümpfe, Unterwäsche und Korsetts
für die runder und runder werdenden Damen
im Umland. Manu liebte diese Stories. Eine
Anekdote jagte die andere. Von diesen und von
jenem und von allem Möglichen hatte sie erzählt, aber nie von ihren Erlebnissen in Amerika oder von der Zeit, die davor lag. In diese
Zeit wollte auch sie nicht mehr zurückschauen.
Oder sie war ihr nicht wichtig, vielmehr muss es
ihrer Tante darum gegangen sein, Manu Raum
zu schenken. Geschützen Raum, in dem sie ihre
eigene Welt hatte bauen können. Tief drinnen in
sich selbst, unabhängig von Lob, Tadel und anderen Einflüssen, eine Welt, in der sich Manu und
ihre Grenzen wahrnehmen und stark zu werden

lernen konnte. Und dabei auf ihren Körper zu hören, auf den wahren Kumpel in ihrem Leben. Solange sie gut auf ihn hörte und fest an ihn glaubte. Ihr Körper, das war ihr Zuhause. Wahrscheinlich kam ja daher ihr Grundvertrauen, welches sie den heiklen Tanz wie den unvermeidbaren Absturz samt harten Aufprall auf den scharfen Klippen ihrer Jugend hatte überstehen lassen. Wie gerne hätte Manu sich jetzt mit ihr, dieser launischen, nur manchmal so zärtlichen Frau ausgetauscht. So wortkarg oder laut, wie sie sein konnte, war sie sich treu geblieben und hatte ihr Leben ihren Vorstellungen entsprechend frei gestaltet. Nein, sie war keine Genügsame wie ihre kleine Schildkröte, die es so lange verabsäumt hatte, ihren Kopf unter ihren Schutzpanzer gegen die Phantasielosigkeit der Welt einzuziehen. Sie vermisste sie ... *My little turtle* ... Nur nicht hier im Zug weinen. Ohne weitere Worte verloren zu haben, hatten ihre Eltern gleich nach der Einäscherung der Tante den gesamten Inhalt des Hauses, dieser von ihnen verachteten, von Manu so geliebten Hütte, verschrotten lassen. Aus und vorbei war es damals für Manu mit den ersten Schritten in eine andere Welt gewesen. Ein Einbruch. Ein Bruch. Ein erster Bruch in ihr und auch mit ihren Eltern. Seither hatte sie sich so oft ohne Boden gefühlt und ihr Recht auf Glück und Freiheit – zumindest in ihrem Kopf, welches sie bei ihrer Tante kennengelernt hatte, vergessen, ja genauso vergessen, wie die Option auf Unabhängigkeit. Dass man sich besser nicht in seinem Gegenüber verlor. Vielmehr, dass sie das Recht auf die Wahl ihres Gegenübers besaß. Und dass da zumeist niemand anderes, als sie selbst, dafür die Verantwortung trug. Sie dankte ihrer Tante, als sie ein neuer, ganz anderer Gedanke durchfuhr. Wie hatte sie so naiv sein können, zu erwarten, andere wären vergleichbar stark, sich diesen Verführungen zu widersetzen – weder für Nini noch für Isa hatte es bald keine Entscheidung mehr gegeben, sie waren da mitten reingerutscht. Hatte sie sich nicht gerade an Nini mitschuldig gemacht? Sie war ihre beste Freundin, sie vertraute ihr und Manu hatte die Brücke zu Tom gebaut.

Was für ein großes Missverständnis, Drogen schafften bessere Menschen, eine bessere Welt – nein! Sicher nicht! Ganz im Gegenteil, nichts als eine Welt von Verlusten und Verrat. Ja und Nini war nun mal über Manu da in diesen Scheiß hineingeraten. Wie hatte sie geradestehen, ihren Weg gehen können, Nini war dem Gruppenzwang erlegen. Wollte dabei sein, auf einmal jemand sein – den Verführungen des Truges und Lugs des Hypes erlegen, war sie der falschen Fährte in die vermeintliche Freiheit gefolgt. Anders als Isa, aber unter dem Strich auch wiederum nicht. Fürchterlich. Ausgerechnet Manu, mit ihrem Wunsch, nur gut zu sein, kapierte jetzt im Zug erst, dass es das nicht gab. Dass ihre bisherigen Vorstellungen dem Pony-Mädchen-Hof-Idyllen-Wunsch entsprangen. Dass auch sie damit umzugehen zu lernen hatte, mit aufgeladener Schuld zu leben. Wenigstens kam sie sich endlich auf die Schliche.

**Wieder zurück in ihrer** Wohnung griff Manu einige Male nach ihrem Telefon, legte es aber immer wieder weg, sah sich ihre Post durch, ging laufen, hing ihren Gedanken nach. Irgendwie musste sie das Ganze verarbeiten. In der Nacht fing sie an zu schreiben. Vielleicht sollte sie ein Drehbuch daraus machen. Verwarf den Plan gleich wieder. Am Tag darauf rief sie die junge Frau mit dem rollendem »R« im neonpinken Mantel an. Sofort hatte sie Manus Stimme erkannt. Nini habe länger auf Ibiza gelebt, im Übrigen bei Isas Mutter in der Boutique gearbeitet. Isas Mutter auf Ibiza? Ja, schon lange sei sie dort, jetzt war klar, warum Manu sie auf der Hochzeit nicht gesehen hatte, mit dem Geld des verstorbenen »Onkels« hatte sie eine Boutique eröffnet. Und Nini dort Arbeit besorgt, Pelze in großen Hotels vorführen. Was war das bitte für ein Job für eine Minderjährige: Felle toter Tiere in abartiger Hitze auf einer Insel präsentieren? Manu mochte sich gar nicht ausmalen, wie Ninis Leben dort ausgesehen haben mag, ihre Nini, die allen doch auch nur gefallen wollte, verdammt, was hatte Manu da getan. Sie machte sich Vorwürfe, tigerte durch ihre Wohnung, war sie wirklich verantwortlich dafür, oder wäre Nini nicht irgendwann einem anderen über den Weg gelaufen, irgendeinem GI vor ihrer Haustüre, der ihr ein paar lupenreine Lines unter die Nase geschoben hätte. Sie dachte an Ninis Mutter, an ihre Eltern. Ihre armen Eltern.

Manu war einige Male bei ihnen in ihrer kleinen Wohnung zu Besuch gewesen. Überall an den Wänden handgemachte Klöppelarbeiten und wo es nur möglich war, lagen weiße Spitzendeckchen unter kleinen Vasen oder bunten Porzellantellerchen herum. Kannenweise hatten sie mit Ninis Mutter in der Küche Kamillentee getrunken. Während Ninis Vater nebenan nach seiner Nachtschicht schlief, hatte Manu das Gefühl, dass sich Ninis Mutter über ihren Besuch freute. Es gab kleingeschnittenes Obst mit Schokoladenstückchen auf einer länglichen Kristallplatte, derweil Ninis Mutter von der Schönheit ihrer ehemaligen Heimat schwärmte. Von weißen Strandküsten und Dünen, an die sie sich noch erinnern konnte, sie war klein, als sie von einem Tag auf den anderen fortmussten.

Von dort, wo ihr Großvater zweiter Stallmeister auf einem alten Gutshof war. Manu mochte Ninis Mutter mit ihrem hellblonden, hochtoupierten Haar. Sie war so jung und hatte sogar die gleiche Haut wie Nini, blass mit einem Hang zu blauen Flecken, die sie sich allerdings mit einer dicken Puderschicht zu übertünchen bemühte. Auch hatte sie dieselben kurzen Beine und denselben hübschen Radiergummihintern wie ihre Tochter. Manu fand die Bezeichnung, die von Nini selber stammte, treffend, da es ihr auch so vorkam, als könne er beim Gehen, alles Unangenehme der Welt wegwischen. Den Geschichten von Ninis Mutter hörte Manu leidenschaftlich gerne zu. Endlich einmal ein Mensch, der von früher erzählte! Ansonsten hatte Manu ja immer das Gefühl gehabt, sie lebten in einer Zeit und Gegend, wo niemand die Frage nach dem Woher, Weshalb, Warum interessiert hatte. Obwohl so viele nach dem Krieg von irgendwoher gerade an diesen Ort gekommen waren. Nini dagegen war davon genervt. Sie kannte die Stories von früher vielleicht zu gut. »*Ja, ja früher, da war ich ein Dalmatiner... Ja, früher, als alles besser war...*« Mit derlei Sprüchen versuchte Nini ihrer Mutter immer wieder stichelnd ins Wort zu fallen. Manu bemerkte, wie unangenehm das für Ninis Mutter war und sie zugleich verletzte. Sonst war Nini doch stets liebenswürdig, las allen alle Wünsche von den Lippen. Nur wenn ihre Mutter von früher sprach, wurde sie ungeduldig und bissig. Der Höhepunkt, wenn ihre Mutter bei ihrer Leidenschaft für Heino gelandet war. Sie himmelte Heino an. Diesen Blonden, der ihnen damals schon altväterisch mit seiner dunklen Brille vorkam, der gleichfalls einen Teil seiner Kindheit in Pommern verbracht hatte. Kein Wunder, dass er so erfolgreich war. Waren nach dem Krieg aus Ostpreußen 12 Millionen Flüchtlinge integriert worden. Ninis Mutter liebte Heino samt seinen Schlagern. »*Blau blau blau blüht der Enzian ...*« wie entsetzlich fand Nini das. Beim ersten Akkord jaulte sie schon auf. Sie stöhnte über die deutsche Volksmusik, für die ihre Eltern brannten und kam für ihre Verhältnisse fast trotzig mit »*Wir lagen vor Madagaskar ...*« daher, um mit triumphierendem Ernst mit »*... und hatten die Pest an Bord*« fortzusetzen. Wenn schon Seemannslieder, dann wenigstens von Freddy gesungen. Der hatte wirklich etwas Welterfahrenes, ihm glaubte man, dass *täglich einer über Bord ging*, hatte er schon früh in seinem Leben eine mehr als abenteuerliche Odyssee hinter sich und war erst nach turbulenten Etappen durch Europa zum legendären Profi-Hamburger geworden. Ziemlich steil was er so früh erlebt haben musste, was sie damals nicht wussten, aber da war etwas anderes, etwas, was man in seiner Stimme spürte. Wahrscheinlich war er nicht umsonst eine Zeit lang der erfolgreichste Schlagersänger Deutschlands. So war ihm auch Nini verfallen. Da hatte Heino keine Chance. Vielleicht wer das Ninis erster, wenn auch noch unbewusster und auch noch sehr harmloser Protest gegen ihre Familie. Manu musste unwillkürlich lächeln, als sie sich wieder an diese kleinen Streitereien mit Ninis Mutter erinnerte. Sowieso waren das nur ein paar Male, bevor Ninis Eltern ihre Tochter aus dem Blick verloren.

Wo man wen wann trifft, Glück oder Unglück? Oder versuchte sie sich damit nur rein zu waschen? Manus Tränen liefen, endlich konnte sie weinen. Rotz und Wasser weinen. Froh darüber, dabei alleine und zuhause zu sein. Wie schnell war ihnen allen das normale Leben wegrutscht bedrohlich geworden, russischem Roulette nicht unähnlich. Tom hatte sich angeblich ja auch gleich mit Nini getröstet. Soweit es stimmte, was Manu zugetragen worden war. Sie wusste nicht, ob sie es glauben sollte, dass Nini sich auf ihn eingelassen hatte. Aber warum nicht. Nini, die Gute, und Tom, der die Taschen immer voller Drogen hatte.

»Anne, ich will das alles nicht mehr hören! Nini und Tom? Ich habe das Gefühl, meine Haut zerreißt ... zu viel Schmerz, der darunter immer enger und enger zusammengepresst wird ...« Anne riet ihr, nicht weiter nachzufragen, sich einfach nicht mehr einzumischen. »Manu, was tut denn so einer wie dein Tom? Verdrängt seine Gefühle, seinen Schmerz über den verdrängten Schmerz. ... Wie seine Eltern? Nur mit Drogen ... Ha, Manu! Lass ihn!« So hatte Manu das noch nicht gesehen. Und dann noch stolz auf seinen Ausweg sein, den Fängen der Spießer zu entkommen! »Manu! Wach auf! Freu dir einfach ein Loch in deine Ärmel, da nicht mehr dabei zu sein!«

**Nini hatte sie das** letzte Mal auf dem Hauptkommissariat neben dem Bahnhof in der Stadt gesehen. Nach Monaten hatten sie sich zufällig an der Bushaltestelle auf dem Weg ins Zentrum getroffen, als Manu sich einen lernfreien Nachmittag genommen hatte. Sie stand direkt vor ihrer mündlichen Prüfung in Ethik, über Aristoteles Glücksphilosophie, was für ein Scherz, sie wollte in der Bibliothek noch etwas nachlesen und danach kurz über den Marktplatz. Kopf auslüften. Unter der Trauerweide am Fluss. Nicht weit vom Dom. Nini hatte Anfang des letzten Jahres die Schule abgebrochen. Alles hingeschmissen, war von Zuhause ausgezogen. Und auch für Manu verschwunden. Nini, die so klug war, allerdings null Perspektive für sich hatte, ihre Freundin Nini, war ganz mager geworden, Haut und Knochen, blasser denn je, schwarzer Lidstrich unter ihren blauen runden Augen, ihr dickes Haar rappelkurz abgeschnitten dunkelrot gefärbt. Da war keine Ähnlichkeit mit ihrer Mutter, da war nichts Weiches mehr. Das feine Goldkettchen mit kleinem Kreuz um ihren Hals war einem Lederband mit Nieten gewichen. Nini sah verloren aus. Sie redeten die ganze Busfahrt lang. Manu fragte nicht nach Tom, blieb ihr gegenüber vorsichtig, es war nicht wirklich herauszubekommen, wo Nini mittlerweile stand. Manu fühlte sich ihr so nah und unendlich fern zugleich. Hin und hergerissen. Vertrauen ein Fremdwort geworden. Trotzdem oder auch deswegen, verabredeten sie sich, bevor Manu zurückfuhr, am frühen Abend noch einmal in einem Café. Was heißt hier Café? Eher war es eine Mischung aus Kneipe, Gasthaus und traurigem Ort für eine Tasse aufgebrühten Kaffees mit zwei Stück Würfelzucker und einem kleinen Döschen Milch und einigen Schnäpsen daneben und nur zwei Gästen an den kahlen Tischen mit den obligaten Maggi-Flaschen oben auf. Manu wartete dort schon, in der Hoffnung, sich vielleicht doch wieder ein bisschen näher zu kommen, als Nini eine halbe Stunde zu spät mit einem abgerissenen Typen an ihrer Seite daherkam. Im Vorbeigehen blinzelte sie ihr zu, sie wäre sofort zurück, alles easy, warf ihre Jacke und ihre Tasche über den leeren Stuhl an Manus Tisch, drehte sich nochmals zu ihr um, winkte kurz und war mit ihrem Begleiter im Schlepptau auf der Toilette verschwunden. Manu saß inzwischen vor dem zweiten scheußlichen Kaffee. Es dauerte. Drei Uniformierte tauchten auf, der Wirt hatte die Polizei gerufen. Sie durchquerten den Raum schnurstracks in Richtung Toiletten, um die beiden in Handschellen vor sich herschiebend zurückzukehren. Manu hatte vorher schon ein blödes Gefühl, war aber wie so oft nicht fähig zu handeln, aufzustehen und vor allem schnell zu gehen, wie angeklebt auf ihrem Platz geblieben. Sie wurde gleich mitabgeführt quer über den gesamten Platz, zu dritt inzwischen von fünf Beamten umgeben. Manu hatte ständig die Vision, irgendwelchen Lehrern, Mitschülern oder aber dem Herrn Schuldirektor zu begegnen. Nini wich Manus Blicken aus. Manu hatte Angst, war zugleich aber sauer und auch wütend. Warum hatte Nini, wenn sie mit ihr verabredet war, diesen Idioten überhaupt dabei?

Auf der Wache hatten sie jeden einzeln in der Mangel. Auch Manu mit Fragen über Fragen bombardiert. Dabei saß ihr Tom im Nacken. In Miniatur-Ausführung hörte sie ihn leise in ihr Ohr feixen. »*Na schau, schau … da hat es meine*

*Kleine auch endlich mal erwischt. Jetzt weiß sie mal, wie das so ist, tja ja ...«* Was war los, was war passiert, was wussten sie, von dem Manu nichts wusste. Sogar bis vor die Klotür wurde sie von einer Beamtin begleitet. Mitgehangen, mitgefangen, bekam sie mehrmals zu hören, nach einem drei Stunden langen Verhör durfte sie dann endlich gehen. Ihr konnten sie nichts anhängen, bei Nini und ihrem Begleiter hatten sie eine Menge Speed gefunden. Allein die Vorstellung, wie die Säure durch die Nase ins Hirn hochschoss und zugleich die Kehle runterlief – mitten ins Herz – Splash. Sie spürte es auf Hochtouren schlagen. Augen wie Taschenlampen, Gedankenfeuerwerke im Hirn. Poff Poff Poff – die vielen Worte, die wie Knospen im Schädel prall und bunt aufpoppen. Nein, Manu hatte so überhaupt keine Lust mehr darauf, sich nur über derartige Extreme zu fühlen. Hej ja ... *change the game ... be a game changer ...*

Das war ihre letzte Begegnung mit Nini. Was für Fratzen Drogen nicht nur aus Gesichtern machten. Ninis armen Eltern, die sie doch am liebsten nie von ihrer Hand gelassen hätten, sie taten Manu leid. Bis Nini einen klaren Moment gehabt haben musste, in dem sie feststellte, dass sie besser so bald als möglich fort, weit fort von dieser giftigen Quelle sollte, vorausgesetzt sie wollte ihren Kragen retten. Wahrscheinlich hatte Tom sie dabei auch noch unterstützt – sich dabei eine neue Connection in Richtung Ibiza erhoffend.

**»Du meinst den Typen** in Leder? – Ja, eigentlich macht der recht krasse Sachen, Performance, Straßentheater, Lesungen ... so ziemlich kontrovers. Neulich erst habe ich ihn in einem Off-Theater gesehen!« Tom war der Neonpinken also durchaus ein Begriff. »So wie auf der Hochzeit allerdings noch nie!« Ließ sie Manu durchaus belustigt zu Ende ihres Telefonats noch wissen. »Höchstwahrscheinlich war er nur phobisch ... phobisch dich dort anzutreffen!« Aha, Manu schluckte. Phobisch! Na, so konnte man es also auch betrachten, Tom war also nur phobisch, hatte *nur* die Nerven und dann wohl so einiges andere hinterhergeschmissen, bevor er in Richtung Hochzeit, loszog. Ausnahmsweise natürlich *nur* ... *nur* wegen ihr. Ja, und so war alles vielleicht wieder ganz anders, als gedacht und Manu sah sich abermals mit ihren vorschnellen Urteilen konfrontiert. Ja, okay, warum auch nicht, Hauptsache war ja, Tom lebte und dazu auch noch seine Kreativität und wenn dem tatsächlich so war, dann war das doch wirklich was!

»Mir ist vor die Regen nicht bang«, das hatte ihr Anne gleich nach ihrer Ankunft beigebracht und auch, dass »*das ganze Welt ihr gehöre.*« Zwei Sätze, die Manu prägten. Irgendwie hatte Manu ihre Prüfungen bestanden und war sobald als möglich zu Anne gefahren, wo es im Gegensatz zum ersten Mal, die ganze Zeit über nur regnete. Desto mehr Zeit verbrachten sie im Haus, indem sich Manu inmitten von Annes Familie aufgehoben fühlte. Diese unbekümmerte Offenheit. Ohne Umwege konnte hier jede Person sagen, was sie sich vom anderen erwartete. Ihre Worte hatte Manu erst später verstanden, die erste Zeit nur ihr Ansinnen. Doch ungewohnter als ihre Sprache kam Manu die Art und Weise ihres Umgangs miteinander vor. Sie schienen allesamt zu wissen, was sie wollten, sie standen sich nicht im Weg. Sie konnten ihre Wünsche formulieren.

Gerade hatte Annes Mutter keine Zimmer vermietet, trotzdem standen Fenster und Türen für alle offen, unerwarteter Besuch war stets willkommen. Leute aus der Nachbarschaft oder die großen Brüder, obwohl schon ausgezogen, sahen spontan vorbei. Nur der kleine Jan, der kleine Rübensack, war noch im Haus. Ein echter

Lausebengel, frech wie Oskar. Sie verbrachten ausgelassene Abende, spielten Karten oder diskutierten. Und saßen lange beim Frühstück, wo es anstelle von Leberwurst Schokostreusel und Quetschbananen auf getoasteten Broten gab. Um gleich darauf trotz grauen Himmels gemeinsam wieder ans Meer zu radeln. Schnell raus an die frische Luft, bevor sie auf die Idee kämen, an so etwas wie Aufräumen zu denken. Dabei war es sogar Annes Mutter, die Tempo machte, die Türe hinter sich zuzuziehen. Für Manu herrschte im ganzen Haus eine unvorstellbar gemütliche Unordnung. Alles stehen lassen und auf die Räder. Wenn es nicht zu heftig regnete, waren sie bei Wind und Wetter an der See, wo Manu sogar bedenkenlos über die vielen Quallen wegzuschwimmen lernte.

Leben konnte also auch leicht sein, man konnte es auch ohne Druck genießen! Was für eine neue Erfahrung! Wie sie Annes Mutter dafür liebte, wie sie das Leben liebte! Annes Mutter war das Gegenteil von ihrer Mutter. Sie trug ihr schon grau blondes Haar immer noch lang und offen, bis über die Schulterblätter, und war noch zarter gebaut als ihre Tochter. Sie tauschten Jeans und ihre Baumwollblusen, wenn nicht auch ihre Unterhosen, fanden sie gerade nicht die eigenen im Chaos der Wäschebox. Annes Mutter hatte fertig studiert, machte daraus aber gar kein

Thema. »Studium hin oder her,« erzählte sie den Mädchen, »wichtig war das, was ich in der Zeit alles machen konnte! Und ich meine nicht nur meine fünf Kinder!« Sie war schon seit den Siebzigern in einer dieser Frauengesprächsgruppen, die sogar innerhalb einer der bestehenden politischen Parteien im Ort ihren Platz gefunden hatte. Und hatte bereits ihr erstes Buch geschrieben. »Studium oder Ausbildung – das ist für mich egal. Nur unabhängig müsst ihr werden. Aber nicht nur finanziell unabhängig,« sie zwinkerte ihnen zu, »auch sexuell!« Manu fragte sich, was Anne ihr alles erzählt haben musste. Ja, auch von ihren Beziehungen sollten die Mädchen wissen, was sie wollten. »Tut! Aber tut, was euch guttut!« Das müssten sich die beiden Mädels schon wert sein. Du liebe Güte, was war das für Manu damals noch für ein unbekanntes Terrain. Sich mit anderen über all das auszutauschen, fiel ihr nicht gerade leicht. Aber Annes Mutter war feinfühlig, sie bemerkte, wenn Manus Augen noch größer wurden und sie stumm. Sie lächelte ihr aufmunternd zu, hakte nur vorsichtig nach, wenn sie nicht weiterkonnte.

Immer wieder dachte Manu an ihre Mutter, für die der monatliche Besuch der Kosmetikberaterin mit ihrem Köfferchen in der Hand ein Höhepunkt war, der Farbe, ja Licht in ihr Leben brachte.

Was Anne und ihre Mutter teilten und was sie mit ihrer Mutter geteilt hatte, das war ein anderes Universum. Weder freche Sprüche, noch Umarmungen oder Bücher über Frauenrechte, sondern hübsch illustrierte Kataloge, in denen sie einmal im Monat gemeinsam blätterten. Was für ein Wahnsinn, dass das zu den Momenten zählte, die sie beide näherbrachten. Wenn sie nach neuen Lidschatten Ausschau hielten, an neuen Düften rochen oder sich mit den winzig bunten Lippenstiftpröbchen die Lippen bemalten, die ihre Mutter als kleines Dankeschön erhielt. Vorausgesetzt sie hatte wieder Neubestellungen gemacht. Hatte sich die Beraterin verabschiedet, war der Alltag auch schon wieder zurück. In dem ihre Mutter nichts davon als die gerade erstandene Handcreme verwendete.

Manchmal spürte Manu den nachdenklichen Blick von Annes Mutter auf sich, dann, wenn sie ohne irgendeinen für die anderen ersichtlichen Grund in ihrer Traurigkeit verschwand. Annes Mutter kannte sich gut aus, sie schrieb für eine der Frauenzeitschriften, die in den Niederlanden damals üblich waren. So einiges war da neu für Manu, allein dass Männer gesellschaftlich anders positioniert einfach anders tickten und dementsprechend handelten und somit auch schrieben. Oder dass es bei der feministischen Debatte keineswegs nur um die gesetzlich festgelegte ungleiche Entlohnung ging, sondern um Fragen männlicher Dominanz im Allgemeinen, wenn es sich um das Thema Frauenunterdrückung handelte. Anne sah Manu immer wieder voller Unverständnis an, lachte oder schüttelte sich belustigt, wenn ihr Manus diesbezügliche Blau-äugigkeit auffiel.

»Ja ja, Manu mach mal weiter ... so ... ganz so wie es sich gehört!« Sie lagen im Gras vor dem Haus, der Wind weniger heftig als sonst, die orange-roten Hagebutten um sie leuchteten aus den hohen Hecken. Manu fühlte sich an-gegriffen, sie und konservativ? Unfair, unfair, unfair! Anne hatte eine Handvoll winziger Kerne in ihrer Faust, die sie Manu unvorbereitet unter ihr T-Shirt stopfte, ihr Rücken juckte. Anne hatte ihren Spaß daran, Manu mit ihrem für sie rück-ständigen Weltbild auf den Arm zu nehmen. »Nu ja, Manu, mach mal nur weiter ... und wei-ter so wie ... wie es ... sich ...« Vor lauter Kichern hatte Anne die letzten Worte nicht mehr raus-gebracht.

Weiß der Geier, Anne hatte Recht, Manu hatte alles hingenommen. Genau wie ihre Mutter hatte sie alles hingenommen. Sie hatte ihrem Tom den Rücken freigehalten. Ihr gesam-tes Dasein auf ihn ausgerichtet und um ihn herum gebaut. Keine gute Erkenntnis. Das war

schon schmerzhaft. Manu sah sich um. Gras zu
mähen, kam hier keiner auf den Gedanken. Es
stand hoch, Anne zeigte ihr, wie man sich aus
den Halmen Kränze windet, sie setzten sie sich
gegenseitig auf. Dabei foppte Anne Manu weiter,
bis es Manu reichte, sie sich ihren Kranz vom
Kopf zog und ihn in Annes Mund stopfte, die
aufsprang und davonrannte, Manu sie einfing
und sie gemeinsam über die Wiese kugelten.

Nach zwei Wochen ging es nochmals zum Geld
verdienen ab nach Hause. Manu machte einen
Job in der Kantine auf einer Großbaustelle einen
Ort weiter, wo sie schon in den letzten Ferien ab
und zu ausgeholfen hatte. Ein riesiges Bauvor-
haben, das Jahre dauern sollte. Wenn sie morgens mit dem Rad dort ankam, pfiffen ihr schon
die ersten Typen hinterher. Dort zu bedienen,
war nicht lustig, aber diesmal beobachtete Manu
die Männer aus einer anderen Perspektive.
Sich ihren dreisten Sprüchen gegenüber abzugrenzen, gelang ihr wenigstens besser als im vergangenen Jahr. Sie gingen ihr auf den Wecker,
sie gab Kontra, das Geld stimmte. So einfach. Sie
hielt durch, sogar ihre Mutter unterstützte sie in
ihren Plänen, sie freute sich, Wochen darauf war
sie verabredet. Diesmal kam Anne, um Manu
abzuholen. Sie hatten ihre erste Rucksack-Inter-
rail-Reise vor sich. Über Graz, Maribor, Zagreb,

Belgrad und Sofia nach Istanbul, um von dort aus mit dem Bus weiter in den Süden zu fahren. Dorthin, wo Manus Leben beginnen sollte. Das letzte Stück in einem Minibus an der Küste entlang. Weiter durch einen schattigen Laubwald waren sie nach eineinhalb Tagen endlich unten in der Bucht angekommen. Sie waren erledigt. Was Manu nicht davon abhielt, noch mit ihrem Gepäck auf dem Rücken über den Sandstrand ans Meer zu rennen. Anne hatte wirklich nicht zu viel versprochen. Türkis lag das Meer vor ihnen, sanft spielten kleine Wellen um ihre Füße. Das Wasser war so klar, jeden einzelnen Stein, jeden kleinen Fisch konnten sie erkennen. Noch im Gehen hatte sie Jeans und T-Shirt ausgezogen und war in Unterwäsche in Richtung Horizont geschwommen. Wie hatte sie sich nach diesem Moment gesehnt.

Dass auf Anne einige Jungs zu geschlendert kamen, hatte sie bereits noch vom Meer aus, wahrgenommen. Sogar an die Namen konnte sie sich erinnern. Gian, Bela, Dodo und noch einer – einer ansehnlicher als der andere, besonders Gian und Bela. Bei den beiden anderen war ihre Faulheit schon ein wenig in ihren Körpern sichtbar. Die vier waren um einiges älter und kamen aus Zürich. Aus der hübschen Stadt, in der sich die Jugend gegen die konservativen Strömungen aufgelehnt, es unlängst erst gebrannt hatte.

Im Übrigen ein paar Monate vor dem Anschlag am Haupteingang des Münchner Oktoberfests. Mit über 200 zum Teil Schwerverletzten und 13 Toten. Das Attentat, obwohl alle Fakten dagegensprachen, lange Zeit den Linken zugerechnet worden war. Es wohl aber doch aus dem rechten Lager kam. Was damals noch klarer auseinanderzudividieren möglich zu sein schien. Gian war so ein drahtiger Braungebrannter mit blonden Locken bis zu den Schulterblättern, er warf sich ins Zeug, Manu schien ihm zu gefallen. Es hatte eine Weile gedauert, bis Manu das Schweizerische für sich verstehbar machen konnte. Es war ihr fast schwerer als beim Holländischen gefallen. Die Schweizer luden die Mädchen für den Abend ein. *Sie würden am Strand weiter hinten – sie könnten die Stelle, wenn sie sich anstrengten, von hier aus sicherlich schon sehen – dahinten, dort ... ja dort würden sie später ein Lagerfeuer machen und sich gigantisch freuen, wenn sie sich dazu gesellten. Ja, über Wochen hingen sie hier schon ab ... ja, ja ein Gusto-Stückchen-Erde wäre das hier ...*

Gians rhythmisiertem Sing-Sang zu folgen machte Manu Vergnügen und sie liefen, nachdem sie in ihrer kleinen Pension mit Blick auf unzählige Granatapfelbäume geduscht und sich provisorisch eingerichtet hatten, am Strand entlang dort hin. Manu überschwänglich glücklich. Sie konnte es überhaupt nicht fassen, wie traumhaft es hier war. »Weißt Du was lustig ist, Manu, ich habe hier Deutsch gelernt!« In dem Moment waren sie bei den Jungs angekommen. »Ich scheiß' auf diese kleinkarierten Kontrollfreaks ... auf diese Fucking-Takthalter ... ihren Mief, ja den ... den kann ich bis ... bis hier her riechen!«, tönte Gian gerade mit einem dicken Joint in der Hand aus einer Hängematte. Die anderen drei waren mit dem Feuer beschäftigt. »Wie kann ein sen ...«, auf dem Rücken liegend um eine ausladende Geste bemüht, rang Gian nach den weiteren Silben, »ein sen ...sibler ... Mensch dieses ... dieses Pack ...«, er hatte den Faden verloren, »... packen!« Beim letzten Wort war ihm seine Stimme unfreiwillig schrill in die Höhe gerutscht. Die Mädchen wechselten Blicke, während er darum kämpfte, sich seine Sicherheit zurückzuerobern, indem er sich aufrechter zu setzen suchte. Fast wäre er dabei aus der Hängematte gefallen. Anne und Manu lachten, aber Gian hatte seine wichtigtuerischen Klagen dessen ungeachtet weiter fortgeführt. Ganz offenbar war das seine Art, hatte er neue Zuhörerschaft gefunden, seine tiefschürfenden Erkenntnisse vom Stapel zu lassen. Seine lustige Aussprache mit diesem Auf und Ab im Tonfall fand Manu trotzdem witzig ... *ja ja, er hätte eben nun einmal überhaupt kei ... nen Bock, er wäre doch nicht von allen Sinnen, sich so wie all die anderen*

*dumpfen Trotteln, von diesem verlogenen System*
*sein Leben vermiesen zu lassen ... überhaupt keinen*
*Bock ... das könnten sie ihm glauben ... leisten und*
*leisten, nur um sich im Gegenzug dazu, Tag für Tag*
*den Wanst mit Kartoffelstock, fetten Cordons samt*
*Plätzli und Spätzli zuzustopfen ... Ti Ti ... Ta Ta ...*
*Ta Taaa ... ...*

O Mann, ja, wieder so ein Schwätzer. Manu
schien sie, wie das Licht die Motten, anzuziehen.
Ganz klar, die vier hatten in der Zwischenzeit
schon einiges geraucht. Die anderen lachten
einfältig. Nur Dodo versuchte, seine Augen in
die Richtung seines Freundes verdreht, Gian,
den Vielschwätzer, zu entschuldigen. Während
Manu dann doch dabei war, sich einmal wieder
mehr zu fragen, wie sie das bei Tom nur so lange
ausgehalten hatte.

»Schade Jungs! Dafür ist unsere Zeit zu knapp!
Wir haben noch eine Menge Schönes vor!« Anne
hatte sie fröhlich lachend an der Hand davon-
zogen. »Wieso hast Du eigentlich hier Deutsch
gelernt?« Wollte Manu auf dem Weg zurück von
Anne wissen. »Ach, so viele lange Sommer habe
ich hier verbracht!« – »Hast Du ein Glück! Aber
Deutsch ... hier?« Manu blieb stehen, hinter
ihnen am Horizont ging die Sonne unter, »ja
aber sicher doch ... ist nicht gerade schwer ... für
uns ...« Da war wieder Annes Selbstbewusstsein,
das sie so bewunderte. Schnell zog Manu ihre

Schultern hoch und ließ sie wieder fallen. »Aber stimmt, Manu, es hat hier einen alten Onkel gegeben – bei ihm im Haus haben wir gewohnt.« Annes Augen leuchteten noch herzlicher als sonst, »im ersten Stock mit einem riesengroßen Garten – mit Hühnern und einem noch riesigeren Bananenbaum, ich glaube er hatte Langeweile ... gerade zurück aus Deutschland ... als Rentner, ich seh' ihn noch vor unserer Tür, mit vollen Händen: Maulbeeren, Mandeln, Eier, Fische, frische Gemüse, irgendwas hatte er für uns immer ... Tavla spielen habe ich auch von ihm gelernt.« Die Mädchen waren im flachen Wasser stehen geblieben. »Er war uns näher als unsere eigene Onkel ...« – »Wollen wir ...?« Anne schüttelte ihren Kopf »Geht nicht – nicht mehr.« Doch bevor Anne richtig traurig wurde, hatte sie Manu schon mit ihren Füßen nass gespritzt und stob davon. »Ja und?« Rief Manu hinter ihr her. »Ja was, na und?« Anne hatte sich umgedreht, strahlte Manu an, um daraufhin Schritt für Schritt ohne Manu aus den Augen zu verlieren, rückwärts weiter zu gehen. »Na, er sprach ein Super-Super-Deutsch und weißt du was, Manu? Ich zeig dir jetzt trotzdem das Haus, wo meine Mutter ihr erstes Buch geschrieben hat!« Wieder war sie stehen geblieben und sah Manu erwartungsvoll an: »Vielleicht solltest Du auch damit beginnen?« – »Ich?« Manu schob ihren Kopf nach vorne. Anne ahmte sie liebevoll nach und stand mit vorgerecktem Kinn vor ihr. »Ja, du Manu! ... Oder siehst du jemande andere hier?« Ihre Stimme glockenhell vergnüglich. »*Stapje voor stapje!*« Ja, Schritt für Schritt. Aber Schreiben? Nein. Das war nicht ihr Ding. Aber Bilder, Bilder faszinierten sie schon immer und so war sie zum Film gekommen.

Personen, die zu verstehen suchen, bleiben Gold. Glück oder Unglück, wo man wann wen trifft ... Jetzt nach dem Höllenritt in ihre Vergangenheit verstand Manu den Satz nicht mehr ganz so schicksalshaft. Sie war schon neugierig auf Annes Kommentare. Sie hatte sie noch nicht sprechen können, es war nicht mehr so ganz einfach wie früher, Anne hatte drei Kinder und arbeitete zeitgleich als Notärztin. Aber auch für sie gab es glücklicherweise genug zu tun. Kurz nach ihrer Rückkehr waren Anfragen für weitere Projekte reingekommen, die sie sich genauer ansehen musste, es galt sich zu entscheiden. Der nächste Film war fast fertig abgedreht, sie mochte den Regisseur, der Gedanke an die Zusammenarbeit mit ihm, gefiel ihr. Sie freute sich darauf.

Aber auch auf Isa. Bald würde sie sich bei ihr melden und besuchen, wenn sie fertig mit dem bevorstehenden Schnitt war. Vielleicht klappte es ja auch schon nach der ersten Sichtung. Wenigstens für eine Stippvisite. Sie hörte in sich hinein, nicht das kleinste flaumige Gefühl in ihrer Magengrube. Es stimmte, das fühlte sie ganz klar. Wie wunderbar, dass Isa über dem Berg war – hatte sie doch wirklich alles Zeug dazu zu stranden. Ja wer weiß, vielleicht waren die beiden ja dabei, eine Familie zu gründen, samt schwarzem Panther neben dem Klo, ja, vielleicht war Isa ... schwanger? Pfeilgerade landete das Wort in ihr. Schwanger! Isa? Darüber hatte sie bisher noch keinen Gedanken verloren. Schwangerschaft, Geburt – Verantwortung für ein neues Leben – etwas, was sie sich immer noch keinen Augenblick lang zugetraut hatte. Alles dachte sie tun zu können, jedweden Job in jedwedem Land anzunehmen, aber Mutter sein? Nein, nicht einmal den Gedanken fertig zu denken, hatte sie sich je gewagt. Etwas, was für Isa mit Sicherheit, genauso wenig wie es für Anne gewesen war, keinerlei Problem darstellte. Schon gleich nicht mit diesem fähigen Mann an ihrer Seite. Die Verliererin im ganzen Spiel war also sie? Sie, die von Film zu Film lebte, die keinen festen Partner, ja eigentlich keine Realität gefunden hatte? Keine Realität, in der sie hätte wurzeln können ...

Nein, nein, nein! Halt! Stopp! Aus und genug! In welchen jämmerlich selbstmitleidigen Tunnel war sie da gerade wieder dabei, sich hinein zu katapultieren? Nein, wie oft denn noch, endgültig raus aus diesem Hamsterrad! Wie gut wäre das Leben, würde sie ein für alle Mal mit allen Vergleichen aufhören, ja wie gut, wäre sie endgültig ihre Zweifel – wären alle Menschen ihre Zweifel los! Wie viel freier, leichter, lichter, würden wir alle mehr auf uns vertrauen! Sie stand zu ihrer Unabhängigkeit! Allem Toxischen gegenüber leuchteten ihre Warnsignale sofort auf, sie spürte wovon sie die Hände lassen sollte, privat wie auch beruflich.

Natürlich gab es Momente der Sehnsucht. Momente, die sie für sich hormonell bedingt abzuhaken entschieden hatte. Sehnsucht ... Sehnsucht nach Partnerschaft, Familienidylle und Eigenheim: Pfeif drauf, ja das war doch immer ihre Parole. Die eigentlich von Isa hätte stammen können! Ja, eben ganz genau! Jetzt freute sie sich noch mehr auf ein Wiedersehen mit ihr. Aber wie wäre es, wenn sie sich auch bei dem Freundlichen wieder meldete ... *it's never too late ... ein Versuch war es Wert ... Leben eine neue Richtung geben ...* Ja, bei dem, für den sie die Fische gebraten hatte. Sein Name würde ihr auch gleich wieder einfallen. Sein Lächeln hatte sie genau vor sich, das war doch eine Idee! Sie hatten noch eine gute

Nacht miteinander verbracht, aber viel wichtiger, er hatte hingeschaut oder besser dahinter, und war wertschätzend ihrer Macke gegenüber, sprach von »Vermögen« – nicht von »Verdrängung« – war zärtlich und trotzdem hatte sie sich wohl bei ihm gefühlt! Eine Mischung, die in ihrem Leben bisher selten vorkam.

Sie schmunzelte. Und reden hätte sie mit ihm auch können. Hätte sie es können. Über alles reden. Hoppla, was war da los, auf einmal wollte sie.

Nein, diesmal wollte sie nicht nur. Sie wünschte es sich, gestand sie es sich ein, von ganzem Herzen.

Meinen grenzenlosen Dank
an meine Freundinnen und Freunde,
ohne die diese Geschichte,
wie es früher so gewesen hätte sein können,
nie erschienen wäre.
Wie an meine Tochter,
ohne deren Fragen,
ich sie nicht geschrieben hätte.


DANKE

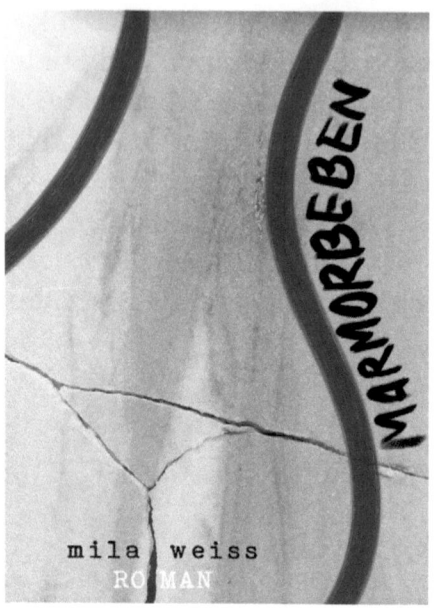

Anfang 2020. Eine Geschichte von Täuschung und Enttäuschung. Vom Aufwachen und Neu-anfangen.

Eine große Veränderung ist eingetreten. Neben Schock und Erregung, Liebe im Zentrum, eine Liebe zwischen zwei Kulturen, Leidenschaft, Streiten und Lernen, Träume, Visionen, Scheitern und Weitergehen, einer der vielen Schattensprünge, die ein neues Miteinander schaffen. Kollektives Trauma - aus intimer Perspektive erzählt.

Was hat diese Phase aus mir gemacht? Aus uns allen gemacht? Fragen über Fragen, die ich mir stellte, wie auch die, was ich im Leben überhaupt noch glauben kann. Seither erfahre ich nicht nur mich anders, auch die Menschen, genauso wie Tag und Nacht, Realität und Traum.

## Mila Weiss

Autorin, Beraterin, Coach, Komparatistin und Brückenbauerin, früher auch Rosenverkäuferin, Leiterin von Abteilungen für Presse- und Öffentlichkeitsarbeit an großen und kleinen Theatern, Trainerin, Produktionsleiterin, Dramaturgin, Marktfrau, Barfrau, Performerin, u.v.a.m.

»Für Fix war nichts« Stipendium Literatur der Stadt Wien und Arbeitsstipendium Literatur des Bundeskanzleramtes Wien.